불통의 詩를 넘어

불통의 詩를 넘어

이상옥 평론집

황금알

머리말

평론집도 1994년 『변방의 시학』 이후 제법 많이 펴냈다. 2001년 평론집 『현대시와 투명한 언어』 이후에는 디카시 이론을 소개하는 의미에서 소박하지만 시론(試論)적 성격의 디카시론(詩論)집 2007년 『디카詩를 말한다』, 2010년 『앙코르 디카詩』 두 권을 내었다. 그리고 또 한 권의 평론집을 낸다.

2004년 이후 디카시(詩)를 주창하며 디카시 창작과 이론 정립에 많은 에너지를 쏟았다. 디카시는 자연이나 사물에서 시적 형상(날시)을 스마트폰으로 포착하여 SNS 등으로 실시간 순간 소통하는 데 큰 의미가 있다.

이런 쪽에 관심을 가지다 보니, 근자의 시적 화두는 더욱 소통 문제로 귀결되는 듯하다. 이번 평론집에서는 근자 10여 년간 현대시의 가장 큰 문제점이 '시의 불통'이라고 전제하고 이에 대한 진단과 모색의 담론을 풀어 놓았다.

I 에서는 현대시의 단초를 제공한 1930년대 모더니스트들의 시가 부정의 시학에서 기인하는 것으로 보고, 「1930년대 모더니즘 시와 문학담당층」이라는 글을 먼저 싣는다. 오늘 현대시는 30년대 모더니스트의 세례를 받아 전 시대를 부정하고, '전위성'이라는 이름으로 불통의 자폐성을

드러낸다. 그런 측면에서 21세기 디지털 시대 시의 새로운 소통을 위한 반성적 의미로 논문 「멀티포엠과 디카시(詩)의 전략」을 다음에 싣는다. 21세기 멀티포엠이나 디카시 운동도 30년대 모더니즘 운동만큼이나 과격하고 전위적이기는 하다.

Ⅱ, Ⅲ에서는 이런 현대시의 문제점을 의식하면서 시의 본질과 SNS 시대 시의 나아갈 방향을 모색하는 가운데, 지역시나 시조도 눈여겨 본 것이다. Ⅳ에서는 시의 본질에 충실하면서 시적 개성을 드러내는 시인 김남조, 문덕수, 조오현, 정일근, 나희덕, 홍성란의 시를 조명해 보았다.

시인으로 사는 내내 시론 없는 시인이 되고 싶지 않았다. 시 비평 작업을 마다하지 않는 이유이다.

2011년 『그리운 외뿔』이라는 시집을 내었는데, 정작 나이가 들수록 그리운 것은 어머니다.

2013년 11월
합성동 캠퍼스에서 저자

차례

I

1930년대 모더니즘 시와 문학담당층
— 김기림, 오장환, 이상을 중심으로

1. 들어가는 말

근자에 문학과 권력논쟁은 이 시대의 가장 중심 담론의 하나다.[1] 이 시점에서 문학과 권력을 테마로 학술대회를 개최하는 것은 의미심장한 듯하다. 본고가 테마로 삼고 있는 30년대 모더니즘 시는 한국 현대시의 본격적인 전개와 그 맥을 같이 하고 있다는 점에서 그 중요성은 더욱 크다고 하겠다.

30년대 모더니즘 시는 비교문학적인 측면에서 김기림, 정지용, 김광균 등의 시와 영미 이미지즘, 모더니즘과 비교하거나 이상 등의 시를 다다이즘, 초현실주의와 비교하면서 수용 문제를 고찰하는 방법이나 근대성과 모더니즘을 연결시켜 그 사회적 조건을 고찰하는 방법, 혹은 개별 시인 연구 등으로 다양하게 이루어져 30년대 한국 모더니즘 시에 대

---

1) 최근 문단은 '문학권력 논쟁'에 휩싸여 있다는 진단이다. 특정 문학진영(에콜)의 평론가들이 특정 작가를 밀어주는 관행이 문학권력으로 비판의 대상이 되고 있다. 김명인 외 8인이 지난 8월에 펴낸 『주례사비평을 넘어서』(한국출판마케팅연구소, 2002)는 근자의 문학과 권력의 논쟁을 생생하게 보여준다.

한 평가는 대체로 기교의 우위와 역사성 획득의 실패[2]로 귀결된다. 그런 가운데서도 30년대 모더니즘 시는 20년대 감상적 낭만주의와 경향파의 내용 편중의 시를 모더니즘의 새로운 미의식으로 극복하고 현대시의 새 지평을 열었다는 긍정적 평가를 받고 있다.

본고는 문학과 권력이라는 테마를 바탕으로, 이미 20년대에 다수의 동인지와 카프 같은 다양한 문학의 유파가 형성되었지만 김기림을 중심으로 한 30년대 모더니즘 시가 한국 시사에서 최초의 현대적 문학권력 집단이라고 보고, 이들이 어떤 방식으로 문학권력화를 추구하면서 식민지 도시문명의 아들[3]로서 시학을 구축했는지를 살피고자 한다. 앞의 지적과 같이 이제까지 30년대 모더니즘 시 연구는 주로 김기림, 정지용, 김광균을 중심으로 이루어져 왔다. 그리고 이상에 대한 연구는 과격한 모더니즘으로 분리하여 다루어졌다.[4] 본고에서는 먼저 한국 모더니즘 시의 출현과정을 간략하게 살핀 후, 30년대 모더니즘 시를 '온건·과격 모더니즘' 혹은 '모더니즘·아방가르드' 등으로 구분하지 않고 연속선상에서 30년대 모더니즘 시운동을 의식적으로 주도하면서 문학권력 의지를 드러낸 김기림을 주목하고, 김기림이 모더니즘 시 전통의 계승자로

---

2) 최혜실, 「모더니즘의 의미와 한계」, 『한국현대 시사의 쟁점』(시와 시학사, 1991), pp. 305-306, 엄성원, 「한국 모더니즘 시의 근대성과 비유 연구-김기림 이상 김수영 조향 시를 중심으로」, 서강대 박사논문, 2002, pp. 5-7. 참조 바람.

3) 김기림이 이미 「모더니즘의 역사적 위치」(『인문평론』, 1939. 10)에서 "모더니즘은 우선 오늘의 문명 속에서 나서 신선한 감각으로써 문명이 던지는 인상을 붙잡았다. 그것은 현대의 문명을 도피하려고 하는 모든 태도와는 달리 문명 그것 속에서 자라난 문명의 아들이었다. 그 일은 바꾸어 말하면 우리 신시사상에 비로소 도회의 아들이 탄생했던 것이다."라고 지적한 바 있다. 김학동 외 편, 『김기림 전집 2』(심설당, 1988), p. 56.

4) 김용직이 1930년대 우리 모더니즘 시를 온건한 모더니즘과 과격한 모더니즘으로 나눈 반면 이승훈은 모더니즘과 아방가르드로 나누었다. 이상 시가 과격한 모더니즘 혹은 아방가르드 등으로 일컬어지면서 김기림, 정지용, 김광균 등과는 분리되어 다루어진 것이 지배적이다. 이승훈, 『한국 모더니즘 시사』(문예출판사, 2000), p. 109-111.

지목한 오장환⁵⁾과 가장 우수한 최후의 모더니스트라고 극찬한 이상⁶⁾을 중심으로 그들의 시학을 살펴보도록 하겠다.⁷⁾

2. 한국 모더니즘 시 출현과정

한국 모더니즘 시의 출현은 1930년대 전후로 알려져 있다. 한국 모더니즘 시의 등장은 한국 현대시의 첫 출발과 맞물려 매우 중요한 의미를 지닌다.⁸⁾ 오늘날 우리 시의 현대성은 30년대 전후에 우리 시사 상 처음 모습을 드러낸 모더니즘 시를 근간으로 하고 있기 때문이다.

모더니즘 시의 기점에 대해서 정한모는 김기림이 중심이 된 모더니즘 이론 도입시기인 1930년대 초⁹⁾로 보고, 백철은 김기림이 1934년경 모더니즘을 도입한 것으로 본다.¹⁰⁾ 조지훈11)이나 조연현¹²⁾도 모더니즘 운동이 1930년 중반 무렵에 일어났거나 발전했다는 관점을 지니고 있다. 이에 대해 문덕수는 정지용과 김광균이 처음 시를 발표한 1926년을 모

---

5) 김기림, 「城壁을 읽고-吳章煥씨의 시집」, 『조선일보』 1937. 9. 18. 김학동 외 편, 앞의 책, pp. 377-378.

6) 김기림, 앞의 글, 김학동 외 편, 앞의 책, p. 58.

7) 문학권력을 지향하면서 모더니즘 시운동을 주도한 김기림에 대해서는 그의 문학작품보다는 문단활동과 그의 시론을 중심으로 살필 것이다. 오장환의 경우는 김기림이 모더니즘 성향의 시집으로 지목한 『성벽』(1937)에 한정한다. 이는 30년대 '최후의 모더니스트'로 일컬어지는 李箱이 1937년에 사망했다는 점과 시집 『城壁』의 출간 연도가 일치하는 점을 고려한 것이다.

8) 문덕수, 『韓國 모더니즘詩 硏究』(시문학사, 1981), pp. 23-24. 오세영, 「근대시·현대시의 개념과 기점」, 김용직 외, 『한국 현대시사의 쟁점』(시와 시학사, 1991), pp. 38-39.

9) 정한모, 『한국 현대 시문학사』(일지사, 1974), p. 4.

10) 백철, 『新文學思潮社』(民衆書館, 1953), p. 309.

11) 조지훈, 「한국현대시문학사」, 『조연현전집 7』(일지사, 1973), p. 213.

12) 조연현, 『한국현대문학사』(성문각, 1969), p.468.

더니즘의 기점으로 제시한다.[13] 김준오도 미적 아방가르드에 대해서 논하면서 1926년에 발표한 정지용의 「슬픈 印象畵」, 「爬蟲類動物」을 다다이즘의 수용으로 보고, 고한용의 「따따이즘」(『개벽』, 1924. 9), 「서울에 왔던 따따이스트 이야기」(『개벽』, 1924. 10), 김니콜라이의 「윤전기와 4층집」등을 거론한다.[14]

이승훈은 1930년대에 김기림, 정지용, 이상 등에 의해 모더니즘 미학이 확립된다는 게 정설이었지만, 우리 시의 모더니즘은 이장희, 정지용, 임화 등에 의해 구체적인 모습을 드러냈다고 보았다. 그는 20년대 우리 시의 모더니즘 미학은 자생적 모더니즘과 타생적 모더니즘으로 드러난다고 보고, 이장희의 경우가 전자고 후자는 정지용, 임화 등을 들고 있다. 20년대에 이장희의 자생적 이미지즘 시가 등장했기 때문에 우리 시의 이미지즘이 1930년대 정지용에 의해 드러났다는 통설은 부정된다는 것이다. 그리고 이승훈은 그 동안 학계에서 우리 시의 모더니즘, 말하자면 우리 시가 현대성을 획득하는 시기를 1920년대로 잡자는 주장과 1930년대로 잡자는 두 가지 주장 중에서 전자의 입장에서 이장희의 「봄은 고양이로다」(1924)와 정지용의 「카페-프란스」(1926)를 염두에 두고 1920년대 중엽을 모더니즘 시의 기점으로 잡는다.[15]

1920년대 중반으로 잡는 모더니즘 시의 기점에 대해 서준섭은 20년

---

13) 문덕수는 高漢溶이 1924년에 이미 『개벽』지에 다다이즘을 소개한 이후 임화가 1926년 무렵에 모르와 울프, 지로두 등의 작가와 이미지즘 시인 올링턴을 소개하였으며, 1926년에는 정지용이 京都留學生 잡지인 『學潮』 창간호에 발표한 「카페-프란스」, 「슬픈 印象畵」, 「爬蟲類動物」 등이 영미 이미지즘, 다다이즘, 미래파시의 흔적이 짙다고 지적한다. 정지용의 초기시가 일본 前衛詩의 영향을 받은 것은 분명하지만, 도시문명의 도입, 시각적 의장, 포말리즘 등에서 본격적인 모더니즘 시라고 할 수 있다는 것이다. 그리고 김광균도 1926년 12월 14일 『中外日報』에 「가는 누님」을 발표하고 그 후 계속해서 작품을 발표한 점을 들어서 1926년을 모더니즘의 기점으로 지적한 것이다. 문덕수, 앞의 책, pp. 23-29.

14) 김준오, 「우리 시와 아방가르드」, 『현대시사상』(고려원, 1994년 가을), pp. 145-147.

15) 이승훈, 앞의 책, pp58-59.

대의 모더니즘은 자연발생적인 것으로 보면서 30년대에 와서야 본격적인 모더니즘의 출발로 본다. 다분히 자연발생적 단편적인 형태로 나타났던 20년대의 다다이즘, 표현주의 문학은 허무주의 또는 아나키즘 사상과 결합되면서 전개되었으나, 일부는 카프의 프로문학 속에 흡수되었고(임화 박팔양의 경우) 일부는 동조자나 계승자를 확보하지 못한 채 고립되거나 소멸되었다(김우진, 김화산의 경우)고 본다. 그러나 그 문학의 기본정신이었던 형식의 실험, 도시적 감각, 새로운 언어의식 등은 파괴나 부정보다는 건설적인 차원에서 모더니즘 문학 속에 발전적인 형태로 편입되었다고 할 수 있다는 것이다. 서준섭은 20년대 후반기의 모더니즘보다는 30년대 '구인회'의 모더니즘에 더욱 본격적 무게를 두고 있는 것이다.[16] 김용직도 모더니즘이 우리 문단에 형성된 것은 20년대 중반기였지만, 화제를 삼은 차원에 머물러 실제 그것이 뿌리를 내리기에는 이르지 못했다고 본다. 그래서 한국 시단에 모더니즘이 전경화된 것은 30년대에 접어들어서의 일이라는 것이다.[17]

우리 모더니즘 시의 기점 문제는 20년대 중반과 30년대 초, 그리고 30년대 중반으로 나누어져 있지만, 우리 시의 모더니즘은 1920년대 중반경의 이장희, 정지용, 임화 등에게서 시작하여 1930년대 김기림의 등장[18]으로 본격화되었고, 구인회의 결성에 의하여 완전한 문학의 한 유파로 뿌리를 내렸다고 볼 수 있다.

---

16) 서준섭, 『한국 모더니즘 문학 연구』(일지사, 1988), pp. 19-20.
17) 김용직, 「1930년대 모더니즘의 형성과 전개」, 『현대시사상』(고려원, 1995), p. 52.
18) 김기림은 30년부터 본격적으로 시와 비평을 병행하여 발표했다. 그의 데뷔작은 『조선일보』(1930. 7)에 발표한 평론 「시인과 시의 개념」, 『조선일보』(1930. 9)에 발표한 시 「가거라 새로운 생활로」 등이다. 이승훈, 앞의 책, P. 80.

3. 30년대 모더니즘 시의 부정의 시학

30년대 모더니즘은 다양하게 변주되지만, 가장 주목되는 것은 부정의 시학이다. 이 부정의 시학은 문학의 전위성을 보여주는 것으로 문학의 새 지평을 여는데 기여하는 것이기도 하지만, 문학의 지속적 발전을 저해하는 것이기도 하다.[19] 30년대 모더니즘 시의 주요 문학담당층은 거의 일본을 경유하여 서구 모더니즘의 강한 세례를 받은 것이다. 그래서 이들은 서구편향적이다. 이들에게 우리의 전통이나 가치관은 서구 모델로서 볼 때 부정의 대상이었다. 나아가 서구와 다른 모든 식민지 현실과 그 속에 존재하는 자아까지 총체적 부정의 대상이 된다. 김기림은 전시대의 시를 부정하고, 오장환은 전통과 식민지 근대성을 부정하며, 이상은 전통 부정은 물론 근대적 자아의 분열과 붕괴를 보인다.

1) 김기림의 문학권력 추구와 전시대 시의 부정

20년대 중반을 전후하여 자연발생적 혹은 개별적으로 전개되던 모더니즘 시는 30년대 들어오면서부터 문학권력으로 본격적인 자리를 잡는다. 그것은 김기림의 역할과 깊은 관계가 있다. 김기림에 대하여 찬반 양론이 있지만, 그가 한국 모더니즘 시의 유파 형성에 결정적인 영향력을 행사한 점은 부인할 수 없다. 김기림은 30년대 모더니즘 운동을 지속시키는데 누구보다 중심적인 역할을 했다.[20]

문학운동이 유파적 성격을 뚜렷이 표방하면서 등장하기 위해서는 무

---

19) 송욱, 『시학평전』(일조각, 1962), 박철희, 「현대 한국시와 그 '서구적 잔상'」, 『한국시사연구』(일조각, 1980), 문덕수, 앞의 책 참조 바람.
20) 강은교, 「1930년대 김기림의 모더니즘 연구」, 이선영 외, 『한국근대문학비평사연구』(도서출판 세계, 1989), p. 504.

엇보다 중요한 것이 첫째 객관적 상황이 성숙되어 있었는가, 둘째 그 성숙된 상황을 대응해나갈 주체적인 역량들이 준비되어 있는가 하는 점이다. 이런 관점에서도 20년대의 모더니즘이 30년대에 이르러 확고한 시문학사적 조건에 부합하여 운동적 성격을 굳힌 것은 타당한 이유[21]가 있다.

30년대 모더니즘은 '구인회'의 조직(1933년 8월 15일)과 함께 이를 매개로 한 본격적인 운동기에 접어든다. 이 문학 단체가 조직되기 전에도 이 모더니즘風의 시가 드러났지만 역량 있는 시인 소설가들이 대거 구인회 회원으로 참가하고, 그들이 중심이 되어 새로운 문학에 대한 이론을 체계화하는 한편, 이를 적극적으로 실현하면서 모더니즘은 동시대 문단의 중심적인 문학양식의 하나로 부각, 문학운동적인 성격을 획득하게 된다.[22]

구인회가 반드시 모더니즘 작가들만의 단체는 아니었지만 정지용, 김기림, 이효석, 박태원, 이상 등이 모두 그 회원이라는 사실은 구인회가 모더니즘 문학의 중심적 단체임을 말하는 것이다. 그리고 김광균과 오장환은 구인회 회원 중에서 특히 김기림과 긴밀한 관계를 맺었던 시인이다.[23]

앞서 지적한 것처럼 여기서도 주목되는 이는 김기림이다. 김기림은

---

21) 첫째, 30년대초는 한국현대시상 본격적인 의미의 현대적 성격을 획득하기 위한 시도들이 잠재적 가능성을 가지고 열려 있던 시기였다는 점이다. 그 직접적인 동인은 프로시에 대한 對極的 자각이 당시 문단에 팽배했고, 또한 시대적 상황이 프로시의 퇴조를 예고하고 있었으므로 새로운 시운동의 대두를 시사가 요구하고 있었던 것이다. 둘째, 프로시에 대한 대극적 자각이 시 자체에 대한 미학적 문제로 관심을 집중시키게 했다. 셋째, 30년대 초는 한 시대의 사조로 정착된 모더니즘 운동이 서구에서는 그 결실을 맺어가고 있었고, 식민본국인 일본에서도 이미지즘 주지주의 등 모더니즘 운동이 한창 세력을 얻던 시기였으므로 한국에서도 곧 그 영향을 받을 수밖에 없었다. 넷째, 이상과 같은 시사적 요구와 객관적 환경의 변화에 대응해나갈 주체적인 역량들이 준비되어 있었던 것이다. 그것은 김기림을 필두로 이양하, 최재서 등의 이론가들의 등장을 들 수 있다. 이선영 외, 위의 책, pp. 503-504.
22) 서준섭, 『한국 모더니즘 문학 연구』(일지사, 1988), pp. 35-36.
23) 서준섭, 위의 책, p. 7.

'구인회'의 결성에도 결정적 역할을 한 것으로 보인다.

> 요컨대 문인의 대부분은 너무 비겁한 것이 아닐까. 용감하게 그 간판을 걸고 집단으로서 流波의 動力을 발휘한다면 1933년의 문단은 더 활기있고 多彩해질 것 같다.
> 유파에 속하였음으로써 그 실질에 있어서 대단치는 않은 작가도 文學史家의 눈에 걸리는 때도 있고 혼자서는 훌륭한 작가이면서도 유파의 밖에 서고 있었다는 이유로 史上에서 말살되는 때도 있다. 그러니까 유파의 표방은 대단치 않는 작가에게 생존 보존의 방편이 되기도 한다. 그것은 문단에서 灰色性을 완전히 제거할 것이며 따라서 문단의 윤곽이 보는 자의 眼界에 선명해질 것이다. 집단은 개인보다도 항상 예외없이 더 큰 힘의 가능성을 가지고 있다.(1932. 12. 30)[24]

김기림은 모더니즘의 강력한 유파를 만들기를 원했다. 그가 유파를 만들기를 원했던 것은 오늘날 소위 일컫는 문학권력 지향의도와 무관하지 않다. 개인의 힘보다는 집단의 힘을 통해서 문학권력을 장악하려는 의도를 보인다. 그 의도가 구체화된 것이 구인회의 결성이다. 김기림은 개인의 힘이 아닌 구인회를 통한 집단의 힘으로 그의 문학권력 의도를 구체화시킨 것이다.

김기림은 전대 시단의 부정과 문학적 입지 구축에 골몰한다. 그는 구인회 결성 이전부터 기성 시단의 위기상황을 열거하면서 새로운 문학의 활로를 주창하였다. 그러면서 자신이 구상하는 모더니즘 시의 문학권력화를 이루고자 한 것이다.

「현문단의 不振과 그 展望」[25]에서 김기림은 "春園 · 東仁 등 우리 신

---

24) 김기림, 「『서클』을 鮮明히 하자」, 『朝鮮日報』, 1933. 1. 4. 김학동 외 편, 『김기림 전집 3』, pp. 231-232.
25) 김학동 외 편, 위의 책, pp. 99-103.

1930년대 모더니즘 시와 문학담당층 — 김기림, 오장환, 이상을 중심으로 17

학의 선구자들이 조선의 새 자손 앞에 화려한 문학의 길을 啓示한 이래 1929년의 그 무서운 공황의 初發까지에 우리는 어떻게 문학에 대하여 열중하였으며 그것의 사회적 역할, 상품가치(?) 등에는 생각을 돌릴 틈도 없이 무조건하고 그것을 사랑하였던가. 젊음이 모든 방면에 넘쳐 있던 것이다"라고 문제를 제기하고 "그러던 것이 지금의 우리 문단은 그 이전의 그 열광과 황홀에 비해서 얼마나 혹심한 침체의 상태를 보이고 있는가."라고 진단하면서 "우리는 다만 한 개의 문학잡지도 길러갈 수 없다. 한 사람의 놀라운 작가나 시인도(그러나 辛夕汀씨의 그 아름다운 「리리시즘」을 잊어버린 것은 아니다) 나타나서 우리들의 심장을 굳세게 때려준 일은 없다."라고 현문단의 부진을 지적한 것이다. 나아가 그는 문학 자체의 목적 상실이야말로 치명적 타격이라는 것을 강조하면서 "자신의 시대적, 사회적 사무를 반성함으로써 병자와 같이 힘 버린 文學을 걸머지고도 새 시대의 새벽으로 향하여 땀을 흘리며 거꾸러지며 다시 일어나면서도 꾸준히 걸어갈 것"이라고 역설한다.

김기림은 구인회 결성 이전부터 문학의 새로운 주도 세력이 되기 위한 명분 확보에 골몰한 것이다. 그래서 그는 당시 문학의 혼선, 혹은 침체상태를 부각시키면서 그것을 타개하기 위해 새로운 주체 세력이 등장해야 할 명분을 내세운다. 이는 문학적 입지구축을 위한 전형적인 방법이다. 이는 「將來할 조선문학은」에 잘 드러난다.

이른바 조선 정조를 고수하는 편협한 감상적 「내셔날리즘」을 부정하는 굳센 문학정신은 이미 좌·우 양익의 문학 속에서 동시에 대두하고 있는 것을 우리는 쉽사리 看取할 수가 있다. 소박하고 추한 자연의 부정… 그것은 언제든지 문화의 근원적인 의지다. 이러한 소극적인 조선주의는 우리들의 「진보」의 흐름에 의하여 이윽고 깨끗하게 청산되고 말 것을 우리는 안심하고 예언해도 좋을 것이다.

또한 배타적 「내셔날리즘」은 오늘에 와서는 그것은 도도한 潮流의 앞에

작은 木柵을 세우는 무모한 선언의 되풀이 밖에는 아니된다. 위대한 독일인 「괴테」의 머리에 세계문학이라는 관념이 떠오른 그 때보다도 세계의 사정은 세계문학의 도래를 위하여 훨씬 유리하게 변해졌다. …중략… 결론적으로 조선문학도 금후 더욱더욱 활발하게 그 자체 속에 세계의식·세계양식을 구비하면서 세계문학에 가까워질 것이 아닐까. 우리는 또한 조금치도 세계에 대하여 비겁할 필요도 인색할 필요도 없다. 문을 넓게 열고 세계의 공기를 관대하게 탐욕스럽게 맞아들여도 좋을 게다.[26]

전대의 감상적 '내셔날리즘'은 물론이고 좌·우 '내셔날리즘'도 부정하고 '세계의식·세계양식을 구비한 세계문학'에 가까워질 것을 주창한 것이다. 김기림은 서구의 모더니즘 문학이론을 도입하여 우리 시의 전통을 부정하고 서구 편향적인 시각을 두드러지게 드러내 보인다. 김기림은 서구의 이미지즘, 입체시, 다다·초현실파, 미래파 등에 근거하여 기존의 문학을 부정한 것이다.[27]

다시 말해 김기림은 자신의 문학적 이념을 성취하기 위하여 강력한 새로운 문학단체를 만들어야 할 필요성을 느끼고, 기존 문단의 업적이나 성과를 부정하되, 그것은 주지하다시피 서구문학의 논리로 한 것이다.

그 결과 전 시대의 시를 전면적으로 부정한 것이다. 자신의 새로운 '모더니즘 시'를 시단에 뿌리내리기 위해서 전 시대를 송두리째 부정하는 것은 문학권력의 획득을 위한 의도를 드러내는 것이다. 주지하다시피 20년대 후반 우리 시문학사에 중요한 위치를 차지하고 있는 김소월의 「진달래꽃」(1925), 한용운의 「님의 침묵」(1926), 이상화의 「빼앗긴 들에

---

26) 김학동 외 편, 위의 책, p. 132-134.
27) 김기림은 1939년 10월 『인문평론』지에 발표한 「모더니즘의 역사적 위치」에서 "「모더니즘」은 두 개의 부정을 준비했다. 하나는 「로맨티시즘」과 세기말 문학의 말류인 「센티멘탈·로맨티스즘」을 위해서고 다른 하나는 당시의 偏內容主義의 경향을 위해서였다."고 지적한 바 있다. 앞의 『김기림전집 집 2』, pp. 53.

도 봄은 오는가』(1926)는 부정 될 수 없는 귀중한 재산이다. 그리고 식민지 조건이라는 역사적 상황과 관련하여 이해하지 않으면 안 될 한국 프로시운동의 역사적 당위성과 그 부분의 임화 등도 부정의 대상이 되기에는 너무나 큰 실체라는 지적[28]은 김기림의 전 시대 시의 전면적 부정 의도가 문학권력 추구와 깊은 상관성이 있음을 시사한다.

또한 김기림은 언론기관 및 문예지 발표지면 확보를 공고히 한다. 1933년 8월 15일 결성된 구인회 창립 회원들은 이태준(『조선중앙일보』 학예부장), 정지용(휘문고보 교사), 李種鳴(전 기자), 이효석(경성농업학교 교사), 유치진(극작가), 이무영(『문학타임스』 및 『조선문학』 초기발행인, 동아일보사 객원), 金幽影(영화감독), 조용만(『매일신보』 학예부장), 김기림(『조선일보』 기자) 등 9명인데, 이 인적 구성은 회원들의 저널리즘 확보를 위한 의도를 드러낸다.[29] 구인회는 언론기관을 비롯한 저널리즘의 장악을 통하여 문학 권력화된다. 예나 지금이나 문학권력은 언론과 문학잡지에서 나온다고 볼 수 있다. 제아무리 좋은 작품을 창작한다고 할지라도 발표지면이 없으면 독자들에게 다가갈 수가 없고, 또한 작품이 발표되었을지라도 그 작품에 대해서 비평가가 평가해주어야 문학작품으로서 평판을 얻는 것이다. 구인회를 중심으로 한 모더니스트들은 회원들의 작품을 동인들이 서로 옹호해주고 그 결과 이양하, 최재서 등의 비평가들의 주목을 받는다.[30] 이처럼 구인회를 결성하여 회원들 간의 문학적 입지를 서로 북돋아주고, 동인들이 간여하고 있는 저널리즘을 통하여 집단적인 의사 표명은 물론이고 기성문단을 비판하고, '문학강연', '적극적 작품 발표', 『시와 소설』(1936) 발간' 등을 통하여 그들의 문학 세력화를 강화해나간

---

28) 이선영 외, 앞의 책, p. 506.
29) 서준섭, 앞의 책, pp. 38-39.
30) 서준섭, 위의 책, p. 39-40.

것이다.[31] 물론, 이 일은 김기림이 주도적으로 한 것이다.

'구인회'는 카프 쇠퇴기에 등장한 최대의 문학단체로서 최초의 근대적 문학권력 집단이라고 말할 수 있다. 김기림은 이 구인회라는 문학권력 집단을 조직하여 전 시대의 시를 조직적으로 부정하고 그 자리에 모더니즘 시를 새로운 문학으로 건설하려 한 것이다.

2) 오장환의 전통 및 식민지 근대성의 부정

오장환은 서울 휘문고보 재학 시절에 벌써 모더니즘풍의 시[32]를 발표하여 그의 재능을 인정받고 있었는데, 그것은 「목욕간」(『조선일보』, 1933. 11), 「카메라 · 룸」(『조선일보』, 9. 5) 등으로 조선일보사에 재직하던 김기림의 주선이 크게 작용한 것으로 보인다.[33] 작품 발표와 평가 모두 김기림의 절대적 영향 하에 있었던 오장환은 김기림이 주창한 30년대 모더니즘 시의 신세대(근대시단의 제3세대)로서 김기림의 새로운 계승자[34]로 인

---

31) 서준섭, 위의 책, p. 40.

32) 오장환 시에 대하여 김기림이 모더니즘 계열로 처음 파악했지만, 오장환이 현실주의와 관련되거나 '시인부락' 동인이었다는 점 때문에 생명파로 묶이기도 했다. 그러나 서준섭, 신순범, 이승훈 등은 오장환의 시적 출발을 모더니즘의 시각에서 파악한다.(이승훈, 앞의 책, p.121.) 그러나 필자는 오장환의 첫 시집 『城壁』에 대하여 「오장환 시 연구─담화 체계를 중심으로」(홍대 박사논문 93. 11)에서 "시집 『城壁』 계열의 통화 체계가 숨은 화자─숨은 청자였고, 이 통화 체계로 당대의 식민지 현실을 객관적으로 제시하고 있다는 점에서 그의 초기시는 리얼리즘 시적 경향을 띤다고 보는 것이 타당하다."고 지적한 바 있다. 이런 점에서 필자는 시집 『城壁』의 모더니즘 경향을 부정적으로 본 것이다. 본고에서는 광의의 개념에서 시집 『城壁』을 모더니즘 계열로 수용한다.

33) 이봉구는 「『城壁』시절의 장환」(『城壁』의 재판 후기)에서 "片石村을 통하여 조선일보 지상에 발표된 3행시 「카메라 · 룸」은 현대시에 있어 새로운 감각의 신경지"를 보였다고 지적했다. 김학동, 『吳章煥研究』(시문학사, 1990), p. 284.

34) 서준섭은 오장환은 김광균과 함께 '구인회' 회원은 아니었으나 모더니즘 운동에 합류하여 독자적인 시세계를 구축하였다고 보면서 이들은 30년대 문단의 신세대(근대 시단의 제3세대)로서 모더니즘의 새로운 계승자로서 정지용, 김기림, 이상 등과는 다른 위치에 있었지만 그들과는 비견될 만한 뚜렷한 업적을 남긴 우수한 시인들이었으며 시적 경향은 달랐

식되기도 한다.

김기림의 전 시대 부정의 시론은 오장환에게서는 전통 및 식민지 근대성의 부정의 시학으로 변주된다.

(1) 전통의 부정

내 성은 오씨. 어째서 오가인지 나는 모른다. 가급적으로 알리어주는 것은 해주로 이사온 일 청인(一淸人)이 조상이라는 가계보의 검은 먹글씨. 옛날은 대국 숭배를 유심히는 하고 싶어서, 우리 할아버니는 진실 이가였는지 상놈이었는지 알 수도 없다. 똑똑한 사람들은 항상 가계보를 창작하였고 매매하였다. 나는 역사를, 내 성을 믿지 않아도 좋다. 해변 가로 밀려온 소라 속처럼 나도 껍데기가 무척은 무거웁고나. 수퉁하구나. 이기적인, 너무나 이기적인 애욕을 잊을려면은 나는 성씨보가 필요치 않다. 성씨보와 같은 관습이 필요치 않다.

– 「성씨보(姓氏譜)」[35]

『조선일보』(1936. 10. 10)에 발표된 이 시는 부제로 "오래인 관습—그것은 전통을 말함이다"라고 밝혔다. 부제에서 밝히는 것처럼 '성씨보—족보'란 한갓 '오래인 관습'으로서 부정되어야 할 대상이다. 자신의 성씨보(족보) 자체도 믿을 수 없는 허위라는 사실은 전통에 대한 거부를 극단적으로 보인 것이다. 자신이 왜 '오가'인지 모른다고 말한다. 그것은 조상 때부터 대국 숭배사상으로 중국 청인을 조상으로 하고 있지만 그것은 믿을 수 없는 것이라는 입장이다. 족보란 얼마든지 허위로 작성될 수 있고, 심지어는 매매될 수도 있는 것이기 때문이다.

으나 서로 협력하여 모더니즘 확산·정립에 상당한 역할을 하였다고 보았다. 서준섭, 앞의 책, p. 148.

35) 김재용 엮음, 『오장환 전집』(실천문학사, 2002), p. 41.

자신의 족보를 부정하고 나아가서는 역사 전체를 부정하기에 이른다. 그에게 역사란 소라 껍데기처럼 속에 비해 무척 무거운 짐에 지나지 않는 것이라는 입장이다.

오장환 시집 『城壁』(1937)에서는 기존의 가치체계에 대한 거부의 몸짓을 분명히 한다. 「宗家」나 「旌門」 등에서도 그것은 잘 나타난다.

세세전대만년성(世世傳代萬年盛)하리라는 성벽은 편협한 야심처럼 검고 빽빽하거니 그러나 보수는 진보를 허락치 않아 뜨거운 물 끼얹고 고추가루 뿌리던 성벽은 오래인 휴식에 인제는 이끼와 등넝쿨이 서로 엉키어 면도 않은 터거리처럼 지저분하도다.

– 「성벽(城壁)」[36]

오장환에게 전통적인 모든 것은 진보를 가로막은 장애요소가 되고 있다. 따라서 시집 『城壁』에 수록된 이 시에 나타난 '성벽'의 상징성은 전통적 유습을 고수하려는 보루와 상관되고 있다.[37] '성벽'은 보수로 표상되는 거부되어야 할 유습적 모든 가치체계를 상징한다.

보수와 진보에서 오장환은 후자를 선택한다. 보수의 표상인 '성벽'이 "이끼와 등넝쿨이 서로 엉키어 면도 않은 터거리처럼 지저분하도다."라는 진술 속에서도 그의 시적 의도를 잘 드러낸다. 전대의 가치체계를 부정하고 진보를 지향한 것이다.

(2) 식민지 근대성의 부정

전통의 부정이 과거에 대한 부정이라면, 식민지 현실의 부정은 현재

---

36) 김재용 역음, 위의 책, 24.
37) 김학동, 앞의 책, p. 28.

의 부정이다. 오장환은 과거의 전통을 부정하고 진보의 오늘을 택했다. 그러나 그가 택한 현실은 식민지 현실로써 그것도 부정의 대상이 되어야 하는 운명이다.

직업소개에는 실업자들이 일터와 같이 출근하였다. 아무 일도 안 하면 일할 때보다는 야위어진다. 검푸른 황혼은 언덕 아래로 깔리어오고 가로수와 절망과 같은 나의 긴 그림자는 군집(群集)의 대하(大河)에 짓밟히었다.

바보와 같이 거무러지는 하늘을 보며 나는 나의 키보다 얕은 가로수에 기대어 섰다. 병든 나에게도 고향은 있다. 근육이 풀릴 때 향수는 실마리처럼 풀려나온다. 나는 젊음의 자랑과 희망을, 나의 무거운 절망의 그림자와 함께, 뭇사람의 웃음과 발길에 채우고 밟히며 스미어오는 황혼에 맡겨버린다.

제집을 향하는 많은 군중들은 시끄러이 떠들며, 부산히 어둠 속으로 흩어져버리고, 나는 공복의 가는 눈을 떠, 희미한 노등(路燈)을 본다. 띄엄띄엄 서 있는 포도(鋪道) 위에 잎새 없는 가로수도 나와 같이 공허하고나.

고향이여! 황혼의 저자에서 나는 아리따운 너의 기억을 찾아 나의 마음을 전서구(傳書鳩)와 같이 날려보낸다. 정든 고샅. 썩은 울타리. 늙은 아베의 하얀 상투에는 몇 나절의 때문은 회상이 맺어 있는가. 우거진 송림 속으로 곱게 보이는 고향이여! 병든 학이었다. 너는 날마다 야위어가는……

어디를 가도 사람보다 일 잘하는 기계는 나날이 늘어나가고, 나는 병든 사나이. 야윈 손을 들어 오랫동안 타태(墮怠)와, 무기력을 극진히 어루만졌다. 어두워지는 황혼 속에서, 아무도 보는 이 없는, 보이지 않는 황혼 속에서, 나는 힘없는 분노와 절망을 묻어버린다.

－「황혼(黃昏)」[38]

---

38) 김재용 엮음, 앞의 책, pp. 22-23.

시집 『城壁』에 발표된 이 시는 도시의 일상에 적응하지 못하는 화자의 절망감, 소외감을 드러낸다. 고향을 떠나 도시로 온 화자는 도시의 행복한 일원으로 편입되지 못하고 소외된 존재로서의 분노와 절망을 보인다. 일 잘하는 기계가 화자 같은 도시에 떠도는 사람들의 직업을 빼앗아버리는 것을 사실적으로 기술한 것이다.

진보로 드러나는 도시적 일상은 세계와 자아의 거리를 확인시킬 뿐이다. 세계와 유리한 자아는 결국 황폐한 도회의 세계마저 부정하게 된다.

　　온천지에는 하루에도 몇 차례 은빛 자동차가 드나들었다. 늙은이나 어린애나 점잖은 신사는, 꽃 같은 계집을 음식처럼 싣고 물탕을 온다. 젊은 계집이 물탕에서 개구리처럼 떠보이는 것은 가장 좋다고 늙은 상인들은 저녁 상머리에서 떠들어낸다. 옴쟁이 땀쟁이 가지 각색 더러운 피부병자가 모여든다고 신사들은 두덜거리며 가족탕을 선약하였다.

　　　　　　　　　　　　　　　　　　　　　　　　－「溫泉地」[39]

『시인부락』(1936. 11)에 발표한 이 시는 온천지에 하루에도 몇 차례 은빛 자동차가 드나드는 것으로 보아, 도시적 정황을 일깨운다. 가진 자들의 타락상이 표면으로 드러난다. '신사'나 '늙은 상인'이 계집을 싣고 와서 온천을 즐기는 것은 대다수 식민지 백성들의 삶과는 유리된 것이다. 이들은 일제와 결탁한 지주이거나 친일파의 부도덕한 모습의 전형으로 보인다. 부도덕한 삶의 양식은 식민지 체제의 뒤틀린 구조 하에서 파악할 수 있다.[40]

억압 구조하에 있는 식민지 백성의 모습을 아래 시도 잘 드러낸다.

---

39) 김재용 엮음, 위의 책, p. 26.
40) 앞의 졸고, p.180.

추레한 지붕 썩어 가는 추녀 위엔 박 한 통이 쇠었다.

밤서리 차게 내려앉는 밤, 싱싱하던 넝쿨이 사그라붙던 밤. 지붕 밑 양주는 밤새워 싸웠다.

박이 딴딴히 굳고 나뭇잎새 우수수 떨어지던 날, 양주는 새 바가지 꿰어 들고 추레한 지붕, 썩어가는 추녀가 덮인 움막을 작별하였다.

－「暮村」[41]

「溫泉地」와 같은 지면에 발표된 이 시는 '모촌'의 추레한 지붕과 썩어 가는 추녀 위의 쇤 박을 통하여 식민지 백성의 궁핍함을 환기한다. '양주'는 이런 환경에서 견디지 못하고 떠나는데, 그들은 결국 일본 독점 자본가들에게 저임금을 착취당하는 도시 근로자로 전락할 것이다.

이 같은 참혹한 현실 앞에서 오장환은 스스로 절망할 수밖에 없었을 것이다.

푸른 입술. 어리운 한숨, 음습한 방안엔 술잔만 훤하였다. 질척척한 풀섶과 같은 방 안이다. 현화식물(顯花植物)과 같은 계집은 알 수 없는 웃음으로 제 마음도 속여온다. 항구, 항구, 들르며 술과 계집을 찾아다니는 시꺼먼 얼굴. 윤락된 보헤미안의 절망적인 심화(心火). ……퇴폐한 향연 속. 모두 오줌싸개 모양 비척거리며 얇게 떨었다. 괴로운 분노를 숨기어가며…… 젖가슴이 이미 싸늘한 매음녀는 파충류처럼 포복한다.

－「賣淫婦」[42]

「暮村」과 같은 지면에 발표한 이 시는 퇴폐적인 모습을 보인다. 이 퇴폐적인 모습이 무엇을 의미하는가가 중요하다. 이승훈은 이 시가 강조

---

41) 김재용 엮음, 앞의 책, p. 36.
42) 김재용 엮음, 위의 책, p. 27.

하는 것이 '제 마음도 속이는 계집', '파충류처럼 포복하는, 젖가슴이 싸늘한 계집'이고, 이런 이미지는 이상이니 정신이니 하는 부르주아적 삶에 대한 미적 비판이라고 본다. 따라서 관능, 병약함, 사기, 그로테스크는 데카당스의 세계지만 1930년대 우리 모더니즘을 해석하는 새로운 모델이 될 수 있다는 것이다. 결국 오장환의 퇴폐적 양상은 무자비한 부정성의 세계요, 숨은 유토피아를 해방시키려는 노력이라는 것이다.[43] 그러나 이 같은 지적에서 더욱 강조되어야 할 것은 식민지적 삶의 모순성이다. 부르주아적 삶에 대한 미적 비판으로 한정되기에는 당시의 식민지 현실이 너무 가혹하였다. 궁극적으로 오장환은 전통의 부정에서 나가 모순된 식민지 근대적 현실을 부정한 것이다.

3) 이상의 근대적 자아의 부정

이상 시에 대해서 그 동안 많은 연구가 이루어졌다. 이상 시는 1930년대 모더니즘 시 중에서 다다이즘 및 초현실주의 계열에 속한다는 것, 언어적 특성으로 반운율성, 해사성, 숫자 · 기호 · 도표의 사용으로 지나친 실험 혹은 반전통성을 드러내면서 난해하다는 것, 일상적 삶의 권태, 특히 죽음과 관계되는 실존주의적 양상, 식민지 지식인이 지녔던 비극적 인식, 곧 근대의식으로 말미암은 자기분열증 등으로 요약된다.[44] 그런 이상 연구에서 중요한 연구업적은 자아분열에 대한 것이다.[45]

---

43) 이승훈, 앞의 책, pp. 123-124에서 이승훈은 오장환의 데카당스가 서구 세기말 시인들이 보여주던 그런 개념이 아니라 캘리쿠네스가 말하는 다섯 가지 현대성 개념의 하나인 데카당스라고 지적한 바 있다.

44) 이승훈, 『李箱詩研究』(고려원, 1987), pp. 11-12.

45) 일상적 자아/새로운 자아(임종국), 신/구대립(정명환), 현실/자기 대립(이어령), 이상적 자아/현실적 자아(이승훈), 본래적 자아/비본래적 자아(이어령) 등 다양하게 해석된다. 김승희, 『李箱 詩 研究』(보고사, 1998), pp. 30-31.

이상 시는 궁극적으로는 근대적 자아의 부정성을 보인다. 오장환이 전통과 식민지 현실, 곧 세계를 부정했다면 이상은 전통가치와 전통적 시 쓰기, 나아가 근대적 자아 자체까지 부정하게 된다.

이상은 1910년 서울 종로구에서 태어났다. 이상이 서울 출생이라는 사실은 모더니즘의 토양인 도시에 대한 미적 대응이라는 점에서 시사하는 바가 크다. 전대의 문학적 토양이 자연이었다면, 모더니즘의 토양은 근대도시다. 이상은 근대도시의 체험을 할 수 있는 환경에서 태어난 것이다. 그는 보성고보를 거쳐 1929년 경성고등공업학교 건축과를 졸업한다. 그 후 조선총독부 건축과 기수로 근무하면서 일어 시「이상한 가역반응」(1931)을 발표하지만 본격적인 문단활동은 모더니즘의 본거지인 '구인회'와 관련이 있다. 즉 1933년 당시 '구인회' 동인들과 사귀면서부터다. 이 해에 그는 최초의 우리말 시「꽃나무」, 「거울」등을 발표하고, 이듬해에는 '구인회'에 가입하면서 모더니스트로 본격적인 문단활동이 이루어진다.

(1) 전통의 부정

> 나의아버지가나의곁에서조을적에나는나의아버지가되고또나는나의아버지의아버지가되고그런데도나의아버지는나의아버지대로나의아버지인데 어쩌자고나는자꾸나의아버지의아버지의아버지의……아버지가되니냐나는왜 나의아버지를껑충뛰어넘어야하는지나는왜드디어나와나의 아버지와나의아버지의아버지와나의아버지의아버지의아버지노릇을한꺼번에하면서살아야하는것이냐
>
> － 「鳥瞰圖－詩第二號」[46]

『조선중앙일보』(1934)에 발표한 이 시는 나와 아버지, 나와 조상의 관

---

46) 이승훈 엮음, 『李箱문학전집1』(문학사상사, 1989), p. 21.

계를 다루고 있다. 나는 조상을 부정하지만 비록 무능한 조상도 엄연히 조상이기 때문에 조상에 대한 부정은 심리적 갈등을 낳는다. 나와 조상의 대립은 사회학적인 측면에서 19세기적 봉건의식과 20세기적 현대의식의 대립을 보이는 것이다.[47] 아버지, 조상은 나의 곁에서 조는 무기력한 존재로 나타내는 것에서 전통에 대한 부정적 인식을 엿볼 수 있다. 19세기적 봉건의식과 20세기적 현대의식에서 갈등하는 양상을 보이지만, 결국 오장환이 진보를 택했듯이 이상 역시 후자를 택하면서 전통에 대한 강한 부정성을 드러낸다.

(2) 전통적 시 쓰기의 부정

患者의容態에關한問題

진단 0:1
　26.10.1931

　　　　　以上 責任醫師 李　　箱

　　　　　　　　　　　－「烏瞰圖－詩第四號」[48]

47) 앞의 책, pp. 21-22.
48) 앞의 책, p. 25.

「烏瞰圖」는 『조선중앙일보』에 1934년 7월 24일부터 8월 8일까지 연재되어 일대 센세이션을 일으켰는데, "미친 놈의 잠꼬대냐", "무슨 개수작이냐" 등처럼 당시 특별한 반향을 일으켰다. 이상 시는 당시 독자들이 생각하는 시라는 카테고리를 벗어났다. 기존의 시문법과 관습을 과격하게 파괴한 것이다. 「詩第四號」 같은 시가 그것을 잘 보여준다.

김기림은 이상이 「烏瞰圖」를 발표하여 센세이션을 일으키기 바로 전에 이상은 지금까지 알려지지 않은 시인이라고 전제하고, "잡지 「가톨릭 靑年」을 읽은 분 가운데는 혹은 그의 일견 기괴한 듯한 시를 기억할 분이 있을 줄 안다. 그의 시는 대부분 우리가 가지고 있는 난해하다는 시의 부류에 속한다. 그러므로 필자는 그이를 맨 꼭대기에 소개한다." 면서 이상은 사실 우리들 중에서 누구보다도 가장 뛰어난 '슈르리얼리즘'의 이해자며 스타일리스트라고 소개하고 이상의 시를 대할 때는 "우선 과거의 전통적인 어법이나 문법의 고색창연한 定規를 내던지라는 것이다. 시인은 오히려 과거의 故意로 그러한 것들을 이 시 속에서는 무시하였다. 그러한 낡은 옷을 이러한 발랄한 운동체 위에 억지로 입히는 것은 위험하고 또 무용한 일이다. 왜? 그것은 일순간에 산산히 남루가 되고 말 것이니까-."라고 말한다.[49]

이상의 전통적인 시문법에 대한 파괴는 김기림의 지원 속에서 한층 힘을 얻고 더욱 전위적인 쪽으로 나아간 것이다. 이상 시는 전통적인 글쓰기에 대한 강한 부정성을 드러낸다.

(3) 근대성의 부정과 근대적 자아의 붕괴

이상은 전통적인 가치관을 부정하고 전통적인 시 쓰기 자체를 부정하

---

49) 김기림, 「현대시의 발전」, 『조선일보』 夏期藝術講座·文藝篇, 1934. 7. 12-7. 22 『김기림 전집 2』, p. 329.

고 나아가 주체(자아)의 붕괴까지 드러낸다. 전통을 부정하고 근대적 자아로서 정체성을 찾으려 했으나 그것이 식민적 근대성의 모순성에 좌절하게 됨으로써 근대적 자아마저 붕괴된 것이다.[50]

거울속에는소리가없소
저렇게까지조용한세상은참없을것이오

거울속에도내게귀가있소
내말을못알아듣는딱한귀가두개나있소

거울속의나는왼손잡이오
내握手를받을줄모르는――握手를모르는왼손잡이오

거울때문에나는거울속의나를만져보지를못하는구료만은
거울아니었던들내가어찌거울속의나를만나보기만이라도 했겠소

나는至今거울을안가졌소마는거울속에는늘거울속의내가있소
잘은모르지만외로된事業에골몰할께요

거울속의나는참나와는反對요만은
또꽤닮았소
나는거울속의나를근심하고診察할수없으니퍽섭섭하오

― 「거울」[51]

---

50) 일찍이 조연현은 이상 시에 대하여 "표현할 자기의 통일된 주체가 붕괴되고 없었기 때문에 그러한 자기의 해체된 주체의 분신들을 파편적으로 제시한 이상의 작품은 역시 자기의 통일된 주체가 확립되지 않은, 오히려 점차로 자기의 주체가 해체되어 가는 불안 속에 놓여 있었던 1930년대의 조선 청년들에게는 그 작품의 통일된 전체적인 의미나 내용은 몰라도 그러한 자기의 해체된 주체를 자위하고 자독하기에는 알맞는 문학적 대상이었다."고 지적한 바 있다. 조연현, 「근대정신의 해체 ―고(故) 이상의 문학사적 의의」, 「문예」(1949. 11), 김윤식 엮음, 「李箱문학전집 4」(문학사상사, 1995), p.27. 그리고 최근 연구(엄성원, 앞의 논문, p. 55)에 의하면 "전통의 병폐를 부정했을 뿐만 아니라 그 대안으로 등장한 근대의 모순도 간파하여 미적으로 지향한 점이 이상 문학의 독특성"으로 지적되었다.

51) 이승훈 엮음, 앞의 책, p. 187.

이상은 한국문학사에서 어느 누구보다 '나'에 대한 탐구를 많이 했던 시인이다. 그는 자기 자신만을 탐구했다는 평가[52]를 받는다. 『카톨릭 靑年』(1933. 10)에 발표한 이 시도 자아인 나에 대한 탐구를 보인다. 이 시에서 나는 '거울 속의 나'와 '거울 밖의 나'가 분리되어 있다. 거울을 매개로 두 자아는 나뉘어 있고, 서로 접촉할 수가 없다. 이 같은 자아의 분열에 대하여 앞에서 드러났듯이, 일상적 자아/새로운 자아, 신/구 대립, 현실/자기 대립, 이상적 자아/현실적 자아, 본래적 자아/비본래적 자아 등 다양하게 해석될 수 있다. 이들은 모두 일면 타당성을 지니는 것이기도 하다. 그런데, 이상이 전통을 부정하고 근대성을 추구했지만, 그가 추구했던 근대성에 다시 좌절했다는 점[53]에서는 근대적 식민지 현실에 대한 자아 대립국면을 엿볼 수 있다. 그 좌절감, 절망감[54]의 표현이 자

---

52) 김승희, 앞의 책, p. 47.
53) "내가 생각하던 '마루노우찌삘딩'-俗稱 마루비루-는 적어도 이 '마루비루'의 네 갑절은 되는 宏壯한 것이었다. 紐育리 '브로-드웨이'에 가서도 나는 똑같은 幻滅을 당하는지-어쨌든 이 都市는 몹시 '깨솔링' 내가 나는구나! 가 東京의 첫 印象이다. 우리같이 肺가 칠칠치 못한 人間은 우선 이 都市에 살 資格이 없다. 입을 다물어도 벌려도 척 '깨솔링' 내가 滲透되어 버렸으니 무슨 飮食이고간 얼마간의 '깨솔링' 맛을 免할 수 없다"로 시작하는 수필 「東京」은 『문장』(1939. 5)에 유고로 발표되었는데, 이 글은 동경의 번화가를 묘사한 글이다. 이상이 꿈꾸던 근대도시 동경에 대한 실망감이 드러나고 있다.(김윤식 엮음, 『李箱문학전집 3』, 문학사상사, 1933, pp. 95-100.) 이상의 근대적 절망감은 임종국의 모더니즘 진단에서도 확인된다. 임종국은 「이상연구」(『고대문화』 1955. 12)에서 "1930년대 초엽의 모더니즘은 「해에게서 소년에게」 이래 우리 문학이 추구하여 온 '근대'의 속도적 문명의 적출자라 자부함으로써, 한때는 그 청신한 이미지를 과시하는 행복을 누릴 수 있었다. 그러나 그것은 동년대의 중엽에 들어서면서 심각한 위기에 봉착하고 말았으니, 이것은 '언어의 중시'가 '언어의 유희'로 타락하기 시작했다는 내부적 소인에보다는, 오히려, 그들이 '명랑히 감수'하려던 근대문명 자체가 파탄을 노정(露呈)하고 말았다는 데 더 결정적인 타격을 받은 것이었다."라고 지적했다.(김윤식 편저, 『李箱문학전집 4』, pp. 61-62.)
54) 임종국, 앞의 글, 63-64에서 이상의 작품을 구성하는 양상 중 그 하나인 절망의 음영이 실로 철두철미하면서 가장 전형적으로 나타난 작품으로 「烏瞰圖-詩第一號」를 들고 있다. 이 시에서 '13인의 兒孩'는 존재를 침해당하는 것으로써 공포를 느끼고, 그들은 공포를 모면할 목적으로 '도로를 질주'하지만 그 길이 '막다른 골목'이라는 점에서 그 절망감의 음영

아의 분열로 나타나고 급기야 자아의 붕괴로 진행한 것이다.

> 여기는어느나라의데드마스크다. 데드마스크는盜賊맞았다는소문도있다.
> 풀이極北에서破瓜하지않던이수염은絶望을알아차리고生殖하지않는다. 千
> 古로蒼天이허방빠져있는陷穽에遺言이石碑처럼은근히沈沒되어있다. 그러
> 면이곁을生疎한손짓발짓의信號가지나가면서無事히스스로와한다. 점잖던
> 內容이이래저래구기기시작이다.

- 「自像」[55]

『조선일보』(1936. 10)에 발표한 이 시에서처럼 이상의 죽음은 30년대
모더니즘의 데드마스크라고 볼 수 있다. 김기림이 지적한 가장 우수한
최후의 모더니스트 이상의 죽음은 30년대 모더니즘의 일단락을 의미하
는 것이다. 이런 측면에서 이상의 죽음은 상징적 의미[56]를 지닌다. 그의
죽음은 식민지 근대적 자아의 절망과 붕괴를 의미하는 것이다.

4. 결론

이제까지 30년대 모더니즘 시가 30년대 새로운 문학담당층에 의해

이 짙게 드러난다.

55) 이승훈 엮음, 앞의 책, p. 94.

56) 이어령은, 「이상론--'순수 의식'의 완성과 그 파벽(破壁)」,『문리대 학보』3권 2호 1955. 9)
에서 "레몬을 달라고 하여 그 냄새를 맡아 가며 죽어 간 '상'의 최후는 1937년 3월 17일 오
후 이역(일본)의 조그만 병실의 한구석 어둠 속에서였다. 우리는 짧은 그의 생애와 작가로
서의 생활 종막(終幕)에서 우연히도 하나의 상징적인 뜻을 발견하지 않을 수 없다"고 전제
하고 "역사 의식과 현대 의식의 원체인 선악과의 냄새가 아니라 사실은 레몬에서 풍기는
향내에 취해 보고 싶었던 것이다. 그러나 불행히도 그가 평생을 두고 맡아 온 냄새는 '의
식'이라는 선악과의 냄새였을 뿐이며 끝내 화려한 레몬의 홍수 같은 향기란 마음에 간직한
영원한 동경이었다. 죽음에 이르러 레몬의 냄새를 맡았다는 것은 끝내 완수하지 못한 그
의욕의 조그만 모형적 실험을 의미할 뿐이다."라고 이상 죽음의 상징적 의미를 밝혔다. 김
윤식 편저, 앞의 책, pp. 31-33.

서 새로운 시학으로 자리잡은 것을 살펴보았다. 모더니즘 시는 20년대 이미 출현했지만 30년대초 김기림이 20년대 시를 부정하고 조직적으로 문학권력을 획득하면서 확고한 문단적 입지를 구축하였다. 김기림을 필두로 한 새로운 문학담당층이 전 시대를 부정하면서 하나의 에꼴을 형성하는 당시의 모습은 오늘 문단에서 '주례사 비평'이니 '言·文의 유착'이니 하는 말이 나오는 문학권력 지향의 단초를 보인 것이다. 이런 점에서 김기림에 의해서 주도된 30년대 모더니즘 시 담당층은 순수 문학권력을 지향한 최초의 집단이며 그들은 서구문학을 모델로 전 시대를 부정한 것이다. 김기림의 부정의 시론이 전 시대의 시를 부정했다면, 오장환은 전통을 부정하고 진보를 택했으나 식민지 근대성에 역시 절망함으로써 식민지 근대성에 대한 부정으로 나타났다. 이상은 한걸음 더 나아가 식민지 근대적 자아의 절망과 붕괴를 드러냄으로써 근대적 자아까지 부정한 것이다. 전 시대를 부정한 김기림의 시적 기획은 오장환에게는 식민지 근대성에 대한 부정으로, 그리고 이상에게서는 근대적 자아의 부정으로 각각 변주된 것이다. 따라서 30년대 모더니즘 시를 관류하는 주된 시학은 결국 부정의 시학으로 귀결된다.

30년대 시의 주요 문학담당층이 보인 부정의 시학은 한국 현대시의 전위성으로써 기능하여 시의 새로운 지평을 여는 역동성을 보인 반면, 근자에 일고 있는 문학권력 논쟁의 단초를 제공한 것으로 볼 수 있기 때문에 이에 대한 깊이 있는 성찰이 요구되는 바이다(국제어문학회 2002 가을 학술대회 발표논문).

멀티포엠과 디카시(詩)의 전략

1. 들어가는 말

우리 시대 문화의 새로운 패러다임은 디지털 매체의 등장으로 형성되었다. 근자에는 인터넷 사이트에서나 카페, 블로그를 통하여 정보를 축적하고 검색하던 시대를 넘어, 트위터 같은 매체를 통하여 "눈앞에 보이는 사건이나 사고를 즉석에서 영상화하여 전달"하는 이른바 소셜네트워크 시대가 열린 것이다.[57] 우리는 비로소 순간 포착과 순간 소통이, 그것도 영상으로 실시간 이루어질 수 있는, 새로운 소셜네트워크 시대에 살고 있는 것이다.

미국의 커뮤니케이션 학자인 인니스(Harold A. Innis)가 커뮤니케이션 매체와 문화의 상관관계에 대해, "각 시대별로 새롭게 등장하는 매체는 사회 · 문화 · 정치적으로 새로운 변화를 가져온다"[58]라고 지적한 대로 지금 우리 시대는 정치에서 문화에 이르기까지 디지털 매체의 등장으로

---

57) 장한기, 「소셜네트워크 시대의 우리들의 자화상」, http://cafe.daum.net/LENSEclub.
58) 김요한, 『디지털 시대의 문학하기』, 한국학술정보, 2007, 19-20면, 재인용.

혁명적 변환기를 맞고 있는 것이다. 일찍이 빌렘 플루서는 "인류의 문화가 문자와 글쓰기로 이루어진 휴머니즘과 '구텐베르크적 문화'로부터, 컴퓨터와 디지털 코드로 대변되는 '텔레마틱적 문화'로 옮겨가게 됨으로써, 우리가 기존에 지녔던 사고방식과 가치-서구의 낡은 휴머니즘-에서 탈피해야 한다"[59]라고 주장한 바 있다. 이로써 그는 디지털 시대라는 미디어 변화의 시대가 인간의 지각과 사고방식의 변화에 어떤 영향을 끼칠 것인가에 대해서도 세세한 눈길로 살펴 보였다. 유사 이래로 문자와 책이라는 미디어를 기초로 형성된 선형적 · 진보적 · 역사적 사고방식은, 이제 새로운 디지털 코드에 의해 비선형적 · 순환적 · 탈역사적 사고방식으로 이행해 갈 것이라는 것이 그의 생각이었다. 플루서의 이러한 생각은 채 20년이 안 되어서 현실이 되었다. 오랫동안 문자와 책이 누려왔던 고유한 영역은 순식간에 허물어졌고, 이제 세상은 0과 1이라는 이진법으로 빼곡하다. 대중들은 0과 1의 기호들이 빚어내는 이진법의 가상공간에서 플루서의 예언처럼 비선형적 · 순환적 · 탈역사적 사고들로 서로 소통하면서 인간 체험의 영역을 넓혀 가고 있다.

　매체 수용에 있어서 대중들의 이러한 태도 변화에 대해 김주환은 "우리가 몸담고 살아가는 세상 자체가 데이터의 입력과 출력을 담당하는 하나의 커다란 인터페이스가 될 것이다"[60]라고 디지털 사회의 더 먼 앞날을 내다보고 있다. 그리고 거쉔펠드의 용어를 빌려 이를 '느낄 수 있는 환경'(sensible enviroments)이라고 소개했다. 이런 점에서 이제 우리는 라인골드가 규정한 '참여군중(Smart Mobs)'[61]의 시대를 본격적으로 맞이한 셈이다. 라인골드는, 컴퓨터를 비롯한 통신매체의 발달이 인간관계

---

59) 빌렘 플루서, 『디지털시대의 글쓰기-글쓰기에 미래는 있는가』, 윤종석 옮김, 문예출판사, 1998, 7면.
60) 김주환, 『디지털 미디어의 이해』, 생각의 나무, 2008, 194면.
61) 하워드 라인골드, 『참여군중, Smart Mobs』, 이운영 옮김, 황금가지, 2003.

의 파편화와 기계화를 초래한다는 여러 사회학자들의 우려에 대해 '참여군중'의 기능을 내세워 반박했다. 라인골드가 내세운 '참여군중'은 핸드폰, PDA, 인터넷 등 네트워크 기술을 바탕으로 연대하여 기존의 미디어를 거부하고, 인터넷 방송국과 웹진을 만들거나, 홈페이지와 블로그를 이용하여 관심사를 교환하는 대중들이다. 최근에는 스마트폰의 개발과 보급으로 인해 이러한 개인과 개인 간의 교류는 더욱 개방적으로 변모하고 있으며, 페이스북이나 트위터 같은 소셜 네트워크 프로그램들과도 연계함으로써 탈국경, 탈민족적인 인터페이스 공간을 구현해 나가고 있다.

매체환경의 변화에 따른 이러한 소통방식의 변화는 다양한 예술 장르에서도 일어나기 시작했다. 디지털 시대의 특징인 멀티매체를 활용한 현상들이 그것이다. 미술의 연장선상에 있는 비디오아트나 음악의 연장선상에 있는 뮤직비디오, 영화의 연장선상에 있는 애니메이션 등은 비교적 일찍부터 시작된 갈래교섭적 예술 양상인 셈이다.[62] 이제 이러한 매체적 소통방식의 변화는 전통문학 갈래에까지 영향을 미치고 있다. 언제부턴가 시는 문자예술로서의 좁은 카테고리를 넘어서고 있다. 디지털 매체의 일상화는 전통적 문자언어를 넘어 멀티언어를 활용한 시적 형상화에 이르게 하였고, 빠른 시간에 상당한 진척을 보이고 있다.[63] 특히 근자에는 PC와 같은 기능과 더불어 고급 기능을 가진 스마트폰

---

62) 장경기, 「토탈 콘텐츠, 토탈 엔터테인먼트 속의 시」, 『현대시』, 한국문연, 2001. 3월호, 55면.
63) 박민아는 21세기 디지털 시대의 문학 환경의 변화를, '글쓰기 도구의 변화'와 '글 읽는 독자의 변화'로 대별하였다. 그런 다음 전자에 대해, 컴퓨터 워드프로세서로 출발하여 웹 편집기를 거쳐 인터넷 하이퍼텍스트에 이르기까지, 변화하는 글쓰기 도구에 따라 글쓰기 양상이 변해가는 것은 당연하다고 전제한 다음, 이에 대한 반응으로 글쓰기 도구의 변화를 적극적으로 받아들여 창작의 도구로 수용하고 응용해야 한다는 입장을 내비쳤다. 다음으로 후자에 대해서는, 글쓰기 도구의 변화를 받아들이되 비판적으로 바라보고 성찰하는 태도가 필요함을 역설하였다. 박민아, 「디지털시대 시의 교육 방법 연구」, 중앙대 석사논문, 2009, 12-13면.

(smartphone)의 일상화로 인해 언제 어디서든지 대상과 접속할 수 있는 인터페이스 환경이 구축되었다. 이러한 디지털 환경은, 일상적인 풍경이나 일상적 대상과 실시간으로 다양하게 놀 수 있는 보다 확장된 인터페이스를 제공하게 될 것이다.

이처럼 급격한 매체 변화의 환경 속에서도 '시는 언어예술, 곧 문자예술'이라는 고전적 사고의 위의(威儀)는 여전하다. 물론, 기존에도 문자예술을 넘어서고자 하는 시도가 없지 않았지만, 여전히 시는 문자 중심의 예술이었다. 그것은 신문이나 잡지, 책 등이 주된 소통매체가 되는 시대였으니까, 시가 문자예술로 머물러 있어도 큰 불편함이 없었던 탓이다. 그러나 매체 환경이 점점 문자언어 중심에서 멀티언어로 바뀌어가는 현 시점에서 멀티언어로 표현되는 새로운 형태의 시를 이제는 모색하지 않을 수 없다. 이런 점에서 본고는 멀티미디어 시대의 새로운 시 쓰기 전략 일면으로 운동성을 강하게 띠는 대표적 두 양상으로서의 멀티포엠과 디카시를 다루고자 한다. 이들에 대한 학계의 담론이 아직은 충분히 마련되지 못한 상황에서, 본고는 이 두 매체 예술 운동의 형성 과정과 그간의 진척 상황 및 문제점을 제기하는 것에 논지를 모을 것이다. 이는 앞으로 지혜로운 연구자들이 이에 대해 본격적인 연구를 하는 데 있어 선명한 출발점을 제시하는 의미이기도 하다.[64]

---

64) 김지혜는 디지털 시대 신(新)시의 경향으로 멀티포엠을 비롯하여 하이퍼-시와 디카시 등을 들고 있고, 채호석은 1990년 이후 인터넷 문학으로 디카시를 거론하였다. 김지혜, 「1990년대 이후 국내 멀티포엠에서 보이는 시작적 서사와 소통 가능성 연구」, http://blog.naver.com/mediation7/40090752753 ; 채호석, 『청소년을 위한 한국현대문학사』, 두리미디어, 2009.

2. 멀티미디어의 적극적인 시적 활용 전략, 멀티포엠

디지털 매체의 일상화는 시의 소통에 있어서도 문자언어를 넘어 멀티미디어를 활용하고자 하는 시도들로 이어지고 있다. 그 대표적인 것 중 하나가 문학나눔사업추진위원회에서 시도하여 큰 호응을 받고 있는 인터넷 시배달 서비스다. 문학나눔사업추진위원회는 시를 다양한 형태로 받아볼 수 있는 메일링 서비스를 제공해왔던 바, 그림이나 사진, 플래시 애니메이션과 함께 시를 독자에게 골라 보내는 방식이다. 이 시배달 서비스는, 지난 2005년부터 도종환, 안도현, 나희덕, 문태준 시인 등 유명 시인들이 맡아 엄선한 작품들을 배달해 왔는데, 매회 100만 명 이상이 열람하는 한국문화예술위원회의 대표적인 사업으로 알려져 있다.

인터넷 시배달 서비스는 넓은 의미에서 일종의 멀티포엠이다. 위의 캡처 화면(지난 2010년 8월 30일 김기택의 인터넷 시배달 첫 화면)을 클릭하면 아래의 시가 화면에 뜨면서 배우 윤미애의 낭송과 함께 배경 애니메이션이 어우러진다.

벌어진 손의 상처를
몸이 스스로 꿰매고 있다.
의식이 환히 깨어 있든
잠들어 있든
헛것에 싸여 꿈꾸고 있든 아랑곳없이

보름이 넘도록 꿰매고 있다.
몸은 손을 사랑하는 모양이다.
몸은 손이 달려 있는 것이
부끄럽지 않은 모양이다.

　　　　　　　　　　　　　－ 최승호, 「몸의 신비, 혹은 사랑」 일부

시 낭송이 끝나면, '최승호의 「몸의 신비, 혹은 사랑」을 배달하며'라는
아래와 같은 집배원 김기택의 배달 소감으로 마무리된다.

　헌 이가 빠지면 새 이가 돋고, 살이 찢어지면 새살이 돋는 몸을 어렸을 때
는 신기하게 바라봤지요. 상처를 원래대로 완벽하게 회복시키는 몸의 자연
적인 치유능력은 말 그대로 마술입니다. 몸이야말로 아직 문명이 침투하지
못한 원시의 생태계죠. 몸에는 생명을 위협하는 거친 환경으로부터 살아남
은 지혜와 힘의 진화 과정이 고스란히 새겨져 있습니다.
　이 시는 수천만 년 생명을 지켜온 노하우를 간직한 몸의 순수한 힘과 인
간의 어리석은 탐욕을 대비적으로 보여주고 있습니다. 손이 저지르는 일이
아무리 흉해도 그 손에 난 상처를 정성껏 치료하는 몸의 사랑은 마치 못난
자식을 감싸 안는 어머니 같네요.

　그런데 이 시배달은 멀티포엠으로서, 낭송자 외에도 캐리커처 박종
신, 음악 권지욱, 애니메이션 강성진, 프로듀서 김대형 등이 함께 참여
하여 제작한 것이다. 최승호의 「몸의 신비, 혹은 사랑」을 문자시로 감상
할 때와 멀티포엠으로 감상할 때의 그 느낌이 사뭇 다른 것은 주지하는
바이다. 이렇듯 멀티미디어 시대에는 문자시로만 읽기보다 멀티포엠으
로 새롭게 제작하여 감상하게 하는 시배달 서비스 같은 것이 일상화되
고 있다. 신문 인터뷰[65]에서 김정혜 창비 문학팀장도 "서점에서 시집을

---

65) 「동아일보」, 2007. 6. 1.

사는 사람은 줄었지만 온라인상에서 시를 감상하고 공유하는 커뮤니티가 활성화되고 개인 블로그나 미니홈피 등에서 시를 즐기는 독자는 늘어나는 상황"이라고 현 상황을 진단하고, "창작자 중심, 종이책 중심의 소통방식을 다양화 할 필요성이 갈수록 커지고 있다"고 말한 바 있다.

이 같은 멀티미디어 시배달 서비스 같은 것을 멀티미디어 시대의 새로운 시적 장르 개념으로 의식하며 에꼴을 형성하고 전략적으로 공론화한 것은 1996년 9월 1일의 일이었다. 이 때 장경기를 주축으로 허혜정, 유희봉, 박정진 등이 중심이 되어 '멀티포엠 일동' 이름으로 〈멀티포엠 제1 선언문〉이 발표되었다. "21세기 멀티정보사회 환경 속에서, 우리는 종합 매체를 가꾸고 표현영역을 확대, 심화시켜 나감으로써 정신문화를 선도하고 온전한 영성을 회복해 나가야 할 신생 예술장르의 필요성을 절감한다. 이에 다음과 같이 멀티포엠이라는 한 예술장르를 출발시킬 것을 선언한다."[66]라는 전문을 필두로 12항의 선언문은 그동안 시가 문자언어 예술로서 규정된 것에 일대 충격을 주면서 '영상, 소리, 문자' 등 모든 가능한 표현 매체들이 한데 어우러져 빚어내는 멀티포엠을 주창한 것이다.

멀티포엠은 멀티미디어를 뜻하는 멀티(multi)와 시를 의미하는 포엠(poem)의 합성어로 무엇보다 매체 환경의 멀티미디어화에 주목하면서 멀티미디어를 이용해 시를 표현하는 것이다. 이는 사람들의 주된 언어 역할을 해온 문자와 말을 넘어 영상, 이미지, 그림, 사진, 소리(음악) 등이 통합되는 멀티미디어 시대의 멀티언어[67]를 새로운 시의 매체로 활용

---

66) 멀티포엠, http://www.multipoem.com/.
67) 사람들의 인식과 소통 활동이 다양한 표현 방법과 매체들을 동시에 활용하고 수용하는 통감각적인 형태로 변화되어 가고 있는 가운데, 현대인들의 주요 언어활동으로 자리 잡아가는 멀티적인 언어 활동에 활용되고 있는 이미지, 문자, 음 등 다양한 표현 방법들이 한데 어우러져 이뤄진 언어 형태를 멀티언어라고 한다. 장경기, 「디지털 시대, 시는 편지다」, 『시와 사상』, 2006. 6월, 26면.

하고자 하는 의도를 지닌다. 이는 앞서 김정혜의 진단처럼 다양한 방식으로 예술을 향유하려는 요즘 독자들의 취향을 고려한 창작 방법이다. 전통적 예술 감상 구도에서는 창작자와 수용자의 관계는 일방향적이었다. 그러나 요즘처럼 발달된 매체 환경은 독자를 수동적 수용자의 자리에 고정시키지 않고, 메타창작의 자리로 옮겨 보다 능동적인 독자로 참여하게 한다.[68] 사람의 인식의 표현 방법으로 문자나 말 외에도 영상, 이미지, 그림, 사진, 소리 등 다양한 것들이 있었지만, 이들은 언어적인 측면에서는 문자나 말의 보조적인 역할을 해왔고, 예술 등과 같은 추상성과 애매성이 동반하는 영역에서 주로 사용되어 온 것이 사실이다. 다시 말해 본격적인 디지털, 인터넷 시대가 열리기 전인 20세기 말까지만 해도 일반인들은 멀티언어를 직접 사용하기보다는 일방적으로 수용하는 입장에 머물러 있었다. 그러나 이제는 멀티미디어 창작 도구들, 프로그램들이 속속들이 개발되고 일반 사람들에게까지 파급되기에 이르렀다. 일반인들도 멀티언어를 수용하기만 하는 입장에서 벗어나 점점 직접 그것들을 활용해서 창작하고 교류하는 쪽으로 발전하기 시작한 것이다.[69]

그럼 여기서 본격적 의미의 멀티포엠을 실제로 창작해내는 과정을 살펴보자.

「산다는 건 어디로든 떠난다는 것」이라는 제목의 플래시 멀티포엠을 한 예로 하여, 그 특성을 살펴보자.

이 작품은 멀티포엠아티스트 보애(아이디, 본명 박보애)의 작품이다. 먼

---

68) 김연아의 스케이팅 장면을 애니메이션으로 제작한 동영상이 유튜브에서 화제가 된 적이 있다. 수동적 위치에서 스타를 바라보기만 하는 팬이 아니라, 이제는 그 스타를 자신의 영감 속으로 끌어와 그것을 다시 재현하는 능동적 팬들이 등장하고 있다. 이는 예술에서도 마찬가지다.
69) 장경기, 앞의 글, 25-28면.

저 창작 과정을 보면, 문자시가 있는 상태에서 그에 어울리는 영상과 음을 창작하는 방식이 아니었다. 문자시가 없는 상태에서 끝없이 달리는 기차와 효과음, 그리고 음악으로 하나의 작품을 만들어냈다.

그렇게 창작된 작품을 필자에게 보여줬다. 필자는 그 작품을 거듭해서 감상하면서, 떠오르는 이미지와 생각들을 시로 써내려 갔다. 그리고 그 시를 필자의 육성으로 낭송하고 보애가 선정한 음악과 효과음으로 믹싱하였다.

그래서 영상과 음을 결합시킨 완성 작품으로 해서, 보애에게 보냈다. 보애는 시가 너무 길다. 기차 바퀴 소리가 제대로 살지 않는다는 등의 지적을 하였고, 필자는 다시 시를 압축시키기도 하고, 낭송을 다시 해보기도 하고, 믹싱 등도 다시 했다.

이렇게 수정해서 보애에게 보이면 다시 수정 사항이 나오고 해서, 세 번에 걸친 수정 끝에야 마음에 든다는 답을 얻어냈고, 작업은 마무리 되었다.[70]

위의 예시는 장경기와 박보애의 공동 창작 멀티포엠이다. 이 작품은 문자시를 창작해 놓고 창작한 것이 아니고, 박보애가 영상, 효과음, 음악을 먼저 만든 후에 그것을 보고 장경기가 떠오르는 이미지와 생각들을 문자시로 쓴 것이다. 이런 경우는 김기택의 시배달 방식과는 다른 방식이다. 멀티포엠은 개인이 창작할 수도 있지만, 대부분의 경우 시인과 영상아티스트의 공동 창작이다. 이는 각 분야의 전문가들을 동원함으로써 시 자체에 의미있는 효과를 입힘으로써 독자들의 몰입을 유도하기 위한 것이다.[71] 김기택의 시배달 방식은 문자시를 보다 효율적으로 전달하기 위한 멀티미디어의 활용으로써 유의미하기는 하지만, 본격적인 새로운 장르 의식은 결여되어 있다 할 것이다. 그러나 장경기가 주창하는

---

70) 장경기, 앞의 글, 34-35면.

71) "몰입은 비록 가상이긴 하나 실재라고 믿게 하는 수단이며, 이를 통해 사용자로 하여금 어떤 행위를 익히게끔 하는 교육적 가치라고 말할 수 있다." Marie-Laure Lyan, "*Narrative as Virtual Reality : Immersion and Interactive in Literature and Electronic Media*", The Johns Hopkins Univ Press, 2003, 65면.

멀티포엠은 문자시를 넘어 멀티언어를 활용하여 멀티미디어 시대의 새로운 장르를 표방하고 있다는 점에서 진일보하고 있다.

멀티포엠은 장경기를 필두로 한 1996년 8월에 멀티포엠 제1선언문 발표를 시발로 태동기를 거쳐 2000년 1월 1일 '멀티포엠 제2 선언문'을 발표하고 장경기의 연작시 「마고」를 원작으로 영화, 연극, 음반, 사진집, 캐릭터, 멀티포엠집 등 다양한 콘텐츠로 하는 60억 규모의 토탈콘텐츠 비즈니스를 진행하여 주목을 끌었다. 멀티포엠협회가 더욱 본격화된 것은 2003년 6월 1일 '멀티포엠 제3 선언문'을 발표하고 동년 10월 전형철 시인, 장경기 시인이 주축이 되어 멀티포엠협회 구성과 '멀티 디지털 시대의 멀티포엠 시문학 운동'이라는 웹진 창간, 그리고 잇달아 선언문을 발표하며, 최근 들어서는 디지털 만해축전을 개최하면서 멀티포엠은 멀티포엠아카데미, 멀티포엠백일장, 멀티포엠 상영전시관, 멀티포엠공연축제 등의 4가지 양상[72]으로 펼쳐지고 있다.

이런 일련의 멀티포엠 운동은 몇 가지 면에서 중요한 의미를 지닌다.[73] 첫째 멀티포엠은 정보화 시대의 새로운 매체인 컴퓨터를 시 창작의 장으로 본격적으로 끌어들였다는 점이다. 둘째, 멀티포엠은 인쇄매체보다 멀티미디어 매체에 친숙한 독자에게 영상, 음악, 소리 등으로 시에 보다 쉽게 접근하도록 도와준다. 셋째, 멀티포엠은 시의 주제와 정서를 다양한 멀티미디어를 통해 표현함으로써 문화콘텐츠로서의 가능성을 보여주었다. 이렇듯 장경기에 의해 주창되고 있는 멀티포엠이 정보화 시대를 대변하는 멀티미디어 매체인 컴퓨터를 시창작과 수요의 장으로 끌어들였다는 점에 의미 있는 평가를 받으면서도, 몇 가지 미학적 문제를 노정하고 있다.

멀티포엠 초창기 작업에 대해 성귀수는, 아래와 같은 이유로 멀티포

---

72) http://www.manhaemp.com.
73) 박민아, 앞의 글, 20면.

엠을 신종 시의 장르로 볼 수 없음을 분명히 했다.

> 예술에 있어서 어떤 매체가 새로운 장르를 탄생시키기 위해서는 그 매체의 새로움, 혹은 기존 매체의 새로운 활용이 전혀 새로운 영감의 탄생으로 이어져야 하는데, 장씨의 '멀티포엠'에서는 그런 점이 보이지 않는다. 〈안개의 집〉에서 멀티매체로 활용되는 영상과 시의 낭독(음), 문자는, 장씨 자신은 '융합'이라는 표현을 썼지만, 필자가 느끼기엔 그저 병치되어 있을 뿐이다. 시구는 그림을, 그림은 시구를 암시하며 지나가지만 그 매커니즘 자체가 그저 시화(詩畵) 차원을 벗어나지 못하고 있는 것이다.[74]

즉 영상과 음과 문자가 단지 병치되어 있을 뿐이어서 기존의 시화 개념을 크게 벗어나지 못한다는 지적이다. 그러나 앞에서 예시한 장경기와 박보애의 공동 창작 멀티포엠만 보더라도 근자에는 단순한 병치를 넘어 영상과 문자 등이 텍스트성을 구축하면서 융합의 단계로 발전하는 모습을 보이기도 한다. 그러나 멀티포엠은 여전히 문자언어로서 시어의 특성을 지나치게 무시했다는 지적에서 자유로울 수 없다. 더욱이 '이미지와 음, 그 밖의 모든 표현 수단'으로 문자 언어를 대체했을 때, 멀티포엠의 정체성은 상당히 모호해지기까지 한다. '멀티미디어시'에서 '시'는 떼어 버리고 '멀티미디어'만 남겨놓은 형국이 되어 버리는 것이다. 이런 점에서도 장경기의 멀티포엠을 별도의 새로운 예술 장르로 규정하는 데에는 아직도 많은 무리가 따른다.[75] 또한 멀티포엠은 인터넷에서 활용되는 영상시, 플래시 멀티포엠, 액자형 대형시화, 도자기 시화 등처럼 매우 포괄적 개념으로 외연이 지나치게 확장되어 그 정체성이 모호한 것도 사실이다.

---

74) 성귀수, 「멀티포엠 실험이 내게 불러일으킨 몇 가지 논점에 관한 고찰」, 『시와 반시』, 2000. 가을, 165면.
75) 이성우, 『0/1의 세계에서 시란 무엇인가』, 고려대학교출판부, 2007, 109~110면.

이렇듯 멀티포엠은 아직은 진행형이다. 아직 새로운 시 장르로서 확고한 자리를 잡았다고 말하기는 힘들다. 그럼에도 불구하고 멀티포엠은 멀티미디어 시대에 시를 새롭게 표현하고자 하는 시도라는 측면에서 일정한 성과를 거두고 있는 것 또한 사실이다. 1996년 〈멀티포엠 제1선언문〉을 발표할 때만 해도 필름, 비디오 등이 창작 도구의 주를 이루어 왔고, 제작비나 전문성 등이 요구되어 소수만 참여했다. 최근에 와서는 가정용 컴퓨터 앞에서도 작품을 완성할 수가 있어 대중성을 확보한 것이다. 현재 멀티포엠을 창작하는 숫자는 수만 명으로 추산되고, 나름대로 완성도를 지닌 멀티포엠아티스트만 수천에 이른다.[76] 또한 유튜브 등의 활성화로 멀티포엠의 소통 환경 또한 날로 진화하고 있다.

3. 디지털카메라(폰카) 영상 글쓰기의 시적 전략, 디카詩

디지털 시대를 맞아 멀티미디어 시배달의 일상화와 더불어 디지털카메라를 활용한 영상 글쓰기 또한 보편화되었다. 즉 디지털카메라(폰카)는 이즈음 새로운 펜의 역할을 하게 되었다. 문자로만 쓰는 것이 아니라 디카로 찍은 영상과 함께 문자를 달아 메일을 보내거나 블로그, 카페, 트위터 등에 올리는 방식의 디카 글쓰기가 보편화되었다는 것이다.[77]

---

76) 박민아, 앞의 글, 18면.
77) 2000년 초부터 불기 시작한 디지털 기술의 대중화 물결은 아날로그 시대의 일상적 도구들을 밀어 내면서 디지털 속성들과 융합된 문화변이들을 만들어 내기 시작했는 바, 그 중 하나가 사진과 글을 조합한 형식의 글쓰기다. 디지털카메라(핸드폰 내장 디카)의 보급 열풍으로 문자기록을 디카촬영으로 대신할 정도로 디지털사진이 일상생활문화에 깊숙이 삼투되었다. 이렇게 하나의 문화현상으로 자연스럽게 사진과 글을 조합한 형식에 대한 글쓰기가 최근 주목을 끌고 있다. 김영도, 「詩寫眞을 融合한 文藝教育콘텐츠 硏究」, 한남대 박사논문, 2011, 142면.

형아, 살갗 탄다고 나다니지 말랬잖아. 짜~식 순진하긴. 엄마.아빠가 땡볕에서 일하시는 거 보면 몰라? 걱정 말고 한숨 자고 가자. 맞아, 엄마가 졸릴 땐 볕 잘 드는 데서 푹 자래. 어 그러면 그늘로 가야지. 엄마는 좋은 건 안 가르쳐 주신단 말야.

– 윤영식, 「청개구리 아니랄까 봐」[78]

『중앙일보』에 게재된 독자투고 디카에세이다. 디카로 찍고 문자를 다는 디지털 시대의 새로운 글쓰기는 『중앙일보』에서 디카에세이를 투고받을 만큼 일상화된 것이다. 영상을 곁들인 글쓰기는 문자만의 글쓰기보다 훨씬 생생하고 경제적이기조차 하다.

　디카시는 이런 환경 속에서 디카 글쓰기를 예술(시)의 차원으로 끌어올리는 방식이라고 해도 좋다. 앞의 멀티포엠이 음악, 영상, 그림 등의 언어 외적 요소를 문자시(언어)에 병치시키거나 결합시킨 것이라면, 디카시는 문자를 오직 사진 이미지와 결합시킨 형태다. 이런 점에서 디카시는 가장 기초적인 멀티언어 형태라 할 수 있다. 간혹 디카시가 문자시를 전제로 하여 사진과 결합시킨 포토포엠의 하위 갈래로 인식되거나, 포토포엠과 동의어로 해석되는 것은 이러한 멀티적 외연 때문이다. 그러나 디카시는 엄연히 포토포엠과 구분되는 뚜렷한 갈래 경계를 지니

---

78) 인터넷 『중앙일보』, 2005. 5. 27.

고 있다. 먼저, 디카시는 날시(raw poem)[79]를 상정한다. 날시는 자연이나 사물 속에 깃든 시적 형상을 말한다. 그러니까 날시는 자연이나 사물이 스스로의 상상력, 즉 신의 상상력으로 빚은 언어화되어 있지 않을 뿐이지만 완벽한 시적 형상을 획득하고 있는 것을 말한다.[80] 따라서 디카시는 날시를 전제로 하고, 디카로 이 날시를 찍어 문자로 재현하기 때문에 문자시만이 독자적으로 존립할 경우, 그 의미는 온전하게 전달될 수 없다.

아래의 작품을 예로 들어 보자.

이곳에 오니 사람들 마음에서 사라진 평온함이 모여 살고 있구나

– 조정권, 「고성 앞바다」[81]

이 작품은 지난 '2009년 문인 초청 고성 생명환경 농업 디카시 체험

79) '날시' 등의 디카시의 이론적 토대에 대해서는, 이상옥의 디카시론집 『디카詩를 말한다』, 시와에세이, 2007 ; 『앙코르 디카詩』, 국학자료원, 2010 들에서 자세히 다루었다.

80) 프랑스의 '으젠느 앗제'를 '카메라의 시인'이라고 한다. 앗제는 19세기 후기부터 20세기 초까지 한 세기의 전환기에 활약한 사진가로 미국의 사진가 알프레드 스티글리츠와 더불어 현대사진의 원점으로 일컬어진다. 앗제는 당시 살롱사진가들이 머릿속에서나 그리던 시의 세계를 표현하려 했던 것과는 달리, 현실 속에 깃들여 있으면서도 우리들이 미처 보지 못했던 시의 세계를 찾아내었다. 날시는 살롱사진가가 머릿속에서 그리려고 했던 시의 세계(기존의 문자시)와는 달리, 앗제가 포착해내었던 숨어 있는 시의 세계라고 봐도 좋다. 육명심, 『세계사진가론』, 悅話堂 美術選書 62, 24–26면.

81) 『디카詩』, 도서출판 디카시, 2009 특별호(통권 7호), 36–37면.

한마당'에 참가한 조정권 시인이 쓴 디카시다. 이 작품은, 행사를 마치고 경남 고성의 공룡발자국 화석이 있는 상족암 부근의 바다를 보러 나갔다가 순간적 영감으로 시적 형상을 포착하고 쓴 작품이다. 상족암이 있는 고성 앞바다는 인적이 없이 잔잔하기만 했고, 평화로운 작은 집을 배경으로 두고 있어 평온함 그 자체로 여겨졌을 터이다. 서울 같은 대도시인들의 마음에서 사라진 평온함이 이곳 고성에 모여 있다는 그 시적 느낌이 바로 날시로 살아 있어, 이를 "이곳에 오니 사람들 마음에서 사라진 평온함이 모여 살고 있구나"라고 문자 재현한 것이다. 여기서 문제가 되는 것은 문자 재현한 것이 일반 문자시와 무엇이 다르냐에 있다. 이 차이를 이해하기 위해, 가령 문자시를 전제로 하는 포토포엠과 비교해서 읽어볼 수 있을 것이다.

포토포엠은 문자시가 먼저 있고, 그 시에 어울리는 사진을 병치하여 감상의 효과를 노리는 것이다. 따라서 포토포엠의 경우, 굳이 사진 이미지가 제시되지 않아도 문자시만으로도 독자들은 그에 연상되는 이미지들을 충분히 상상해 낼 수 있다. 그러나 디카시의 경우엔 순간 포착된 '기호'(이미지)를 통해 '의미'(해석된 메시지)를 전달받는 것이므로, 이미지 없이 문자로만 구현되었을 때 그 시가 주는 시적 감흥은 현저히 떨어지거나 아예 빗나간다. 즉, 포토포엠의 경우 문자시나 이미지가 따로 제시되어도 그 본래의 의미를 크게 벗어나지 않는 반면, 디카시의 경우엔 문자나 영상이 따로 제시되어 기능할 수 없다는 것이다. 이런 점에서 디카시는 포토포엠이 지적받는 시상의 고유성 훼손이라는 측면에서도 비껴나 있다. 다시 말해, 포토포엠은 문자시가 지닌 시상의 권위가 이미지에 의해 축소될 수 있지만, 디카시는 문자와 영상이 어울린 하나의 결합체이기 때문에 오히려 '낯설게 하기'의 시적 기법으로 이해되어야 한다.

디카시가 포토포엠과 구분되는 또 하나의 근거는 '창작과 수용 심리'의 측면에서 찾을 수 있다. 포토포엠은 영상이나 시가 각각 선후 관계로 조합되는 탓에, 둘 사이엔 일정한 시간의 경과가 있고 그 동안에는 애초의 발상이나 감흥이 최종 창작품에까지 유지되는 데 어려움이 있을 수 있다. 그러나 디카시는 휴대폰(혹은 스마트폰) 내장 디카로 시적 형상을 순간 포착하고 역시 순간적으로 문자 재현한 후에 곧바로 휴대폰에 입력된 지인 혹은 독자들에게로 동시에 전송한다.[82] 따라서 디카시는 포토포엠보다 훨씬 더 즉각적이며 생생한 감흥을 살려낼 수 있다. 포토포엠은 앞에서 예시한 인터넷 시배달과 같이 일반 문자시를 보다 효과적으로 소통시키기 위해서 사진영상을 병치하는 것으로서, 디카시처럼 뚜렷한 새로운 장르 개념을 드러내는 것은 아니다.

디카시가 지니는 또 하나의 변별점은 시인의 기능에서 찾을 수 있다. 문자시를 전제로 사진을 병치하는 포토포엠의 경우와 달리, 디카시의 시인은 견자로서 시적 형상을 포착한 다음 영상과 문자를 하나의 텍스트로 통합해 독자들에게 전달한다는 점에서 에이전트의 역할에 충실하다. 이런 점에서 디카시는 시적 불통의 시대에 대중문화 미디어로서 독자와 효과적으로 소통할 수 있는 뚜렷한 정체성을 확보하고 있다.

멀티포엠이 운동성을 띄듯이, 디카시 역시 2004년 필자의 최초 디카시집 『고성 가도(固城街道)』 출간 이후 다음 카페에 '디카시 마니아'라는 카페가 개설되었고, 디카시 전문지 『디카詩』가 9호까지 발행되었으며, 경남 고성에서는 올해로 네 번째 디카시 페스티벌[83]이 개최되었다.

---

82) 디카시의 날시의 순간 포착과 순간 문자 재현, 그리고 순간적 동시 소통은 디지털적 속성을 선명하게 드러낸다. 이런 과정에서 디카영상이나 문자의 거친 일면이 문제가 될 수도 있지만, 오히려 이것이 우리 시대의 코드를 대변하는 것이기도 하다. 문자시의 지나친 엄숙주의, 난해성, 그로 인한 불통은 디카시의 즉흥적 순간 동시 소통을 주목하게 만드는 것이다.

83) 페스티벌의 일환으로 실시하는 디카시 백일장은 종이와 펜으로 하던 기존의 백일장과는 달리, 학생들은 휴대폰으로 시적 형상을 디카로 포착하여 그것을 문자 메시지로 옮겨서 사진영상을 첨부하여 지정된 이메일로 보내는 방식으로, "디카시에 대한 고교생들의 동물적인 적응력이었다. 과연 '디지털세대'답다. 이날 심사를 맡은 김열규 서강대 명예교수는

또 올 7, 8월 매주 토요일 '시가 흐르는 서울' 행사에 디카시를 콘텐츠로 8회에 걸쳐 시낭송이 펼쳐지는 등 활발한 문화운동으로 확산되어 가고 있는 추세다. 처음에는 주로 인터넷의 마니아들 중심으로 소통된 디카시가 근자에는 주요 시인들이 참여하고, 문예지 등지에서 디카시 특집을 다루는 등 확산일로에 있다. 지난해부터는 디카시문화콘텐츠연구회를 결성하여 멀티포엠과 마찬가지로 디카시도 'OSMU(One Source Multi Use)'로 다양한 문화산업콘텐츠로서의 기능을 모색하고 있다. 가장 손쉬운 것으로 '컴퓨터 스크린세이버'나 '휴대폰 기능화면' 등으로 활용할 수 있고, 상품포장지나 인테리어소품 등으로 활용할 수 있으며, 도시미관을 위한 다양한 이미지풀의 콘텐츠로도 활용할 수 있다.

문화콘텐츠 관련 학계에서는 요즈음을 일컬어 'OSMU' 계발의 시대로 이름 짓고 있는 바, 그만큼 스토리텔링의 쓰임새가 중요함을 깨닫고 있다는 뜻이다. 그러나 지금까지 스토리텔링은 '서사' 중심으로 그 터무니를 넓혀 오고 있지만, 머지않아 이것은 우리 삶의 거의 모든 영역으로 그 촉수를 뻗어 올 것이다. 이 '디카시' 운동은 지금까지 이야기 중심으로 전개되어 온 스토리텔링을 '서정'의 영역으로까지 확장시킬 수 있는 선행적 운동이 될 것이다. 이것이 과거 한 때의 '구체시 운동'이나, 최근의 '포토포엠'과 뚜렷하게 나뉘는 것은 이 때문이다. 다시 말해 디카시는, 이미 만들어진 문화담지체를 시의 영역으로 끌어오는 수동적 문화운동이 아니라, 디카시를 하나의 OSMU로 설정하여 우리 삶의 모든 영역으로 그 터무니를 넓혀나가는 적극적 문화 운동으로서의 성격을 지닌다.[84]

그러나 디카시 역시 멀티포엠과 같이 문제점을 드러내고 있다. 하상

그래서 '학생들의 즉흥성이나 기지, 위트가 기가 막히지 않은가. 이번 디카시 백일장에서는 이를 가장 큰 기준으로 보았다'"고 어느 신문기자가 특기할 만큼 신선한 충격을 주었다.
84) 이상옥, 「다문화시대 대중문화 미디어로서의 디카시」, 『시산맥』, 2011년 여름, 23면.

일은 지난 90년대 초반 하위문화의 시적 수용이 단순한 제재로서의 수용에 머물렀다면, 디카시는 디지털카메라를 시 쓰기에 활용함으로써 디지털 환경 자체를 매개로 하고 있다는 점에서 주목된다고 전제하면서도, 디지털카메라를 도구로 하여 창작된다는 매체적 특이성을 제외한다면 디카시가 사진과 시의 상호텍스트성이라는 일반적 논의와 어떻게 다른지 의문을 제기한다. 물론 디카시가 정제된 구도와 기법으로 완성된 사진예술과 문자시를 단순히 대비하지 않는다는 점에서 기존의 사진시(포토포엠)와는 분명 차별화 되지만, 사진과 시를 병치하는 데서 생성되는 상호텍스트적 문맥효과에 크게 기대고 있다는 점에서는 큰 차이가 없게 보이기도 한다는 것이다.[85]

하상일의 지적처럼 디카시는 영상과 문자의 관계를 어떻게 정립하는가가 앞으로의 과제다. 김석준은 미래의 디카시 운동은 디카시가 그동안의 재현 위주에서 '재현+離接'으로 휘어진 역동적인 그 무엇이어야 한다고 말한다. 따라서 디카시는 사진과 문자라는 두 개의 눈이 동일한 곳을 응시하는 것만을 의미하는 것이 아니라, 다른 곳을 볼 수 있는 카멜레온의 눈을 필요로 한다는 것이다. 즉 포착된 세계영상 이미지와의 의미적 대화는 두 눈 사이의 긴밀한 결속을 필요로 할 뿐만 아니라, 두 눈이 빚어내는 대극의 시선을 이종교배시켜 팽팽한 긴장감의 도발 또한 필요로 한다고 본다.[86] 이 역시 기존 디카시의 언술 방식의 문제점을 지적한 것에 다름 아니다.

디카시도 멀티포엠과 마찬가지로 멀티미디어 시대에 새로운 시 장르로 정착했다고 보기는 힘들지만 역시 진행형이다. 디카시는 디지털카메라를 활용한 영상 글쓰기를 예술적 글쓰기로 끌어올렸다는 점에서 주목

---

85) 하상일, 「현대시의 디지털화와 소통양식의 변화」, 남송우 외, 『문학과 문화, 디지털을 만나다』, 산지니, 2008, 135~137면.
86) 김석준, 「디카시의 시적 지평과 미래」, 『디카詩』, 2011 특별호(통권 9호), 54~55면.

을 요한다. 2004년 처음 디카시가 공론화될 때만해도 디카로 찍고 문자 재현하여, 그것을 컴퓨터를 이용하여 사이트에 올리는 방법이 완벽한 실시간성을 확보하기는 힘들었다. 최근, 실시간 언제°어디서나 자유롭게 통신망에 접속하여 갖은 자료들을 주고받을 수 있는 유비쿼터스 환경 속에서 스마트폰 등을 통하여 순간 포착 순간 소통하는 새로운 소셜 네트워크 시대가 도래함으로써 디카시의 가능성은 더욱 활짝 열려 있는 것이다.

4. 나오는 말

멀티미디어 시대를 맞아 소통 방식이 문자언어를 넘어 멀티언어로 급속하게 나아가고 있는 것이 사실이다. 매체의 변화는 시라는 양식에도 큰 충격을 주었다. 이런 상황에서 시에서도 멀티언어를 활용하고자 하는 전략 차원에서 운위되는 대표적인 두 양상인 멀티포엠과 디카시의 진척 과정을 중심으로 몇 가지 문제점을 지적하였다.

멀티포엠은 새로운 소통 매체인 멀티미디어를 적극적으로 활용하는 시적 전략을 보이고, 디카시는 디지털카메라(폰카)로 영상 글쓰기의 시적 전략을 보인다는 점에서 둘다 멀티언어를 새로운 시적 언어로 채택하여 새로운 시도를 하고 있지만, 멀티포엠이 문자언어로서 시어의 특성을 지나치게 무시한 측면, 그리고 지나친 외연 확대로 인한 정체성의 혼돈 문제 등과 디카시의 사진영상과 문자의 관계 정립 문제, 특히 디카시의 문자와 일반 문자시의 차별성 확보 등의 과제를 다 같이 안고 있다. 그러나 이들은 처음에 개인의 실험으로 시작되었지만 지금은 특정인의 손을 떠나 대중들에게 큰 반향을 일으키며 온라인을 중심으로 널리 확산일로에 있다. 더 이상 동호인의 전유물로 방기되어서는 곤란

할 정도다. 그만큼 이들은 멀티미디어 환경 속에서 새로운 시적 콘텐츠로서 기능하고 있다는 것이다.

앞으로 멀티포엠과 디카시가, 신진 이론가들의 참여로 보다 정교한 시론적 작업을 거쳐 여러 문제점들을 불식시켜서 명실상부한 디지털 시대의 새로운 장르로 자리잡을 수 있기를 기대해 본다(『한국문예비평연구』 35권, 2011년. 8).

현대시의 문제점

1. 현대시에 대한 불만 사례

이 지역의 모 방송국 심야프로 '시가 있는 한밤'이라는 코너에서 지난 4월부터 매주(월~금) 5편씩 시를 소개하고 있다. 이 코너에서 가능하면 어제의 시보다는 오늘의 시를 청취자들에게 소개하기 위해서 갓 나온 월간지나 계간지를 자세하게 읽는 편이다. 의외로 소개할 만한 시를 찾기가 어려웠다. 그래서 예전에 나온 문예지나 시집 등에서 시를 고를 때가 많다. 오늘의 시가 너무 지나치게 난삽한 것이 아닌가 한다. 이건 비단 필자만의 생각으로 그치는 것은 아니다. 강희근도 『시 읽기의 행복』(을유문화사, 2000)에서 애초에는 시집을 들고 앉으면 고향 가는 열차를 탄 마음이 되거나 어머니 손을 붙잡고 길을 나서는 마음이 되는 그런 것이 시였기에 시는 설레고 들뜨고 그립고 간절한 그런 것이었으며 부담도 체면도 준비도 치장도 염려할 필요 없이 그냥 민얼굴로 함께 숨 쉬며 있는 것이었는데, 언제부터인가 낯선 손님처럼 보이기 시작했다면서, 독자와 시를 시나브로 떼어 놓는 시의 오적에 대해서 지적한 바 있다. 그 중 간과할 수 없는 것이 '시인들의 엄숙주의'이다. 엄숙주의는 "시인들의 말이 필요 이상으로 인상을 쓰고 있다는 것이다. 쉽고 편하게 풀어도 될 자리에 힘을 많이 주거나 현학으로 들어가 버리는 경우 시는 쓸데없는 난해로 빠지게" 된다는 것이다.

오늘 현대시가 소통에 문제점을 안고 있다는 또 한 사례를 소개하고자 한다. 2003 신춘문예에 응모하여 낙선한 이관희는 현대시에 대한 불평을 시의 형식으로 풍자하고 있다.

> 요즘 시는 왜 두 번 이상 읽어야 되나?
> 요즘 시는 왜 세 번 읽고도
> 무슨 소린지 알아먹을 수가 없나?
>
> 국어 공부 다시 하자
> 중학 나온 놈이
> 제 나라 말로 쓴 시를
> 한 번 읽고 못 알아먹고
> 두 번 읽고도 못 알아먹고
> 세 번 읽고도 무슨 소린지 못 알아먹겠으니
> 국어 공부 다시 하자
> 시인들을 위하여!
>
> 아, 님아, 김소월 님아
> 다시 한 번 이 땅에 살아 돌아와
> 한 번만 읽어도
> 무슨 소린지 알아먹을 수 있는
> 시 좀 써 달라
> 중학생이 읽고서도
> 단번에 사랑 병이
> 듬뿍듬뿍 들 수 있는
> 보통 시 좀 써 달라
>
> — 이관희, 「시론 3. 난해 시에 대한 신경질」

인터넷 이관희 홈페이지(http://www.supilmunhak.org/)를 검색해보면 이관희는 소설가 고 이범선에게 문장 지도를 받은 바 있고 『현대문학』 수필 부문에 신인 추천되었으며, 『한국일보』(LA) 등지에 시가 입선되기도 하였다. 다양한 경험과 함께 오랫동안 시 공부를 한 것이다. 그는 인용한 풍자시와 함께 "현대시가 자꾸 더 알아먹을 수 없는 시가 되어 가는 까닭은 '낙타를 꼭 바늘구멍으로 지나가게 해야지만' 시다운 시로 대접을 해 주니까 개나 소나 말이나 무작정 '낙타 바늘구멍'으로 쑤셔 박게 되고 그러다 보니까 나중에는 시를 쓴 본인조차도 그게 무슨 뜻이 되는지 알 수가 없게 되는 것이 아니겠느냐는 것이 나의 불평입니다."라고 노골적으로 현대시의 오늘의 세태에 대해 일갈하고 있다.

2. 변환기의 해체주의

90년대 들어 새로운 시 전문지들이 속속 창간되면서 기존의 시단은 재편되기 시작했다. 기존의 전통적인 권위를 구가하던 시 전문지가 상대적으로 위축되었다. 그 이유의 하나는 전통적 권위가 해체되었기 때문이 아닌가 한다. 90년대 새로운 시 전문지로 자리 잡은 서울의 월간 『현대시』를 위시하여 대구지역의 계간 『시와 반시』, 부산의 계간 『시와 사상』, 광주의 『시와 사람』, 제주의 『다층』처럼 지역에서 발행되는 계간 시전문지 등이 새롭게 영향력을 확대해 나가는 것은 특기할 만하다. 그 외에도 다수의 영향력 있는 신생 시 전문지가 속속 출현하였다.

90년대는 분명히 변환기였다. 90년대 중반을 넘기면서 『문학사상』을 중심으로 정신주의와 해체주의 논쟁이 뜨거웠던 것도 우연이 아니다. 문학에 있어서 정신주의란 전통(이성주의, 도덕주의)에 기초한 보편 진리를 존중하는 입장이고 해체주의는 기존의 가치들을 극단적으로 부정하는, 즉 탈의미 탈가치의 미적 입장이다. 이 논쟁은 이승훈이 해체시의 이론제공자라는 인식에서 최동호가 '시가 시를 부정하는 자기소멸적 퇴영성'이라는 반론을 제기하면서 촉발된 것이다. 이 논쟁은 정보화 사회의 포스트모더니즘이라는 거대 담론의 새로운 문학적 입장과 전통적 문학정신이라는 기존의 거대 담론과의 부딪침에서 일어난 현상이라는 데 이론의 여지가 없다.

그런데 대세는 해체주의의 득세로 귀결되는 듯했다. 필자도 이미 「포스트모더니즘의 일상성」(『시문학』 2002. 5)이라는 글에서 "포스트모더니즘이라는 것이 오늘의 정치, 문화, 사회, 경제, 종교 등 전방위에 걸쳐 광범위하게 포진되어 있는 20세기 후반부터 오늘에 이르는 다양한 풍경이듯이, 포스트모던한 시라는 것도 작금에 와서는 더 이상 새로울 것도 없이, 일상성을 드러낼 만큼 특정 시인에게 한정되지 않고 이미 폭넓게 유포"되었고, "90년대에는 현실 재현성의 절망감이나 중심부재, 나아가 후기산업사회의 문화적 풍경을 메타시나 문자이탈, 요설 따위의 다양한 방법으로 노래하는 시집들이 속속 출간되었다."고 지적한 바 있다.

김경복도 「서정과 해체의 대립을 넘어-90년대 시론의 한 반성」(『서정의 귀환』 좋은날, 2000)에서 90년대 들어오면서 현실 사회주의의 몰락과 탈정치적 탈이데올로기적 성향이 맞물리고 소비자본주의적 특성이 강화되면서 '일상성'이 주요한 관심사가 되어 문학적 테마로 부상하게 됨을 볼 수 있었는데, 일상성은 바로 자본주의가 추동하는 욕망의 외피에 젖은 채 무반성적으로 살아가는 현대인의 의식세계를 말해주는 것으로 이러한 사회문화 토대는 문학적 형상화나 현실의식을 이론으로 집약하는 방향으로 많은 영향을 끼쳤다고 본다. 그것은 패러디, 패스티쉬의 기법으로 시의 인터텍스트화, 일상시화, 자연스런 충동의 세계를 보인 박상배, 주체비판과 이성비판의 이승훈, 그리고 동일성을 강조한 이론가에서 해체주의 시학으로 전이한 김준오 등에게서 찾아진다는 것이다.

이승훈은 90년대 후반에 『해체시론』(새미, 1998)이라는 책을 낸 바 있다. 이 책의 머리에서 "한마디로 해체는 무슨 중심, 무슨 주의를 부정한다. 시가 건강해야 한다지만 이런 주장은 건강/질병이라는 2항 대립 체계를 토대로 하고, 두 항목 가운데 건강만 강조하고, 그런 점에서 도덕의 사유는 사유의 도덕이 아니다. 내가 말하는 해체는 이런 2항 대립 체계, 이성중심주의의 모순을 밝히고, 이런 모순으로부터의 해방을 노린다. 정신은 순수하고 육체는, 물질은, 일상적 삶은 불순하다는 사유도 위선이고 폭력이다."고 전제하고 "고전적 경험과 현대적 경험과 후기 현대적 경험이 어지럽게 공존하는 현실 속에서 그 동안 내가 관심을 둔 부분은 후기 현대성이라고 할 수 있고, 그런 점에서 다소 실험적이고 전위적인 시인들을 옹호한 셈이다"라고 밝히고 있다. 이 같은 이승훈 유의 해체시론에 영향을 받은 신인들은 뚜렷한 명분도 없이 실험적이고 전위적인 경향으로 치닫고 있는 듯하다. 그러나 명분 없는 실험적이고 전위적인 시작형태는 결국 언어유희로 전락하는 것이다. 그것은 삶의 근원, 존재의 본질을 추구하는 시의 본질과 상관없는 비시적인 것으로 전락할 수 있다. 물론, 시의 본질을 한마디로 단정할 수 없고 그것도 다양한 견해를 드러낼 수 있는 것이지만 지나친 실험성과 전위성의 추구는 현대시에 대한 불만만 가중시키는 것이다. 이선이가 「'시적인 것'의 발견 혹은 병합의 미학」(『현대시』 2003, 7)에서 "시적인 것은 가시적인 삶과 비가시적인 삶 사이를 오가며 삶의 근원을 탐사한다. 이것은 때로 동일성의 회복, 주관성 혹은 내면성의 포착이라는 이름으로 운명과 의지 사이를 오가며, 그 아슬아슬한 틈새로 언뜻언뜻 비치는 존재의 본질을 이미지로 기억해 낸다. 마치 플라톤의 동굴우화에서처럼 본질로서의 이데아(idea)를 기억해내는 것은 본질의 이미지인 그림자였듯이."라고 제시한 후 "오늘날 이미지는 시인 보들레르가 '무시무시한 새로움! 모두가 눈요기!(『파리의 꿈』)라고 절규했듯이, 존재의 근원을 떠나 하나의 눈요기로 전락했다. 이미지의 자기분열 시대라 할 수 있을 것이다."라고 지적한 것도 시사하는 바가 크다.

오늘의 우리 시가 존재의 근원을 떠나 하나의 눈요기로 전락하고 있는 것은 아닌가.

시는 써서 무엇 하나 횡설수설 시를 쓰고 잡지에 발표하고 발표해서 무엇 하나 잠이 오면 잠이 들지만 잠이 들어 무엇 하고 공부해서 무엇 하고 무엇이 무엇인가 이 시가 속일 뿐이다 글 없는 글, 말 없는 말, 시 없는 시가 있다면 한줌에 들고 그대 찾아 가리라 문을 닫아도 눈이 오고 문을 열어도 눈이 오네

— 이승훈, 「시」(『현대시』 2003년 6월호)

이승훈의 「시」는 일종의 시론시로써 자신의 해체시론의 시적 표현으로 볼 수 있다. 시를 쓰는 행위는 의미 있는 일이라는 기존의 생각, 잠은 건강을 위해서 요긴한 것이라는 기존의 생각, 공부를 열심히 해야 한다는 기존의 생각을 해체한 것이다. 즉 의미 있는 일/의미 없는 일, 필요한 일/필요 없는 일 등의 2항 대립체계를 해체하는 것이다. "시가 속일 뿐이다"나 "글 없는 글, 말없는 말, 시 없는 시가 있다면 그대 찾아 가리라" 등의 표현도 같은 맥락에서 파악될 수 있다. 이런 의도는 견고한 2항대립에서 어느 한 편을 중시하는 모순으로부터의 해방을 노리는 것이다. 그것은 "문을 닫아도 눈이 오고 문을 열어도 눈이 오네"에서처럼 '문'의 경계와 상관없이 눈이 내리는 것을 보여주면서 경계의 무의미함을 입증하는 것이다. 이런 점에 위의 「시」는 견고한 시론시로 보인다.

그러나 이미 이승훈은 「문학도 없고 시도 없다」(『문학사상』 1996. 11)에서도 "내가 「시」라는 시에서 '시가 없을 때 시가 태어난다. 아아 시가 없기에 시가 없을 때 시가 있다면 시를 쓸 필요가 없다. 말하자면 나는 이

시대의 문학이라는 이름의 유령과 싸운'다고 말한 것은 이런 사정 때문이다. 시든 문학이든 무슨 본질, 순수한 기원이 있다고 믿는 건 자유지만 이런 자유가 우리 시의 발전을 억압한다. 그 자체가 문학인 텍스트도 없고 그 자체가 시인 텍스트도 없다. 문학도 없고 시도 없다. 비시가 시이며 시가 비시이다. 시는 부정을 먹고 산다."라고 말한 바 있다.

이승훈의 위의 인용시는 올 6월에 발표되었단 점에서 그의 근작이다. 그렇다면 이 시는 수년 전에 발표한 그의 시론시의 반복에 불과한 것이다. 이승훈이 수년간 같은 맥락에서 되풀이하는 시적 작업은 이제 더이상 미적 충격을 주지는 못하고, 이제는 언어유희로 그치는 것 같기도 하다.

이혜원도 그의 앞의 글에서 "자기 방기의 언어와 사변적 요설로 채워진 90년대의 해체시는 정작 해체시의 요체를 이루는 치열한 부정의 정신을 결여하고 있다. 부정의 대상도 목적도 없이 무차별하게 행해지는 배설의 언어는 해체의 진정한 정신을 퇴색시킬 뿐이다."라면서 "요즘의 해체시에서는 부정의 정신은 찾을 길 없고 부정의 몸짓만이 요란한 경우가 많다. 무의미하게 남발하는 자기방기의 언어들이나 거리낌없이 분사하는 현란한 말장난들은 언어의 파괴에 불과할 뿐 새로운 시적 전략으로 보기 어렵다."라고 지적한 바 있다. 작금의 우리 시의 해체적 징후는 더 이상 전위성도 지니지 못한다. 박상배나 이승훈 같은 경우에는 그나마 현실 재현성의 절망감이나 중심부재, 나아가 후기산업사회의 문화적 풍경에 대한 미적 대응으로 시를 썼다고 하지만, 근자에 젊은 시인들이 일정한 명분도 확보하지 못한 채 무분별하게 드러내는 해체적 징후는 시를 파괴하는 것에 다름 아니다. 기존의 시법에서 무조건 일탈해야만 좋은 시가 되는 줄로 생각하는 신인들이 그만큼 많은 것 같다.

3. 매너리즘 시와 폭발성 아방가르드 시의 지양

문덕수는 91년 8월 한국시문학회 주체 세미나(마산)의 「한국시의 문제점」(韓國詩文學會, 『韓國詩文學』 第六輯)이라는 주제발표문에서 "오늘의 한국시에서 볼 수 있는 가장 현저한 특색은 시작품의 양극 분화 현상인데, 그 하나는 '메시지 편중주의(개념 편중주의, 내용 편중주의)'이고, 다른 하나는 '과격 실험주의'(형식 편중주의, 반언어주의)라고 할 수 있다. 진보적, 전위적 성격을 띠고 있는 이러한 양극화 현상은 혁명성과 과격성을 띠고 있다는 점에서 공통적이며, 선전 선동과 형태 실험이라는 차원에서는 상반되지만 예술로서의 시의 가치면을 훼손하고 있다는 점에서는 공통적이라고 할 수 있다."라고 전제하고서, 전통적 서정주의를 비롯한 안이한 매너리즘도 메시지 편중주의와 과격실험주의 양극 사이에 널리 잠복하고 있다고 지적했다. 그러면서 오늘의 한국 현대시가 병균처럼 안고 있는 여러 가지 문제점을 극복할 수 있는 원칙으로 "시는 모름지기 언어예술이라는 문학주의 또는 시성주의(詩性主義)"를 제시하면서 이것이야말로 모든 시도와 실험, 모든 주장과 실천에 우선하는 원칙이 된다는 점을 잊어서는 안 된다는 것이다. 그리고 10여년이 지난 후 『시문학』(2003. 8) 편집후기에서 "요즘 신진들의 작품은 크게 두 갈래로 나뉜다. 하나는 구태의연한, 기성의 재탕삼탕이 아닌가 의심이 들 정도의 매너리즘에 빠진 시, 다른 하나는 큰 요동을 치면서 시단의 지각 변동을 일으킬 폭발성 아방가르드 시─일단 이렇게 나눌 수 있을 것 같다."면서 "오늘의 한국시단이 모더니즘이니 포스트모더니즘이니 민중리얼리즘이니 하는 슬로건의 그늘 밑에서 언제나 위축된 채 구태의연한 모습으로 남아 있어서는 안될 것이다."라고 지적했다. 문덕수는 신진들이 새로운 한국시의 지평을 열어야 할 것을 강조한 셈이다.

필자가 진단하기에도 오늘 한국시의 심각한 문제점은 매너리즘에 빠진 시와 폭발성 아방가르드 시로 양극화되어 있는 점이다. 오늘의 한국 시 특히, 신인들의 시 경우 90년대 해체시론에 영향을 받은 탓으로 지나치게 전위성을 추구하게 되면서 소통불능의 상태에 빠진 것은 더욱 심각한 문제다. 독자의 입장에서도 불만요인이 아닐 수 없다. 독자 입장에서는 읽을 만한 시가 없는 셈이 아닌가. 매너리즘에 빠져 있는 시는 읽혀지기는 하지만 상식적인 넋두리에 불과하고, 폭발성 아방가르드 시는 뭔가 있는 듯 하기는 한데 도무지 무슨 말인지 모르는 것이다.

이 시대에 필요한 것은 다시금, 시성에 눈을 맞추어야 하는 것이다. 이혜원도 그의 앞의 글에서 현실의 모순을 꿰뚫고 존재의 본질에 이르는 시문학 특유의 역동성을 되살리기 위한 詩性의 회복이라는 과제가 막연하게나마 공감을 이룬다고 지적한 바 있다.

시성에 초점을 다시 맞추고자 하는 것은 매너리즘 시와 폭발성 아방가르드 시를 지양하여 앞서 제기한 현대시에 대한 불만 사례를 잠재우기 위해서다. 이는 결코 전통회귀나 또 다른 매너리즘에 빠져드는 것은 아니다.

> 모난 밥상을 볼 때마다 어머니의 두레밥상이 그립다.
> 고향 하늘에 떠오르는 한가위 보름달처럼
> 달이 뜨면 피어나는 달맞이꽃처럼
> 어머니의 두레밥상은 어머니가 피우시는 사랑의 꽃밭.
> 내 꽃밭에 앉은 사람 누군들 귀하지 않겠느냐,
> 식구들 모이는 날이면 어머니가 펼치시던 두레밥상.
> 둥글게 둥글게 제비새끼처럼 앉아
> 어린 시절로 돌아간 듯 밥숟가락 높이 들고
> 골고루 나눠주시는 고기반찬 착하게 받아먹고 싶다.
> 세상의 밥상은 이전투구의 아수라장
> 한 끼 밥을 차지하기 위해

혹은 그 밥그릇을 지키기 위해, 우리는
이미 날카로운 발톱을 가진 짐승으로 변해 버렸다.
밥상에서 밀리면 벼랑으로 밀리는 정글의 법칙 속에서
나는 오랫동안 하이에나처럼 떠돌았다.
짐승처럼 썩은 고기를 먹기도 하고, 내가 살기 위해
남의 밥상을 엎어버렸을 때도 있었다.
이제는 돌아가 어머니의 둥근 두레밥상에 앉고 싶다.
어머니에게 두레는 모두를 귀히 여기는 사랑
귀히 여기는 것이 진정한 나눔이라 가르치는
어머니의 두레밥상에 지지배배 즐거운 제비새끼로 앉아
어머니의 사랑 두레 먹고 싶다.

            - 정일근, 「둥근, 어머니의 두레밥상」

이 작품은 올해(제18회) 소월시문학상 대상 수상작이다.

    정일근의 수상 작품은 따스하고 편안한 시적인 분위기를 견지하면서, 사물의 본질을 통찰하는 예리한 시각과 진실을 추구하는 치열한 문제의식, 그리고 진지하면서 탄탄한 주제의식이 견고히 내재되어 있다. 또한 활발하고 왕성한 창작혼이 돋보이는 시인으로, 작품 속에 서정시다운 진정한 울림과 리듬이 있어, 독자들을 사유의 여로(旅路)에 빠져들게 한다. 특히 생명존중 사상과 평등정신, 그리고 사랑의 철학을 감동적이면서도 아름답게 시적으로 승화시켰다는 점이 높이 평가된다.

    소월시문학상 대상 선정 이유를 밝힌 글이다. 이 글의 요지는 詩性의 본질을 잘 요약하고 있다.

    화자는 모난 밥상을 볼 때마다 어머니의 두레밥상이 그리운데, 그것은 이전투구의 아수라장인 세상의 밥상에서 한 끼 밥을 차지하기 위해 혹은 그 밥그릇을 지키기 위해 우리는 이미 날카로운 발톱을 가진 짐승으로 변해버렸기 때문이다. 밥상에서 밀리면 벼랑으로 밀리는 정글의 법칙 속에서 화자는 오랫동안 하이에나처럼 떠돌았다. 짐승처럼 썩은 고기를 먹기도 하고, 자신이 살기 위해 남의 밥상을 엎어버리기도 했다. 이는 오늘의 비인간화된 삶을 반추하는 것이다. 그래서 이제 다시 어머니의 둥근 두레밥상에 앉고 싶은 것이다. 어머니의 두레밥상은 고향 하늘에 떠오르는 한가위 보름달처럼 달이 뜨면 피어나는 달맞이꽃처럼 어머니가 피우시는 사랑의 꽃밭이었고, 그 꽃밭에 앉는 사람 누구나 다 귀하게 여기셨다. 그래서 현실의 고단함을 느끼는 이즈음, 다시금 어머니의 두레밥상에 지지배배 즐거운 제비새끼로 앉아 어머니의 사랑 두레 먹고 싶은 것이다.

이 시는 오늘의 삶을 반성하면서 어머니의 두레밥상이 환기하는 근원적인 삶, 혹은 이상적인 삶의 세계를 꿈꾸면서 삶의 질서회복을 열망하고 있다. 가치나 질서를 무화하고 해체하는 것으로 그치는 해체시와는 달리 오히려 근원의 회복을 추구하면서 보다 이상적인 질서를 꿈꾸는 것이다. 이런 과정에서 드러나는 정일근의 시는 서정적 울림과 그로 인한 감흥, 리듬감을 확보하면서 시의 본질을 견지하고 있는 것이다. 그렇다고 이 시가 전통서정시의 매너리즘에 빠져 있는 것도 아니지 않는가. "한 끼 밥을 차지하기 위해/ 혹은 그 밥그릇을 지키기 위해, 우리는/ 이미 날카로운 발톱을 가진 짐승으로 변해 버렸다./ 밥상에서 밀리면 벼랑으로 밀리는 정글의 법칙 속에서/ 나는 오랫동안 하이에나처럼 떠돌았다./ 짐승처럼 썩은 고기를 먹기도 하고, 내가 살기 위해/ 남의 밥상을 엎어버렸을 때도 있었다."라는 대목에서처럼 오늘 삶의 현장감도 비유구조로 놓치지 않고 있다.

정일근은 수상소감에서 "마당의 벚꽃도 목련도 화사하게 만개한 4월 한낮에 기다렸던 수상 소식을 받았습니다. 제가 '기다렸던'이란 표현을 쓴 것은 제가 서정시인이기 때문입니다. 서정시를 쓰는 시인에게 시인 소월의 이름이 든 이 상이 영광이기 때문입니다."라고 밝히고 있다. 정일근은 오늘의 서정시인이지만 그는 20년대의 김소월의 이름을 영광스러워하고 있다. 이는 그의 시적 토대가 소월의 서정에 닿아 있는 것을 의미하는 것이다.

오늘의 한국 현대시는 서정의 원형에 해당하는 소월에서부터 기원하고 있는 詩性의 뿌리를 더욱 견고히 해서 그것을 토대로 현대성의 줄기와 가지를 뻗쳐야 할 것이다. 이 명제가 매너리즘 시와 폭발성 아방가르드 시의 양극화를 지양하는 기본원칙으로 적용된다면 한국 현대시의 심각한 문제점, 곧 오늘의 시가 도무지 읽혀지지 않는다는 독자의 불만이 어느 정도 해소될 수 있을 것으로 보인다(그나마 소월시문학상이 서정시인 정일근에게 주어진 것으로 볼 때 한국시의 미래가 결코 어둡지만은 않은 것 같다) (2003 한국현대시인협회 여름세미나 주제발표문).

문학은 왜 필요한가

1.

언제부턴가 우리시대는 '문학의 위기'라는 담론이 출렁이면서 문학의 시효가 곧 끝날 것처럼 예단하는 전망도 없지 않았다. 그 근저에는 물론 대중문화의 득세와 정보화의 급진전 현상이 자리하고 있음은 널리 알려진 바이다.

문학은 언어예술이기 때문에 언어의 변동기마다 문학 또한 심한 변화 국면을 맞았던 것은 역사적 사실이다.

원시 농경사회에서 해마다 풍년을 비는 제례의식에 따른 주문에서 문학, 특히 시가 출발했다고 본다. 시(서정시, 서사시, 극시)가 창작문학을 대표하면서 18세기 근대소설 이전까지 문학의 주류를 형성했다는 것에 대해서는 이견이 없다. 소설은 처음부터 여성과 중류계급을 위한 대중적 문학장르로 시작하여서 19세기부터 급속도로 발달해 온 인쇄술의 힘을 빌어 더욱 발전을 거듭하게 된다. 인쇄술 발달 이전의 문학이 특권층인 왕족들과 귀족들을 위해 봉사하던 것이었다면 종이에 인쇄된 문자문학이 일반화되면서 문학의 대중성은 신장일로에 놓이게 되었다. 문학은 구비문학에서 문자문학으로 발전해 왔는데, 이 과정에서 종이의 발명과 인쇄술의 발달이 문자문학의 발전에 지대한 영향을 미쳤음은 두말할 여지가 없다. 특권층의 전유물이던 문학작품이 일반 대중에게 인쇄매체의 발달로 널리 읽힐 수 있게 됨으로써 문학의 영향력은 매우 확대되었던 것이다.

근자에 뉴미디어 시대를 맞아 문학이 구전문학에서 문자문학으로 바뀔 때처럼 또 한번의 파동을 겪으면서, 앞에서 지적한 '문학의 위기'라는 담론을 생성하게 된 것이다. 1990년대 중반 이후 세계는 갑자기 원고지 글쓰기 대신 컴퓨터 글쓰기, 글읽기로 바뀌고 있다. 멀티미디어 컴퓨터나 휴대폰 등을 통한 전화걸기, 영화보기, 책읽기, 메일 보내기 같은 의사소통 방식의 일대 전환이 이루어지면서 많은 부문에서 활자매체에서 뉴미디어로 대체되고 있는 것이다.

이런 와중에 책이 읽히지 않는다는 풍문이 난무하기 시작하더니, 그것이 이제는 매우 우려할 만한 지경에 이르고 있다. 80년대의 『홀로 서기』 『접시꽃 당신』 같은 시집이 밀리언셀러가 되었고, 90년대에도 『서른 잔치는 끝났다』 『세기말 블루스』 같은 시집이 수만 부씩 팔리기도 했는데, 21세기에 들어서는 명망 있는 시인들의 시집도 천 부가 채 팔리지 않는다고 한다. 이런 현상은 소설도 마찬가지다. 그러다 보니, 장기적인 불황으로 최근 출판계는, 중소 서적 도매상들이 잇달아 부도사태를 맞으면서 올 가을 위기설이 풍미하고 있다. 근자에 김영현 실천문학사 대표는 IMF 직후에는 "갑작스럽게 출판계가 한 방 맞았지만, 지금은 그 위기가 서서히 다가오고 있다"며 "마치 거대한 해일이 우리를 향해 몰려오고 있는 듯한 느낌"이라고 말한 바 있는데, 이는 작금의 출판위기가 구조적인 문제임을 직시하는 것이다.

책이라는 미디어에 의존하는 문자문학의 '위기' 담론도 말로만 운위되는 것이 아니라 이제 막 현실로 나타나는 형국이다.

2.

오늘 우리의 문학적 현실이 어려운 형국에 놓인 것은 뉴미디어 시대를 맞으면서 문학이 새로운 몸 바꾸기하는 과도기적인 현상으로 볼 수는 없을까? 다시 말해, 뉴미디어 시대에 문학이 자신에게 맞는 옷을 아직 다 차려입지 못한 연고로, 일시적인 혼돈양상을 초래함으로써 위기 국면에 내몰린 것으로 보고 싶은 것이다.

구전문학에서 문자문학으로 바뀌면서 문학이 더욱 진전된 사실을 상기하면서, 설령 문자문학에서 뉴미디어문학으로 완전히 이행된다 하더라도 문학의 운명은 결코 비관적이지는 않다고 단언하고 싶다. 앞으로도 문학은 어떤 몸을 입든지, 문학의 본질은 변할 수 없을 것이기 때문이다.

문학은 예나 지금이나 삶의 실재를 드러내는 가장 유효한 방편이 아닌가. 먼 미래에도 마찬가지일 것이다.

『장자(莊子)』 천도(天道) 편에 나오는 얘기다. 제(齊)나라 환공(桓公)이 어느 날 당상에서 책을 읽고 있는데, 당하에서 수레바퀴를 만들고 있던 윤편(輪扁)이, 갑자기 일손을 멈추고 당상으로 올라와서 환공에게 무슨 책을 읽고 있는지 묻자, 환공은 성인의 말이라고 대답하였다. 그러자 윤편은 지금 성인이 살아있는지 묻고는, 환공이 성인들은 벌써 죽었다고 대답하자 왕이 읽는 것은 바로 성인들의 찌꺼기라고 말한 것이다. 이에 화가 난 환공은 윤편에게 그렇게 말한 이유를 이치에 맞게 설명하라고 명했다.

윤편은 침착하게 다음과 같이 말했다.

제가 만드는 수레바퀴의 경우를 예로 들겠습니다. 수레바퀴를 너무 깎으면 헐거워서 튼튼하지 못하고, 덜 깎으면 빡빡하여 들어가지 않습니다. 더 깎지도 덜 깎지도 않는다는 것은 손으로 터득하여 마음으로 수긍할 뿐이지 말로는 할 수 없습니다. 제 자식에게 깨우쳐 줄 수 없고, 제 자식 역시 제게서 이어받을 수 없습니다. 옛사람들도 그 전해줄 수 없는 것과 함께 죽어버렸으니, 왕께서 읽고 계신 것은 옛사람들의 찌꺼기일 뿐입니다.

더 깎지도 덜 깎지도 않는다는 것은 손으로 터득하고 마음으로 수긍할 뿐이지 말로는 할 수 없다는 윤편의 얘기는 무슨 의미인가? 말의 불완전성을 명쾌하게 지적한 것이다. 성인이 깨우친 진리를 언어로 기록하여 남겼지만 그것은 진리의 찌꺼기일 뿐이라는 말이, 결국 진리는 말로 전달될 수 없다는 의미다.

그렇다. 윤편의 지적처럼 일상적 말로 진리를 제대로 드러낼 수는 없다. 우리는 언어의 불완전성 때문에 얼마나 불편을 겪는가? 일상생활 중에 일어나는 구설수라는 것도 따지고 보면, 말의 불완전성에 기인하는 경우가 많다. 구설수는 말하고자 하는 본래의 뜻이 말의 불완전성 때문에 잘 못 전달됨으로써 일어나는 설화가 대부분이라고 해도 과언은 아니다. 노사문제만 해도 그렇다. 노와 사가 마주 앉아 대화할 때 제대로 협상되지 않는 것도 말의 불완전성 때문이라고 하면 지나친 편견일까.

세상에는 수다한 말들로 홍수를 이루고 있지만 대부분 실속 있는 말은 드문 편이다. 오죽했으면 침묵은 금이라고 했을까. 인터넷 상에 떠도는 거품의 말들을 보면 볼수록 참된 담론에 갈증을 느낄 수밖에 없다.

정보화 시대, 뉴미디어 시대에 다시 주목해야 하는 것은 문학이다. 문학은 일상적 언어로 표현할 수 없는 세계를 형상화한다. 일상적 언어로 설명할 수 없는 심오한 세계를 형상화할 수 있는 것이 문학이다.

동서고금을 막론하고 문학은 일상적 언어로 표현할 수 없는 진리의 세계를 표현할 수 있다고 믿어 왔다. 그리스의 철학자 플라톤은 『공화

국』에서 '시인추방론'을 주창했다. 그것은 화가나 시인의 작품이 목수가 제작한 책상을 모방했지만, 실재(신이 만든 책상의 이데아) 그 자체를 모방하지 않고 현상의 일부를 모방했으므로 진리에서 3단계나 멀기 때문에 시가 진리에 도달하는 길이 못 된다고 보기 때문이다. 그러나 아리스토텔레스는 문학은 있음직한 일, 있을 수 있는 개연적인 일을 다루므로 인생의 보편적 진실을 다룬다고 본다. 따라서 문학은 역사보다 훨씬 가치 있는 진실을 다룬다는 것이다. 문학은 인생의 진실을, 즉 개연성을 모방하기 때문에 플라톤이 우려했던 진리에서 3단계나 멀리 떨어져 있는 것이 아니라, 문학은 목수의 책상보다 더 책상의 실재에 가까이 닿아 있는 것이다. 결국 문학은 현상에 가려진 실재의 세계, 즉 진리를 드러내는 것으로 귀결된다. 동양도 서양적 관점과 다를 바가 없다. 언어는 도를 해칠 수 있다는 언어도단(言語道斷)이나 도는 언어로 전해질 수 없다는 불립문자(不立文字) 등도 앞서 예거한 말의 불완전성을 지적한 윤편의 경우와 같은 맥락이다. 그래서 예로부터 동양에서는 진리의 세계는 말로써 전달되는 것이 아니라 형상을 통해 뜻을 전할 수 있다는 입상진의(立像盡意), 곧 문학의 형상성에 주목한 것이 아니겠는가.

3.

비록 빙산의 일각일지라도 아래 작품들에서 문학이 삶의 실재를 얼마나 유효하게 드러내는 것인지 여기서 잠시 확인해보아도 좋을 것이다.

사람들이 웅성거리고 차가 오가는
좁은 시장 길가에 비닐을 깔고
파, 부추, 풋고추, 돌미나리, 상추를 팔던

노파가
싸온 찬 점심을 무릎에 올려놓고
흙물 풀물 든 두 손을 모아
기도하고 있다.

목숨을 놓을 때까지
기도하지 않을 수 없는 손
찬 점심을 감사하는
저승꽃 핀 여윈 손
눈물이 핑 도는 손
꽃 손
무릎 꿇고 절하고 싶은 손

나는
그 손에
못 박혀버렸다.

– 차옥혜, 「그 손에 못 박혀버렸다」

이 짧은 시 한 편이 일깨워주는 삶의 의미는 결코 만만치 않다. 점심 무렵이었던가 보다. 사람들이 웅성거리고 차가 오가는 좁은 시장길가에 비닐을 깔고 파, 부추, 풋고추, 돌미나리, 상추를 팔던 노파가 찬 점심을 무릎에 올려놓고 흙물 풀물 든 두 손을 모아 기도하는 모습이 클로즈 업 된다. 수많은 사람들이 의미 없이 놓쳐버린 노파의 기도하는 모습이 유독, 시인에게 포착된 것이다. 그렇다. 작가는 일상적 현실, 평범하다고만 보이는 삶의 현장에서 그 속에 내재된 삶의 실재를 포착해내는 존재다. 일상인들이 보지 못하는 삶의 실재(플라톤이 말하는 이데아)를 투시하는 것이다. 눈에 환히 드러난 삶의 실재 앞에서 어찌 감격하지 않겠는가. 그래서 그 실재의 표정을 세세히 읽으면서 감격하다, 그만 그 손에 못 박혀버린다. 평범한 사실 앞에서 삶의 실재를 발견하고 그것을 통해서 삶의 의미를 재인식하는 작가의 캐릭터, 즉 입상(立象)을 통해서 독자들은 이제까지 놓치고 있던 생의 의미를 파악하게 되는 것이다.

사랑하는 당신.

노여워만 마세요. 저는 그 여자를 좋아했습니다. 어쩌면 이 세상에 태어나서 처음으로 느낀 타인에 대한 사랑이었는지도 모릅니다. 그 여자가 남겨 놓은 이미지는 제게 꿈을 주었습니다. 제가 더 자라 학교에 다니게 되었을 때, 새 학기가 시작되고 나면 담임 선생님은 개인 신상 카드를 나눠주며 기록을 해 오라 했습니다. 그 개인 신상 카드 어느 면에 장래 희망을 적어 넣는 칸이 있었지요. 장래 희망. 저는 그 칸 앞에서 오빠 볼펜을 손에 쥐고 우두커니 앉아 있곤 했어요.

……그 여자처럼 되고 싶다……

이것이 제 희망이었습니다. 그 여자가 우리 집에 와서 심어 놓고 간 일들을 구체적으로 간추려서 뭐라고 써야 하나? 이것이 고민스러워 우두커니 앉아 있곤 했던 것입니다. 끝끝내 그걸 간추릴 단어를 저는 그때 알고 있지 못했어요. 그래서 다른 아이들처럼 어느 때는 은행원, 어느 때는 학교 선생님, 어느 때는 발레리나라고 써넣을 수밖에 없었습니다만, 그렇게 표현되는 그때 그때의 희망들은 모두 그 여자를 지칭하고 있었습니다.

─ 신경숙, 「풍금이 있던 자리」에서

앞의 시에서는 지나치기 쉬운 삶의 의미를 드러냈다면, 이 소설은 편견 속에 가려진 또 다른 사랑의 실재를 환히 보여주고 있다. 이 소설은 아내가 있는 한 남자를 사랑하게 된 한 여인의 이야기다. 소위 불륜을 다룬다. 그런데 불륜에 대한 일반적 통념을 일정부분 다른 시각으로 제시한다. 인용부분은 화자 '나'가 어릴 때 아버지가 데리고 들어온 '그 여자'에 대한 묘사다. 어린 시절 아버지를 불륜에 빠지게 한 '그 여자'에 대한 묘사가 일반적 통념과는 달리 너무 아름다워 낯설게 느껴지지 않는가.

이 소설은 사회적 통념 속에 가려진 불륜이라고 일컬어지는 의미를 새롭게 재조명한다. 그렇다고 이 소설이 불륜을 미화하거나 옹호한다고 볼 수는 없다. 단지, 불륜에 대해서 획일된 잣대로 몰아가는 마녀사냥식 인식에 대해서는 일정 부분 이의를 제기한다. 그런 점에서 인터넷 영풍문고 독자서평란에서 독자 남혜원이 "하지만 우리는 불륜이라는 말 자체에 어떤 이유도 막론하고 돌을 던질 기세로 덤벼들곤 한다. 그것은 너무나 이기적이다. 그 불륜의 사랑 속에는 우리의 평가를 새롭게 받아야 할 진실한 사랑이라는 것이 숨겨져 있을 지도 모르기 때문이다."라고 지적한 것은 적절하다. 그렇다. 이 소설은 불륜이라는 사회통념에 갇힌 사랑의 또 다른 실재를 보여준 것이다.

위에서 두 작품에 대하여 필자가 나름대로 설명해 보았지만, 작품이 형상화하고 있는 삶의 실재를 명쾌하게 드러내지는 못했다. 문학의 형상성은 말로 설명될 수 있는 것이 아니기 때문이다. 문학은 형상으로 드러낼 뿐 누가 대신 말할 수 있는 것이 아니다. 그래서 작품에 대한 해설을 한답시고 위에서처럼 뭐라고 중언부언하는 것보다 그냥 말없이, 자살하고 싶을 만큼 삶을 권태롭고 무의미하게 느끼는 사람에게 차옥혜의 시 「그 손에 못 박혀버렸다」를, 사랑에 대해 지나치게 단견을 가지고 있는 사람에게는 신경숙의 소설 「풍금이 있던 자리」를 선물만 하고 그 작품에 대해서는 마냥 침묵하는 편이 나은 지도 모른다.

4.

문학이 우리시대에 왜 필요한지는 문학의 다양한 기능을 예거하며 여러 가지로 설명할 수 있겠지만, 삶의 중심이 붕괴되고 있는 시대에 아직까지 문학만큼 삶의 실재를 감동적으로 드러내주는 양식이 없다는 사실

하나만으로도 아직까지 문학이 유효한 것은 아닐까.

　오늘의 정보화 시대를 사는 현대인들은 정보의 홍수 속에서 옥석을 구분하지도 못하고 또한 대중문화가 주도하는 표피적 담론에 짓눌려서 자신을 성찰할 기회도 제대로 갖지 못하고 있기 때문에, 인간에게 제공하는 보다 근원적이고 심오한 삶의 통찰을 제공하는 문학이 우리시대에 더욱 절실한 것이다(2004 지리산 환경생태 체험문학교실 강연 요지).

포스트모던 현상의 일상성

1.

한국의 포스트모더니즘 시인들이라는 테마로 청탁을 받았다. 즉, 현재의 포스트모더니즘 시인으로서 알려져 있는 분들의 작품에 대한 분석, 특질, 전반적 경향에 대한 글을 써달라는 주문이다. 나는 이 청탁을 받고, 상당히 곤혹스러움을 느꼈다. 포스트모더니즘이라는 것이 오늘의 정치, 문화, 사회, 경제, 종교 등 전방위에 걸쳐 광범위하게 포진되어 있는 20세기 후반부터 오늘에 이르는 다양한 풍경이듯이, 포스트모던한 시라는 것도 작금에 와서는 더 이상 새로울 것도 없이, 일상성을 드러낼 만큼 특정 시인에게 한정되지 않고 이미 폭넓게 유포되어, 섣부르게 접근하기 힘든 국면이 되었기 때문이다. 80년대의 황지우, 하재봉, 박남철, 장정일 등에게서 시작한 포스트모던한 시적 경향이 21세기에 들어와서는 그 특성이 더 이상 새로운 것도 없는 일상적 풍경이 되었다는 것이다. 오늘의 시인들 모두에게서 포스트모던한 시적 풍경을 엿볼 수 있다고 말해도 과언이 아닐 것이다.

지금 이 자리에서 오늘의 포스트모더니즘 시인들이 누구이며, 그들의 경향이 무엇인지 명확하게 규명하기는 거의 불가능하다. 포스트모더니즘이 혼돈성, 잡종성, 탈중심, 탈규범성 따위의 속성을 지니기 때문에 포스트모던 자체를 규범화하는 것도 안티 포스트모던한 것이 아닐 수 없다.

그럼에도 불구하고, 내가 바라보았던 포스트모던한 시적 풍경을 기술해보고자 한다. 나는 지금 불가능과 가능, 그 경계의 불명료성을 말한 셈인데, 이 진술 자체가 포스트모던한 것이 아닌가 한다.

서양에서 제2차 세계대전과 60년대를 거치면서 문학에서 포스트모던 현상이 일어난 것은 물론, 그만한 이유가 있다고 본다. 전자매체 등의 확산으로 기존의 문학이 누리고 있던 그동안의 기득권이었던 정보, 지식, 교양, 오락적 기능 등을 전자매체에 빼앗기게 되었다. 텔레비전이나 영화 같은 전자매체가 만들어내는 리얼리티에 밀려 문학의 리얼리티가 위기국면을 맞이한 것이다. 그 결과 문단과 학계에서는 '문학의 죽음' 같은 위기론이 일어난 것이다.

나는 얼마 전에 거제포로수용소를 배경으로 한 「흑수선」이라는 영화를 보았다. 최신설비를 갖춘 마산의 한 극장 스크린을 통해 펼쳐지는 가상현실의 리얼리티에 전율했다. 거제포로수용소를 탈출하는 장면은 단연 압권이었다. 아마, 내가 타임머신을 타고 현실 속의 거제포로수용소에서 포로들이 탈출하는 장면을 목격하더라도 내가 영화로 보았던 그런 리얼리티만큼 생생했을까 하는 의문이 든다. 다시 말해, 현실의 거제포로수용소의 포로 탈출 현장을 모방한 스크린의 가상현실이 더 생생한 느낌을 준다는 것이다. 최신 전자매체로 무장한 영화의 생생한 리얼리티를, 활자매체에 의존한 문학의 리얼리티가 따라잡을 수 있겠는가 하는 의구심을 가질 수밖에 없었다.

사담이 좀 길었지만, 위기상황에 대응하여 작가들은 기존의 문학양식에서 일탈하면서, 새로운 시대에 걸맞은 새로운 상상력과 새로운 문학

양식을 발굴하기 위해 노력하지 않을 수가 없었다.

앞서 잠시 지적한 바대로, 한국시에 있어서 포스트모던 현상은 80년대 말 이후 90년대를 거치면서 21세기에는 일상화된 것처럼 보인다. 주지하다시피, 포스트모던 현상은 후기 산업사회의 새로운 패러다임이 아닌가. 우리의 경우도 80년대 말과 90년대를 거치면서 동구권이 몰락하고 문민정부가 들어서고, 이데올로기적인 거대담론이 더 이상 이슈가 되지 못하는 상황에서 후기 자본주의 사회의 다양한 문화적 현상이 포스트모던 현상을 촉발시킨 것이다.

최근 일간지의 두 기사가 눈에 띄었다. "지역문학인회 창립······ 지방문학은 들러리 아니다"라는 제하의 2002년 3월 25일자 『조선일보』는 "문단의 중앙집중화를 거부하고 지방문학의 분권화를 이뤄내겠다는 문인 100여명이 산수유 매화 만발한 섬진강 동쪽에 모였다."고 시작하는 기사를 내보냈다. 지난 3월 23일 오후 6시 경남 하동 하동문화예술회관에서의 "우리 문단사에 역사적 사건으로 기록"될지도 모를 지역문학인회 창립총회를 비중 있게 다룬 것이다. 또 하나는, 2002년 3월 27일자 『중앙일보』 기사로, 서태지 노래 「발해를 꿈꾸며」가 대중음악으로는 처음 고등학교 교과서에 실렸다는 것이다. 이제 한국의 포스트모던 현상은 어느 지역이나 특정 계층의 특별한 일이 아니라 우리 곁의 일상사가 되었음을 실감하게 하는 기사가 아닌가. 『조선일보』 기사는, 중앙문학과 지방문학의 경계를 더 이상 인정하지 않겠다는 태도를 확인시켜준다. 서울이 중심이고, 여타의 지역이 주변부라는 인식 자체를 받아들일 수 없다는 것이다. 이날 하동에 참석한 문인들 중에는 서울에서 온 박상건, 김강태 시인도 있었는데, 이들은 "서울도 이 모임에서는 한 지역에 불과한 만큼 열심히 하겠다"고 인사하였다. 이 말은 서울과 지방의 경계가 이미 와해되었음을 상징적으로 보여주는 것이다.

2.

포스트모던한 시는 탈중심, 탈권위, 탈신성, 탈이데올로기 경향을 보인다.

映畵가 시작하기 전에 우리는
일제히 일어나 애국가를 경청한다
삼천리 화려 강산의
을숙도에서 일정한 群을 이루며
갈대 숲을 이룩하는 흰 새떼들이
자기들끼리 끼룩거리면서
자기들끼리 낄낄대면서
일렬 이렬 삼렬 횡대로 자기들의 세상을
이 세상에서 떼어 메고
이 세상 밖 어디론가 날아간다
우리도 우리들끼리
낄낄대면서
깔쭉대면서
우리의 대열을 이루며
한 세상 떼어 매고
이 세상 밖 어디론가 날아갔으면
하는데 대한 사람 대한으로
길이 보전하세로
각각 자기 자리에 앉는다
주저앉는다

             – 황지우, 「새들도 세상을 뜨는구나」

영화를 즐기러 온 극장의 어둠 속에서 부동자세로 서서 애국가를 경청하도록 강요받는 군사통치의 경직된 현실을 풍자하고 있다. 정치권력을 희화하려는 비판적 의도가 드러난다. 영화 시작 전에 홍보용으로 보여주는 애국가를 패러디하여, 절대권력에 대한 신성 모독을 가하는 것이다. 황지우의 첫 시집 『새들도 세상을 뜨는구나』에 수록된 「심인」, 「도대체 시란 무엇인가」, 「벽 1」, 「이준태(1946년 서울生, 연세대 철학과 졸, 미국 시카고 주립대학 졸)의 근황」 등의 시를 보면 전통적인 시와 다른 새로운 기법들을 선보이고 있다. 흔히, 이런 유의 시를 해체시로 명명하면서, 포스트모던한 시의 단초로 보았던 것이다. 그러나 황지우의 시는 90년대 이후 시인들이 보여주는 포스트모던한 시와는 달리, 상당히 정치적 의도를 지닌다. 그것은 좋은 의미로 민중시와 형태 파괴시에 의해 주도되었던 80년대의 그 두 가지 시적 흐름을 하나로 통합시키며 독자적인 시 세계를 구축했다는 평가를 받기도 했다.

지금, 하늘에 계신다 해도
도와 주시지 않는 우리 아버지의 이름을
아버지의 나라를 섣불리 믿을 수 없사오며
아버지의 하늘에서 이룬 뜻도 아버지 하늘의 것이고
땅에서 못 이룬 뜻은 우리들 땅의 것임을, 믿습니다.
(믿습니다? 믿습니다를 일흔 번쯤 반복해서 읊어 보시오)
오늘날 우리에게 일용할 고통을 더욱 많이 내려 주시고
우리가 우리에게 미움 주는 자들을 더더욱 미워하듯이
우리의 더더욱 미워하는 죄를 더, 더더욱 미워하여 주시고
제발 이 모든 우리의 얼어죽을 사랑을 함부로 평론치 마시고
다만 우리를 언제까지고 그냥 이대로 내버려둬, 주시겠습니까?

대개 나라와 권세와 영광은 이제 아버지의 것이
아니오니다(를 일흔 번쯤 반복해서 읊어 보시오)
밤낮없이 주무시고만 계시는
아버지시여

아멘

— 박남철, 「주기도문, 빌어먹을」

앞의 시와 마찬가지로 이 시도 패러디시이다. 포스트모던한 환경에서 패러디시가 갑자기 부각한 것은 우연이 아니다. 그러나 80년대의 패러디시는, 전자매체의 발달로 활자매체 현실재현의 무력감과 작가의 상상력 고갈의식에 기인한 면도 없지 않지만, 신성불가침을 건드리려는 의도가 우세했다. 이 시는 성서의 주기도문을 패러디하고 있지 않은가. "대개 나라와 권세와 영광은 이제 아버지의 것이 아니옵니다"라고 하면서 "밤낮없이 주무시고만 계시는" 아버지시여라고 노래하는 것은 탈권위, 탈신성을 드러내는 직접적 진술이다. 신의 권위를 패러디하는 것은 기존의 일체 기성권위를 무화시키는 상징적 의미다.

내가 단추를 눌러주기 전에는
그는 다만
하나의 라디오에 지나지 않았다.

내가 그의 단추를 눌러주었을 때
그는 나에게로 와서
전파가 되었다.

내가 그의 단추를 눌러준 것처럼
누가 와서 나의
굳어버린 핏줄기와 황량한 가슴속 버튼을 눌러다오
그에게로 가서 나도
그의 전파가 되고 싶다.

우리들은 모두
사랑이 되고 싶다.
끄고 싶을 때 끄고 켜고 싶을 때 켤 수 있는
라디오가 되고 싶다.

        – 장정일, 「라디오같이 사랑을 끄고 켤 수 있다면」

   이 시는 김춘수의 심오한 존재의식의 탐구를 오히려 희화하고 있다. 김춘수의 「꽃」의 어법으로 노래하고 있지만, 철학성 같은 심오함은 배제되었다. 라디오같이 사랑을 끄고 켤 수 있는 라디오가 되고 싶다는 것은 오늘의 통속한 사랑을 반영하는 것으로, 김춘수의 심각함을 빌어 오늘의 가볍고 표피적인 세계관을 비판하는 것일 수도 있다. 이 시가 여러 겹의 의미망을 깔고 있지만, 한국 대표시인의 「꽃」이라는 시를 희화하는 것이, 가장 주된 의미에서는 탈권위, 탈중심적 태도의 반영으로 볼 수 있을 듯하다.

   80년대 시인들의 포스트모던한 시적 상황은 기존의 권위, 즉 신성불가침을 건드리면서, 그 권위를 패러디하고 희화하고 비판하는 것이다. 이런 측면에서는 리얼리즘적 재현성과 완전하게 결별하지는 못한 것으로 보인다.

3.

   90년대 이후의 포스트모던한 시인들은 리얼리즘의 정치성과 결별한 듯하다. 90년대에는 현실 재현성의 절망감이나 중심부재, 나아가 후기 산업사회의 문화적 풍경을 메타시나 문자이탈, 요설 따위의 다양한 방법으로 노래하는 시집들이 속속 출간되었다. 내가 소장하고 있는 시집중에서만 보아도, 박상순 시집 『6은 나무 7은 돌고래』(1993), 『마라나, 포르노 만화의 여주인공』(1996), 이만식 시집 『하느님의 야구장 입장권』(1995), 이수명 시집 『새로운 오독이 거리를 메웠다』(1995), 『왜가리는 왜 가리놀이를 한다』(1998), 박정대 시집 『단편들』(1997), 함기석 시집 『국어 선생은 달팽이』(1998), 김소연 시집 『극에 달하다』(1996) 등이 눈에 띈다.

여기서 다시 두 번째 기사인 『중앙일보』가 보도한 의미를 환기하고 자 한다. 대중음악이 고등학교 교과서에 실린 것은 고급예술은 가치 있는 것이고, 대중예술은 그렇지 못하다는 인식의 경계도 이미 와해되었음을 상징적으로 보여준다. 후기 산업사회에서 만화, 광고, 영화, 대중음악, 그리고 컴퓨터의 가상공간인 사이버문화를 향유하는 신세대들은 키치문화에 익숙하다. 저속과 숭고, 저급과 고급, 진지함과 경박함 같은 이원구조는 이미 해체되었다. 80년대의 포스트모던한 시인들은 탈권위, 탈신성, 탈중심적 경향을 보이면서도, 한편으로는 정치권력의 부당성이나 삶의 허위의식을 풍자함으로써 현실에 대한 개선의지가 보이기도 했다. 그러나 90년대 이후에는 탈이데올로기의 일상성 속에서 허무나 주체의 죽음의식만 농도 짙게 드러나는 것이다. 90년대를 넘어오기 전 요절한 기형도의 죽음은 90년대 이후 주체의 죽음의식을 확장시키는데, 일조한다.

> 나는 저 운전사를 믿지 못한다, 공포에 질려
> 나는 더듬거린다, 그는 죽은 사람이다
> 그 때문에 얼마나 많은 장례식들이 숨죽여야 했던가
> 그렇다면 그는 누구인가, 내가 가는 곳은 어디인가
> 나는 더 이상 대답하지 않으면 안 된다, 어디서
> 그 일이 터질지 아무도 모른다, 어디든지
> 가까운 지방으로 나는 가야 하는 것이다
> 이곳은 처음 지나는 벌판과 황혼,

내 입 속에 악착같이 매달린 검은 잎이 나는 두렵다

                                -「입 속의 검은 잎」에서

  '검은 잎'이 환기하는 죽음의 이미지는, 기형도 시인의 죽음으로 현실화됨으로써 90년대 죽음의 시학이 전염병처럼 퍼뜨려지는 데 기여한 것이다. 이 죽음은 당시 세기말의 소멸과 불안심리를 반영하는 것이기도 하지만 포스트모던한 풍경 속 주체의 죽음과 연관된 것으로 파악된다.

  90년대 이후에는 주체의 소멸과 탈이데올로기적 현상, 후기 산업사회의 소비적 풍조 속에 그동안 80년대 시인들이 부분적으로 보여주었던 포스트모던한 기법들이 널리 확산되었다. 창조적 목소리보다는 가면과 모작의 패러디와 패스티쉬, 전체화, 절대화, 중심화를 거부하는 해체와 파편화, 그리고 고도로 발달한 컴퓨터의 테크놀로지와 시적 결합 등은 기존 시의 정체성을 뒤흔드는 것으로 90년대 시인에게서 폭넓게 수용되었던 것이다.

내 꿈속에는
수천 개의 조약돌
미루나무 밑둥치를 싣고 오는 자전거
자루 없는 도끼
액자 속의 푸른 꽃
장롱 속의 좀벌레

들것에 실려간 여인
미루나무 개천가에 숨은 조약돌
자루 없는 도끼를 앞마당에 파묻고
둘러앉은 사람들
이제 몇 남지 않은 최후의 가족들을 위하여

도주의 시간을 묻던
푸른 손의 사람들

장롱 속의 좀벌레가
감춰진 내 외투를 사각사각 갉으며
수천 개의 돌이 쌓인
수천 개의 작은 방
그 닫혀진 방에 구멍을 내고

오늘도 내 꿈속엔 수천 개의 조약돌
미루나무 밑둥치를 싣고 오는 자전거
파묻은 도끼
푸른 잎에 가려진 얼굴
구멍난 풍경 속의 규칙들만 보이고

어디에도 내가 없는
내 꿈속에도 내가 없는
나의 꿈

　　　　　　　　　　　　　　　　　　– 박상순, 「내가 없는 나의 꿈」

　　91년 『작가세계』로 시단에 나온 박상순은 대학에서 서양화를 전공한 화가이다. 화가이며 시인인 박상순은 문자 외의 그림이나 도형을 시에 도입하는데, 이승훈은 박상순의 첫 시집 『6은 나무 7은 돌고래』의 해설에서 "반리얼리즘의 미적 태도를, 둘째는 그가 자주 사용하는 치환이나 순열의 기법이 암시하는 기계미학, 셋째는 계기성, 인과성이 탈락한 황폐한 삶의 양식"을 보인다고 지적한 바 있다. 박상순은 80년대에 포스트모던한 풍경을 보인 일군의 시인들의 리얼리즘적 정치성과 이미 결별한 것처럼 보인다. 90년대의 박상순은 현실과 꿈속 어디에도 내가 없는 주체의 소멸을 노래하고 있다. 기형도가 몸으로 보여준 죽음이 박상순의 시에 와서는 주체의 죽음으로 확정되어 나타난다. 1993년 『현대시사상』으로 시단에 나온 김소연의 첫 시집 『극에 달하다』는 빈 중심, 정처 없는 바깥 풍경을 보인다. 이 시집의 해설을 맡은 김진수는 "김소연의 시들은 '안'으로 상정되는 어떤 중심의 '바깥'에 서 있는 한 주변의 존재자적 고독과 절망과 소외의 의식을 보여준다. 자의식에 가까운 시인의 이러한 감정들이 융합 상승되면서 이 첫 시집은 전체적으로 어떤 허무의 냄새를 불러일으킨다."고 지적하고 있다.

포스트모던한 90년대 이후의 시인들이 보이는 주체의 죽음과 소멸의식은 방향성을 잃은 허무의식으로 귀결되는 듯하다. 그리고 시 쓰기의 자의식을 보이는 메타시나 장르의 잡종성을 보이는 시소설 등과 같은 포스트모던한 다양한 기법들이 90년대 이후 오늘에 이르기까지 널리 확산되고 있다.

4.

근자에는 포스트모던한 시를 쓴다고 특별히 주목받지는 못한다. 그것은 그만큼 80년대 말 이후 90년대를 거치면서 한국의 포스트모던 현상은 이제 더 새로울 것이 없을 만큼, 일상성을 드러내고 있음을 뜻한다. 이제부터는 90년대까지 보인 포스트모던한 시적 기법들이 하나의 정착된 시법으로 수용될 것으로 보인다. 그래서 포스트모더니즘의 이름으로 80년대의 황지우, 하재봉, 박남철, 장정일 같은 전위성을 드러내기는 힘들 것 같다(『시문학』 2002년 5월호).

포스트모던을 넘어 다시, 서정의 본질을 생각하다

1. 감동이 없는 시

나는 10년 전에 「감동이 없는 시」라는 제목으로 미완의 글을 써서 내 인터넷 서재에 올려 두었는데, 그것이 퍼 날라져 지금도 간혹 오타와 함께 온라인상에서 굴러다닌다. 이제 10년 만에 본지에 오타를 바로잡고 보완한다(2장과 3장은 새로 쓴 글임).

현대시가 점점 독자들에게 외면 받고 있는 것은 그냥 방치해둘 일이 아닌 것 같다. 무릇 현대시가 전위성을 추구하면서 독자들에게 더욱 외면 받는 쪽으로 나아가는 것이다. 독자들을 정말 감동하게 만드는 시가 좋은 시가 아니겠는가. 물론, 그 감동이라는 것이 예술성에 기인해야 할 것임은 두말할 여지가 없다. 그렇다면 오늘날 수많은 시들이 쓰이고 있지만 좋은 시는 그만큼 희귀하다는 것이 아니겠는가.

지금까지 수십 년 동안 시를 읽어왔지만 내 인생을 뒤바꿔 놓을 만한 시를 만난 적이 있었는가? 생과 사의 기로에서 방향을 뒤바꿔 놓을 만한 시를 만난 적이 있었는가? 이런 질문을 던져 놓고 그 앞에서 그렇다고 대답할 수 있는 독자는 100에 하나도 되지 않을 것이라 생각된다.

　가장 큰 원인 중의 하나는 발표되고 있는 많은 시들 가운데 세계와 인생에 대한 시인들의 충격적인 인식이나 깨달음이 없기 때문이 아닌가 생각한다. 시를 전달수단의 하나라고 할 때 시가 전달하고자 하는 것은 시인들의 세계에 대한 인식과 깨달음일 것이다. 그 인식과 깨달음이 없거나 충격적이지 못할 때 시가 독자들에게 감동을 줄 수 없는 것은 당연한 일이다.

　시에서 인식의 문제는 내용과 관련된 문제만은 아니다. 시에서 인식이란 철학적 인식이나 사회학적 인식 등과 다른 시적인 인식을 말하는데 그것은 즉각적으로 시의 구조(형식)를 결정하는 것이기도 하다. 이를테면 시인이 세계를 비유적으로 인식할 때 시는 비유적 구조를 띠게 되고 시인이 세계를 역설적으로 인식할 때 시는 역설적 구조를 띠는 것이다. 그런 점에서 시적 인식은 바로 시냐 아니냐를 결정하는 것이기도 하고 독자들에게 감동을 줄 수 있느냐 아니냐도 거기서 나오는 것이다.(유재천, 「시적 인식의 힘」, 『경남문학』 2003년 봄호)

시인이 세계에 대해서 충격적 인식이나 깨달음이 없이 쓴 시는 결과적으로 독자들을 감동하게 만들지 못한다는 명제는 당연지사가 아니겠는가. 어찌 시인 자신도 감동하지 못하고 독자들의 감동을 바라겠는가.

　최근 들어 나는 현대시가 보이는 전위성에 대해서 일면 수긍하기도 하지만, 젊은 시인들이 전위일변도로 치닫는 현실에 대해서 마뜩잖은 생각이 든다. 오늘날 디지털 기술의 발달로 예전의 상상력을 뛰어넘는 환상까지도 영상화해내는 모습을 보면서 우리 시의 상상력도 변모하지 않을 수 없음을 인정하는 바이다. 그래서 시적 판타지가 얼마든지 가능한 시대라고 공감한다.

　안개로 짜여진 하얀 망사를 걸치고 마네킹이 모퉁이를 돌아간다 타닥타닥 보도블록에 무릎뼈가 닿을 때마다 두 귀가 바닥으로 흘러내렸다 지나가던 사람들이 분홍색 살점을 떼어 마네킹의 무릎뼈에 붙여 주었다 마네킹은

목을 꺾지도 않고 또 다른 모퉁이를 돌아간다 공원을 가로지를 때 나무 그
늘에 쪼그리고 있던 앉은뱅이 소년이 튀어나왔다 소년을 따라 물고기를 닮
은 계집아이가 돌멩이를 던지며 튀어나온다 다시 보니 계집아이는 가슴살
을 뜯어 소년에게 던지고 있다……〈하략〉

— 이민하, 「환상수족」(『시와사상』 2003년 봄호)

이 시는 환상의 이미지가 드러난다. 상상력이 너무 앞서 가서 환각상
태에 접어들고 있지만, 이 시는 나름대로 시적 의도가 분명하다. 그러
나 이런 유의 시는 독자에게 인식의 충격은 줄 수 있을지 몰라도 독자가
애송하는 시가 될 수 없을 터이다. 어쩌면 이 시는 환각이라는 초월세계
를 의탁하여 시적 자유를 남용한 것인지도 모른다. 그런데도 이런 유의
작품에 대하여 잘 알 수 없는 논리로 실험성, 전위성 운운하며 고평하고
있는 것이 오늘의 평단 현실이기도 하다.

나는 이런 유의 젊은 시인들의 시를 읽는 것이 피곤하고, 식상한 느
낌마저 든다. 그것은 내가 나이를 먹었다는 뜻일까. 차라리 같은 지면
에 수록된 아래 시는, 조금 코드가 단순한 듯하지만 따스하게 느껴져서
좋다.

내 외로운 시선 가로지르며

감잎 하나
툭! 지자
하늘은 어느새
파란 불이 들어온다.

동구 밖 쪽 처마 끝에선 또
시래기 다발이 흔들리고
그 밑 마당 어귀에

동네 아주머니들 모여 김장을 한다
시뻘건 배추 잎을 쭉 찢어 서로 건네며

아, 오늘밤
저 하늘가에 저녁연기 뜨면
어느 집에서
시래기 국을 가마솥에다 끓일 것이다.

- 김영남, 「입동(立冬)」

 이민하의 시가 전위적이라면 김영남의 시는 다소 보수적이라고 해야
할까. 무슨 소리인지 잘 알 수 없는 전자보다는 내용이 좀 진부하게 보
일지 모르지만 후자가 독자에게는 훨씬 가슴에 와 닿지 않겠는가.
 전자는 너무 현실을 벗어난 환상성 탓에 독자의 공감을 얻지 못하고,
후자는 공감하게 되지만 다소 전통적 포즈로 인해 세계에 대한 인식이
다소 안일하다는 생각을 할 수도 있을 것이다.

티브이 수상기가 한 대 길거리에 버려졌다.
길거리에 나온 지 두 달째다.
나는 두 달째 티브이 수상기 옆을 지나쳤다.
티브이 수상기가 길거리에 나온 첫날부터
내 속에서도 티브이 수상기 한 대 버려졌다.
그래도 나는 집으로 돌아와서 티브이를 보며
밥을 먹고 티브이를 보며 사랑을 나눈다.

길모퉁이를 돌아섰다.
나는 티브이 수상기에 가까이 다가갔다.
마침내 지나쳤다.
벌써 두 달째다.

나는 죽은 티브이 수상기를 지나 집으로 돌아와서
산 티브이 수상기를 멍청하게 시청하며
밥을 먹고 사랑을 흉내낸다.
내 속에는 죽은 티브이 수상기가 한 대 있고
내 밖에는 산 티브이 수상기가 한 대 있다.
나는 내 밖의 티브이 수상기를 내 속으로 버린다.
　　　－ 김승강, 「티브이 수상기」(『문학판』 2003년 봄호 신인상 당선작)

　이 시는 이민하의 시와 같은 환상성을 보이지는 않으나 시적 상상력
이 활달하다. 그것은 마지막 행의 "나는 내 밖의 티브이 수상기를 내 속
으로 버린다"라는 표현이 그것이다. 티브이는 주지하다시피 오늘의 문
명의 상징코드이고 또한 후기 자본주의 삶을 반영한다. 화자는 티브이
에 비친 삶을 자신도 흉내 내고 있지 않은가. 그 티브이 한 대가 길거리
에 버려져 있고, 그 티브이가 환기하는 오늘의 문화, 삶의 방식에 대해
끊임없이 사유하고 있는 것이다. 이 시에서 제시된 티브이의 상징성은
다양하게 변주되며 독자는 화자의 인식에 동참하며 많은 생각을 하게
만든다.
　이민하 시의 지나친 전위성과 김영남 시의 전통적 온건성에 비하여,
비록 신인의 시로서 조금 거친 듯하지만 티브이가 환기하는 존재의 사
유방식이 범상치 않다.
　오늘의 젊은 시인들이 전위성에 경도되어 이민하의 경우처럼 독자의
가슴에 와 닿지 않는 시편들을 양산하는 것은 재고되어야 할 것이다. 시
가 건조하더라도 최소한 오늘의 삶과 시적 코드가 연결망은 구축되어야
하지 않겠는가. 김승강의 시는 거친 듯하지만 오늘의 삶에 대한 성찰을
내포하고 있지 않은가. 오늘의 삶을 반영하지 못하고 극단적 환각상태
에 빠져드는 것은 정직하지 못한 시적 태도로서 언어유희에 불과한 것
인지도 모른다. 이런 관점에서 『시경』 2003년 봄호에서 신경림이 현 시

단에 대해 "자기도 모르고 남도 모르는 애매모호한 시들이 횡행하고, 독자들이나 시를 공부하려는 사람들은 그런 것이 좋은 시라고 생각하게 된다."고 지적한 것은 정확한 진단이 아닐 수 없다.

2. 지적 야바위꾼의 자폐적 놀이

10년 전에 쓴 위의 글을 다시 읽어보며, 오늘의 시 현실을 생각해봐도 10년 전과 별 다름이 없다.

한 편의 시가 위안이 되고 생의 지침이 되던 시대가 없지 않았다. 특히 일제강점기나 군부통치기 언론이 재갈 물렸을 때에 시는 시대를 읽는 지표로 어둠을 밝히는 등불이기도 했다. 이런 시대의 시는 한 편의 시가 인생을 뒤바꿔 놓기도 했음직 하다. 가열한 시대 가운데 시인은 온몸으로 세계와 인생에 대한 충격적 인식이나 깨달음을 노래하지 않았던가. 10년 전이나 지금이나 시가 '지적 야바위꾼'의 자폐적 놀이로 전락한 건 아닌지 심히 우려스럽다.

예술이 더 이상 진정한 예술가들의 자양분이 될 수 없게 된 뒤부터, 예술가들은 자신의 재능을 자신들의 환상이 만들어 내는 온갖 변화와 기분을 위해 사용했다. 지적 야바위꾼들에게는 온갖 가능성이 열려 있었으니까.

대중들은 예술 속에서 더 이상 위안도, 즐거움도 찾지 못했다. 그러나 세련된 사람들, 부자들, 무위도식자, 인기를 쫓는 사람들은 예술 속에서 기발함과 독창성, 과장과 충격을 추구했다. 나는 내게 떠오른 수많은 익살과 기지로 비평가들을 만족시켰다. 그들이 나의 익살과 기지에 경탄을 보내면 보낼수록, 그들은 점점 더 나의 익살과 기지를 이해하지 못했다.

나는 오늘날 명성뿐만 아니라 부도 획득하게 되었다. 그러나 홀로 있을 때면, 나는 나 자신을 진정한 의미에서의 예술가로 생각하지 않는다. 위대한 화가는 조토와 티치안, 렘브란트와 고야 같은 화가들이다. 나는 단지 나의 시대를 이해하고, 동시대의 사람들이 지닌 허영과 어리석음, 욕망으로부터 모든 것을 끄집어 낸 한낱 어릿광대일 뿐이다.

널리 알려진 「피카소의 유언」이다. 피카소는 자신을 동시대 사람들이 지닌 허영과 어리석음, 욕망으로부터 모든 것을 끄집어 낸 자칭 한낱 어릿광대라고 생각하고, 스스로는 진정한 의미에서 예술가라고 생각하지 않았다. 예술가들은 자신의 재능을 자신들의 환상이 만들어 내는 온갖 변화와 기분을 위해 사용하는 야바위꾼이고, 이들의 작품에서 더 이상 위안도, 즐거움도 찾지 못한다고 본다. "기발함과 독창성, 과장과 충격을 추구"한다는 명목으로 예술은 난삽하고 더 이상 대중의 사랑을 받지 못하는 것이 된다.

이런 관점에서 나는 최근 복효근 시인이 쓴 「난해시 사랑」을 의미 있게 읽었다.

> 난 난해시가 좋다
> 난해시는 쉬워서 좋다
> 처음만 읽어도 된다
> 처음은 건너뛰고 중간만 읽어도 한 구절만 읽어도 끝부분만 읽어도 된다
> 똑같이 난해하니까 느낌도 같으니까
>
> 난 난해시가 좋다
> 난해시를 좋아하는 사람을 좋아한다
> 그 사람도 나하고 같이 느낄 테니까
> 인상적인 한 구절만 언급하면 된다
> 더구나 지적으로 보이기까지 하니까
> 그런 시를 쓰는 시인은 많이 배웠겠다 싶다

그런 시를 언급할 정도면, 더구나
좋다 말할 정도면 고급독자이겠다 싶다

난 난해시가 좋다
독자가 어떻게 이해하든 독자의 몫이라고 존중해 주니까
내 느낌 내 생각 다 옳다잖아
나도 그 정도는 시는 쓰겠다 싶어 나를 턱없이 자신감에 넘치게 하는 시
나도 시인이 될 수 있겠다 하고 용기를 갖게 하는 시
개성 있어 보이잖아
남 눈치 안 보고 얼마나 자유로운지
적당히 상대를 무시해 보이는, 그래서 있어 보이는 시
단숨에 두보도 미당도 뛰어넘어 보이는 시

난 난해시가 난해시인이 좋다
죽었다 깨나도 나는 갖지 못할 보석을 걸친 여인처럼
나는 못 가진 것을, 못하는 것을 갖고 하니까
나도 난해시를 써보고 싶다
그들처럼 주목 받고 싶다
평론가들이, 매우 지적인 평론가들이 좋아하는 그들이 나는 부럽다
그런 것도 못하는 치들을 내려다보며
어깨에 당당히 힘을 모으며 살아가는 그들이 부럽다
　　　　　　　　　　　　　　　　　　　－ 복효근, 「난해시 사랑」

　전위시, 실험시라는 이름으로 '난해시'가 시단의 주류인 양 판치는 오늘의 시단을 꼬집어 풍자하는 복효근의 시가 피카소의 '유언'과 오버랩되면서 많은 생각을 하게 한다.

3. 다시 서정의 본질을 생각한다

혼란스러우면 다시 본질을 생각해봐야 한다. 서정시의 본질이 무엇이던가. 서정시의 장르적 특징은 자아와 세계의 동일성이다. 시인은 세계를 순간적으로 자기 동일성을 획득하는 것이다. 다시 말해 서정시는 생의 순간적 파악이고 깨달음이 아니던가. 서정시가 생을 순간적으로 파악한다고 해서 만만하게 봐서는 안 된다. 서정시가 생을 순간적으로 파악하는 것이기에 짧은 언술이 되지만 그것은 염장미역처럼 압축된 충만이어야 한다. 염장미역을 물에 풀어놓으면 엄청나게 부풀어지는 것처럼 서정시는 압축된 언술이다.

현대시가 난삽해져 가는 것은 이런 서정시의 본질을 멀리하고 중시하지 않기 때문이다. 2007년 4월 전남 강진에서 열린 영랑시문학제에서 정일근 시인이 서울의 문우 윤효 시인에게 "요즘 시는 어째 모래알을 씹는 느낌이다. 물기와 울림이 있는 짧은 시 쓰기 운동을 벌이자."라고 한 것이 계기가 되어 '작은詩앗 채송화' 동인이 생겨났다고 한다. 지난해 12월 작은詩앗 채송화동인집 제9호 『울음의 본적』이 나왔다.

이 동인집이 서정시의 본질을 추구하는 듯해서 즐거운 마음으로 읽어보는 것이다.

채송화의 모습도 산수화와 같다고 생각합니다. 함축하고 생략하여 지어낸 시 속에서 무한한 여백을 보여 줍니다. 여백은 드러나지 않는 세계입니다. 그러므로 여백은 온전히 감상자의 몫입니다. 짧은 시의 여백을 통하여 보이지 않는 언어가 전해주는 심해의 깊은 소리와 우주의 저 너머는, 더 넓은 상상의 세계를 보여줍니다.

『울음의 본적』 '여는 말'처럼 이 동인지에 실린 시편들은 서정의 본질인 응축, 여백 등으로 시를 떠난 독자들을 불러들인다.

아내가 집에 있다

아파트 문
열기 전
걸음이 빨라진다

어렸을 때
엄마가 있는 집에
올 때처럼

ㅡ 나기철, 「엄마」

가정의 의미를 되묻고 있다. 고령화, 이혼 등으로 최근 1인가구가 중요한 사회 현상으로 부각되고 있는 바, 실제로 1인가구의 비중이 미국은 28% 정도이며 스웨덴은 47%에 달하고 한국은 24%(2010년) 정도라 한다. 개인의 부상, 여성의 지위 향상, 도시의 성장, 통신기술의 발달, 생활주기의 확장 등으로 싱글턴이 우리 사회에도 정착되고 있다.

이런 상황에서 유년 때 엄마가 있는 집의 안정감, 행복을 기대하기는 힘들다. 나기철의 「엄마」는 우리가 잃어버린 에덴이 아닌가 한다. 어릴 때 집에 엄마가 있으면 최고였다. 엄마는 집 자체였던 것이다. 혹시 엄마가 외출이라도 하고 나면 집은 집이 아니었다. 화자에게는 아내가 집에 있어, 어렸을 때 엄마가 있는 집에 올 때처럼 걸음이 빨라진다. '아내가 있는 집'이 '엄마가 있는 집'으로 환치된다. 나이 들면 남자는 아이가 된다는데, 엄마 같은 아내가 있는 집이면 노년도 엄마가 있는 유년처럼 행복할 수 있으리라.

남편 발이 내 쪽으로 뻗어와 잠 깬 새벽
먼 길 걸어온 발, 뒤꿈치를 만져본다
골곡도 파란도 길이 되어
저물도록 옆에 놓일 발자국
오래오래 쓰다듬는데
누군가 내 발을 어루만지고 있다

— 나혜경, 「발뒤꿈치가 안쓰럽다」

1인가구가 운위되는 우리 시대에 정작 그리운 건 부부지정이 아닐 수 없다. 새벽 녘 남편 발이 화자 쪽으로 뻗어와 잠이 깼는데, 먼 길을 걸어온 발의 뒤꿈치를 만져보며 상념에 잠긴다. 굴곡도 파란도 길이 되어 저물도록 옆에 놓일 발자국이라고. 험난한 세상 같이 동행할 사람이 있어 얼마나 좋은가. 그래서 남편 발을 오래오래 쓰다듬는데, 누군가 내 발을 어루만지고 있다.

널리 알려져 있듯이 사랑은 도파민이라는 화학 물질이 넘치는 상태에서 드러난다고 한다. 그런데 도파민에 의한 뜨거운 사랑도 4년이면 식는다고 하는데, 그 기간이 남녀가 뜨겁게 사랑해서 애를 낳고 그 애가 젖을 뗄 때까지의 시간이 4년이라니, 사랑도 종족 보존의 차원에서 필요한 것이 된다. 젖 떼기 전에 사랑이 식어 남녀가 헤어지면 그 아이의 생존이 문제가 되기 때문이다. 이런 점에서 이 도파민은 문명 이전의 원시인류에게 최소한의 아이의 생존을 담보해주는 화학물질인 셈이다. 그런데 평생 부부로 살아가는 원앙새는 옥시토신이라는 화학물질이 많다는데, 이 물질은 부부지간 뜨겁지는 않지만 정으로 살 수 있게 하는 것으로 알려져 있다.

발뒤꿈치를 서로 만져주며 안쓰럽게 생각하는 것은 도파민적 사랑보다는 옥시토신적 사랑이 아닌가 한다.

오늘의 우리 시대는 너무 도파민적 사랑만이 사랑의 전부인 양 치부하는 듯하다. 나혜경의 「발뒤꿈치가 안쓰럽다」 역시 나기철의 「엄마」처럼 사랑의 본질을 환기하고 있다.

대학생들 대상 어느 여론조사에서 사랑 없이 원나잇스탠드가 가능하다는 게 68.75%라고 하는 바, 이게 오늘의 디지털적 사랑방식이고, 위의 두 편 같은 건 아날로그적 사랑일까.

> 시 공부 시작하던 스무 살 무렵
> 나중에 시론을 써서 낸다면
> 책 이름을 무엇이라 할까
> 생뚱맞게 궁리를 하다가
> 정한 것이 『언어경제학서설』
>
> 짧은 말 속에 속울음을 담고 싶었다.
>
> — 윤효, 「시를 위하여 4」

짧은 말 속에 속울음을 담고 싶은 윤효 시인이 내고 싶은 『언어경제학서설』은 오늘의 시론으로는 너무 보수적인 것일까.

그래도 사랑의 본질은 아날로그적 사랑일 것이고, 시의 본질 또한 여전히 "짧은 말 속에 속울음" 같은 것일 테다. 아무튼 사랑이든, 시든 본질에서 너무 벗어나 있기에 다시 본질을 생각하고 다시 그 토대 위에서 사랑도 시도 재구축해야 할 것 같다(『다층』 2013년 여름호).

시의 리얼리즘과 서정의 지평

1. 시의 리얼리즘

지난 5월 피습당한 한나라당 박근혜 대표를 두고 통쾌하다는 투로 비하하는 내용의 시를 송명호 시인이 써서 때아닌 리얼리즘이 세간의 관심을 끌었다. 송명호는 그렇게 박 대표를 비하하는 내용의 시를 쓴 이유를 딸의 질문에 답하는 형식으로 밝혔다.

글쎄, 그런 시는 그보다 더 원색적으로 더 비열하게 더 더럽게 느껴지도록 써야 하는 법이란다. 내 이름은 김삼순 기억나니, 삼순이 못 생기게 보이려고 살찌운 거 말이다. 리얼리즘이란 작품 속의 현실과 작품 밖의 현실이 일치하도록 쓰는 거란다. 시 속에서는 시를 구성하는 말투나 어휘가 현실을 닮아야 하겠지. 현실 속에서 많은 네티즌들이 아빠보다 더 심한 욕을 하지 않니. 또 아빠보다 더 심한 욕을 한 시가 이미 세상 속에 있었단다. 아빠가 시를 잘 썼다고 말하자는 것이 아니야. 이런 시에는 이런 형식의 시를 쓸 수밖에 없지 않겠니

여기서 주목되는 것은 "리얼리즘이란 작품 속의 현실과 작품 밖의 현

실이 일치하도록 쓰는 거란다"이다. 송명호는 박 대표를 극히 비하하는 시를 리얼리즘이라는 관점에서 썼다는 것이다. 그래서 "그런 시는 그보다 더 원색적으로 더 비열하게 더 더럽게 느껴지도록 써야 하는 법"이라고 말했다. 이에 대해 송명호가 속한 작가회의 사무처는 '시인 송명호 씨의 글에 관한 본회의 공식적 입장'이라는 해명서를 통해 "문제의 글은 2006년 5월 21일 송명호 시인 개인이 인터넷 문학 사이트인 「문학의 즐거움」에 게재하여 이후 인터넷 상에서 급속히 유포되면서 문제가 되었다"고 경과를 밝히면서 "문제가 된 위 글은 2006년 5월 22일 본회의 홈페이지 자유게시판에도 게시된 바 있었으나, 저질 욕설의 남발 등으로 문학적 형상성을 인정할 수 없었고 시의 내용이 대다수 회원들의 정서와 상충될 뿐만 아니라 사회적 발전이나 국민적 통합 등에 기여하기보다 문학의 긍정적 역할과 단체의 위상에 해를 끼칠 수 있다고 판단하여 삭제하였다"고 밝혔다.

이 같은 해프닝이 시에서 리얼리즘이란 무엇인지를 다시 생각해보게 한다. 한쪽에서는 리얼리즘에 대해서 작품 속의 현실과 작품 밖의 현실 일치를 강조하고 또 한쪽에서는 문학적 형상성을 강조하고 있는 것이다. 이는 시에서 리얼리즘을 지나치게 강조하다 보면, 시의 형상성에 문제가 발생할 수 있다는 것을 보여주는 실례가 아닌가 한다.

여기서도 과연 서정을 위주로 하는 시에서 객관 현실의 반영을 위주로 하는 리얼리즘이 가능한가라는 명제가 발생하지만 이미, 시에서도 리얼리즘은 서정 못지않게 주요하게 다루어져 왔다.

오늘의 시가 무릇 넓은 의미에서 서정시이지만 현실을 반영하는데 효과적인, 시에 있어서 이야기의 도입은 오랜 연원을 지니는 것이다. 널리 알려진 것 같이 임화의 「우리 오빠와 화로」(1929)가 단초가 되어서 활발하게 개진되던 시의 리얼리즘 논의는 해방 이후 정치적인 이유와 맞물린 순수문학 전통 하에서 이루어지지 못하다가 70년대 이후 민중시의 발흥과 함께 되살아나게 된다.

　시의 리얼리즘 논의는 현실반영 문제로 시의 형식을 비롯한 시의 모든 자질과 관련지어 논의하지만 아무래도 이야기의 도입이 주조를 띤다. 최두석은 「리얼리즘 시론」에서, 김영랑의 「모란이 피기까지는」처럼 감정의 표현이 가장 중요하게 부각된 시, 이상의 「거울」처럼 시인의 사유를 위주로 짜인 시, 김기림의 「바다와 나비」처럼 이미지가 지배적인 시, 이용악의 「낡은 집」처럼 사건의 전개를 읽을 수 있는 시 등 네 가지 시의 유형을 제시하면서 우리의 근대시 혹은 현대시에서 리얼리즘의 성취를 보인 많은 시들이 서사성을 지니는 것은 우연이 아니라는 관점에서 '사건의 전개', 즉 시에서 이야기의 도입 문제를 리얼리즘 시에서 비중있게 제기한 바 있다. 김준오의 『시론』에서도 "현대에 있어서 소월의 「진달래꽃」, 그리고 장르의 귀속문제로 많은 논란을 빚은 김동환의 「國境의 밤」도 이야기 요소를 지닌 서술시다. 서술시는 70년대에 와서 다시 크게 주목받게 된 시형태가 된다. 그 이유는 앞에서 말한 것처럼 서술시가 민중시의 불가피한 시형태이면서 시의 리얼리즘을 획득하는 결정적 조건이 되기 때문이다."라고 지적한다.(여기서 서술시는 리얼리즘을 획득하는 결정적 조건이 되는 이야기시로써 서정 장르의 하위 유형인 좁은 의미의 서정시와는 대립적 개념이다.)

　시에서 리얼리즘 논의는 불가피하게 이야기의 도입, 즉 서사 문제와 관련지어서 논의하게 되는 것을 알 수 있다. 하지만, 서정을 위주로 하는 시에서 이야기의 도입은 아무래도 자연스럽지 못하다는 인식을 갖는다. 이야기는 소설, 서정은 시라는 등식이 굳어져 있기 때문이다. 따라서 서사를 바탕으로 하는 이야기시는 한동안 시의 본류에서 벗어난 듯한 취급을 받은 것이 사실이다. 이에 대해 김준오도 같은 책에서, 이야기시의 경시 경향에 대해서 민중성과 관련지어 해명한다. 즉, 이야기시를 경시하고 서정시만이 진정한 시라는 관점은 서정시를 특권화하는 태도로써 그 배경은 엘리트주의인 바, 대중적 형식을 혐오하는 계급적 편견에서 기인한다고 본다.

그러나 70년대 이후 민중시의 발흥을 거치면서 더욱이 1988년 월북 문인 해금 이후로 활발하게 전개된 리얼리즘 시론 구축(1993년 이은봉이 엮은 『시와 리얼리즘』 참조 바람)으로 이야기 도입을 위주로 하는 시의 리얼리즘이 널리 확산되고 있다. 그럼에도 불구하고 아직도 일부에서는 의혹의 대상이 되고 있는 것도 사실이다. 이는 지나친 시의 리얼리즘 추구가 형상성의 문제, 즉 비서정적 정황으로 시를 내몰아갈 것이라는 우려 때문이 아닌가 한다.

2. 리얼리즘시의 서정

이제까지 리얼리즘 논의는 시의 이야기의 도입에 초점이 맞추어져 왔다. 앞서 지적한 대로 시의 모든 자질이 현실 반영을 할 수 있는 것임에도 불구하고 시의 리얼리즘 논의가 주로 서사성을 테마로 이루어져 리얼리즘시 하면 현실 인식을 서사적으로 기술한 민중시를 연상할 만큼 편협한 시각으로 고착된 측면이 없지 않지만, 그만큼 이야기의 도입이 시의 리얼리즘 실현에 중요하게 기능하고 있는 방증이기도 하다.

그런데 일반적으로 서사가 강화되면 서정이 위축되고, 서정이 강화되면 서사가 위축되는 것으로 쉽게 단정하는 측면이 없지 않다. 이 같은 인식이 리얼리즘시를 우려섞인 시각으로 바라보는 근저라 볼 수 있다.

서정 하면 시, 소설 하면 서사를 쉽게 떠올리는 것도 이들 둘의 근본적 차이에서 기인한다. 즉, 시의 서정은 현재 시제로 순간적 정서를 표현하는 순간 형식임에 비해서, 서사는 과거 시제로 시간 경과에 따라 줄

거리를 드러내는 완결 형식을 취하는 것이다.

따라서 자칫 이야기 도입을 위주로 하는 시의 리얼리즘이 시의 본질인 서정을 무시하고 시를 잘못된 방향으로 내치는 것으로 인식할 소지가 없지 않다고 생각하는 것이다.

그러나 실상 시의 리얼리즘도 어느 경우이든 서정과 분리되는 것이 아니다. 서정의 표현 방식이 다를 뿐 여전히 리얼리즘 시에서도 서정은 지배적으로 기능하고 있다고 보아야 한다. 그것은 시의 리얼리즘이 이야기를 도입하되, 소설의 그것과는 다른 방식을 취하기 때문이다.

옛날엔 통제사가 있었다는 낡은 항구의 처녀들에겐 옛날이 가지 않은 千姬라는 이름이 많다
미역 오리같이 말라서 굴껍지처럼 말없이 사랑하다 죽는다는 千姬의 하나를 나는 어느 오랜 객줏집의 생선가시가 있는 마루방에서 만났다
저문 六月의 바닷가에선 조개도 울을 저녁 소라방등이 불그레한 마당에 김냄새 나는 비가 나렸다

－「統營」

이 시는 70년대 리얼리즘 시에 큰 영향을 끼친 것으로 평가받는 백석의 시 중에서 한 편을 고른 것이다. 이 시는 시의 서사적 특성을 잘 드러낸다. 그런데 시의 도입된 서사는 소설의 그것과는 차이가 난다. 시의 서사는 줄거리를 가지지만 소설의 서사처럼 온전한 완결성을 갖추지는 않는다. 따라서 시의 서사는 소설에 비해서는 불완전한 구조를 보이는 것이다. 즉, 압축된 서사를 보이는 것이다.

위의 시도 압축된 서사로 드러난다. 그렇지만 이 시에서도 이야기의 도입으로 사건의 골격을 갖추고 있다. 화자는 자신의 체험을 객관적으로 이야기하는 방식으로 제시한다. 그런 과정에서 서정의 표출은 극도로 제한되는 것처럼 보인다. 그렇다면 이 시는 서정이 배제된 것인가 하

면 그렇지가 않다. 객줏집에서 만난 千姬라는 당시 시대의 고통을 반영하는 전형적 인물의 제시나 화자와 千姬의 생략된 에피소드(가령, 하룻밤 풋사랑 같은……) 등은 객관적 상관물로써 시인이 표출하고자 하는 정서의 등가물이 된다. 따라서 이 시에서는 서정과 서사가 동일성을 이루고 있는 셈이다.

　　57번 버스 타고 집에 오는 길
　　여섯 살쯤 됐을까 계집아이 앞세우고
　　두어살 더 먹었을 머스마 하나이 차에 타는데
　　꼬무락꼬무락 주머니 뒤져 버스표 두 장 내고
　　동생 손 끌어다 의자 등을 쥐어주고
　　저는 건드렁 손잡이에 겨우겨우 매달린다
　　빈 자리 하나 나니 동생 데려다 앉히고
　　작은 것은 안으로 바짝 당겨앉으며
　　'오빠 여기 앉아' 비운 자리 주먹으로 탕탕 때린다
　　'됐어' 오래비자리는 짐짓 퉁생이를 놓고
　　차가 급히 설 때마다 걱정스레 동생을 바라보는데
　　계집애는 앞 등받이 두 손으로 꽉 잡고
　　'나 잘하지' 하는 얼굴로 오래비 올려다본다
　　안 보는 척 보고 있자니
　　하, 그 모양 이뻐
　　어린 자식 버리고 간 채아무개 추도식에 가
　　술한테만 화풀이하고 돌아오는 길
　　내내 멀쩡하던 눈에
　　그것들 보니
　　눈물 핑 돈다.

　　　　　　　　　　　　　　　　　　－ 김사인, 「오누이」

　이 시에도 이야기의 도입으로 리얼리즘 시적 경향을 보이지만 서사와

서정의 양상은 다른 국면이다. 이 시는 화자가 어린 자식 버리고 간 채 아무개 추도식에 가서 설움을 술한테 화풀이를 하고 버스를 타고 집으로 돌아오는 길에서 일어난 이야기를 제시하고 있다. 이 시의 서사는 중층 구조다. 하나는 화자와 관계있는 어린 자식을 남기고 죽은 채아무개 사건이고, 또 하나는 버스에서 만난 부모를 잃었음직한 아직 어린 오누이의 애처로운 삶이다.

이 시의 서사도 소설의 그것과는 달리 단면적이거나 압축적으로 제시된다. 그런데, 정서 표출 방식은 보다 직접적으로 오누이의 애처로운 모습을 보면서 "눈물 핑 돈다"라고 진술하고 있다.

이렇듯 이야기를 도입한 리얼리즘시라고 해서, 서정이 방기되는 것은 아니다. 「統營」처럼 서정과 서사가 동일성을 이루거나 「오누이」처럼 서사에 대한 서정적 반응으로 드러나기 때문에 리얼리즘시에서도 여전히 서정은 본질로써 기능하는 것이다.

3. 서정의 지평 확대

오늘의 시는 넓은 의미에서 모두 서정시에 속하고 그래서 시의 본질 또한 서정이라는 점에 대해서는 큰 이의가 없다. 그런데 서정시는 lyric의 번역어이고, lyric이 그리스 악기의 명칭인 lyre에 어원을 두고 있다는 점에서 서정은 리듬과 매우 밀접한 관련이 있었다.

그립다
말을 할까
하니 그리워

그냥 갈까
그래도
다시 더 한 번……

— 김소월, 「가는 길」에서

이 작품의 리듬에 대해서는 이미 여러 곳에서 설명되어 시의 리듬의 전형으로 인식되고 있다. 여기서는 서정과 리듬의 관계성을 드러내기 위해 그간의 논의를 다시 원용한다. 위의 시에서 리듬을 제거해버리면 그리움의 정서는 여지없이 무너져버린다.

그립다 말을 할까 하니 그리워
그냥 갈까 그래도 다시 더 한 번

1연과 2연을 7 5조를 한 행으로 하여 1연으로 묶어버리면, 원래의 시에서 드러나는 이별의 현장에서 느끼는 실제적인 정서는 거의 죽어버리는 것이다. "그립다 말을 할까 하니 그리워"를 한 행으로 읽어버리면, 그만큼 사랑하는 님과의 이별현장에서 느끼는 심리적 갈등과 정서의 기복은 빠른 리듬 속에 묻혀 독자에게 전달되지 않는다. 이것을 원래대로 리듬을 살려서 읽어야 이별의 절절한 정서들이 행간 사이에서 현실적으로 살아나는 것이다.

이렇듯 전통 서정시는 시의 리듬을 서정의 객관적 상관물로 널리 활용한다. 그런데 주지하듯이 현대시는 리듬만을 위주로 하는 것은 아니다. 즉, 이미지, 이야기 도입 등등 여러 가지 새로운 방식으로 서정의 지평을 넓혀온 것이다.

고래가 이제 횡단한 뒤
해협이 천막처럼 퍼덕이오.

······〈중략〉······
당신은 「이러한 풍경」을 데불고
흰 연기 같은
바다
멀리멀리 항해합소.

— 정지용, 「바다6」에서

　이미지즘시가 겉으로 보기에는 정서를 무시하는 듯해도 실상은 이미지를 정서의 객관적 상관물로 적극 활용하는 국면이다. 이미지즘시인 정지용의 「바다6」 같은 경우도 바다의 이미지를 객관적 상관물로 정서를 표출하고 있다. 「바다6」은 정서적 맥락에서는 앞의 「가는 길」과 같다. 김소월의 '가는 길'이 육지의 길이라면 정지용은 '바다 길'이라는 점에서 같은 맥락이다. 그런데 김소월은 리듬을, 정지용은 '바다 이미지'를 주조로 하고 있다는 점이 차이다.

　정지용은 꼭 같은 서정이지만, 김소월의 리듬과는 달리 이미지를 채택하여 표출함으로써 서정의 지평을 넓힌 것처럼, 같은 맥락에서 앞에서 살펴본 것처럼 이야기 도입을 주조로 하는 시의 리얼리즘도 서정의 지평을 넓힌 것으로 파악할 수 있다.

　서정과 무관한 것처럼 보이는 김춘수의 무의미시나 이승훈의 비대상시 같은 경우도 실상, 익명의 정서일지라도 그 나름대로의 서정성은 드러나기 마련이다. 따라서 거칠게 말해 새로운 시가 출현하는 만큼 서정의 지평은 넓어지는 것이라 보아도 좋다.

　서정과 시의 리얼리즘도 마찬가지다. 한때 시의 리얼리즘은 낯선 개념이었다. 리얼리즘은 소설에서나 가능한 것이지, 서정이 본질인 시에 리얼리즘이 가당키나 한 것인가라고 의혹의 눈길을 던진 것이 사실이었다. 그러나 이제는 시에서 이미지를 비롯한 여러 새로운 자질들이 서정의 지평을 넓힌 것처럼 리얼리즘 또한 서정의 지평을 넓힌 것으로 파악해야 한다. 따라서 서정을 위주로 하는 시에서도 리얼리즘은 더 이상 낯선 개념이 아니다(계간 『시인시각』 2006년 가을호 기획특집 '서정과 리얼리즘').

21세기 새로운 패러다임으로써의 지역 생태시

1. 생태시의 대두와 오늘의 과제

환경오염과 생태계 파괴는 인간문명의 발달과 그 궤를 같이 하고 있다. 인간의 유구한 역사에 비하여 본다면 생태환경문제를 야기시킨 장본인이라 할 수 있는 산업화의 역사는 200여 년밖에 되지 않는다. 지구 역사가 46억 년이고 이 지구상에 호모사피엔스인 인간이 거주하게 된 것을 20만 년 전으로 본다면 인간은 19만 년 동안의 채집과 수렵으로 떠돌이 생활을 했다. 그러다가 약 1만 년 전에 농업을 시작하면서 정착을 했고, 18세기 산업혁명이 일어남으로써 20세기말까지 공업사회, 산업사회를 만들어놓은 것이다. 그리고 근자에는 컴퓨터를 기반으로 하는 디지털 정보화혁명이 시작되면서 후기 산업화사회로 접어들었다.[87] 46억 년의 지구역사에서 고작 200여 년이라는 극히 짧은 기간 동안 이루어진 지구의 환경오염과 생태파괴의 실상은 어찌 가공할 만한 일이

---

87) 이광형, 「디지털 문화 시대」, 최혜실 엮음, 『디지털 시대의 문화 예술』(문학과지성사, 1999), pp. 25~26.

아니겠는가.

　산업혁명 이후 급격하게 파괴되고 있는 자연과 생태계에 대한 현실 인식을 기반으로 20세기 중엽 이후에 독일, 스위스, 오스트리아 등 서유럽을 중심으로 '생태시'[88]가 처음으로 대두하게 된 것은 주지하는 바이다. 독일을 중심으로 생태시는 1950, 1960년대의 태동기를 지나 1970년대에는 환경보호운동의 열기를 업고 현대시의 중심 조류로서 자리잡았다. 독일의 생태학자이자 생태시 연구가인 페터 코를넬리우스 마이어타쉬가 1981년 뮌헨에서 생태사화집『직선들의 폭풍우 속에서, 독일 생태시 1950-1980』을 편찬했는데, 이 생태사화집은 1950년 이후 1980년까지 서독과 동독, 스위스, 오스트리아 내에서 발표된 대표적 생태시 206을 주제의식과 메시지의 유형에 따라 정리한 것이다. 우리나라에서는 이동승이『외국문학』1990년 겨울호의「독일의 생태시」란 글에서『직선들의 폭풍우 속에서』에 수록된 생태시를 소개하고, 생태시가 생성된 배경과 생태시의 특성을 제시하기 시작하면서 활발한 논의가 진행되었다. 1991년에는 고진하, 이경호가 엮은 한국의 생태 사화집『새들은 왜 녹색별을 떠나는가』(다산글방)가 출간되었고, 고형렬, 고진하, 김지하, 이승하 등이 생태시집들을 출간했다. 또한 도정일, 김욱동, 이남호, 남송우, 송희복, 신덕룡 등의 평론가들이 활발하게 생태시론를 펼침으로

---

88) 산업혁명으로 자연을 보다 효율적으로 지배하고 인간에게 물질적 편의를 제공함으로써 빈곤으로부터 어느 정도 자유를 누리게는 했지만 인간의 생존을 위협할 수 있는 생태환경의 파괴가 문제점으로 드러나게 된 것이다. 그래서 자연스럽게 19세기 후반부터 생태학이라는 용어가 대두되었다. 생태학이란 특정한 생명체와 주변환경 간의 연관을 연구하는 학문으로 일컬어진다. 생명체와 비생명체인 물, 공기, 흙의 상호작용을 연구함으로써 생태계의 자연적 연관 시스템을 밝혀내고 각종 동식물의 생존조건을 규명한다. 오늘날 이슈가 되고 있는 생태시라는 명칭은 생태학이라는 용어와 시가 결합하여 이루어졌으며, '생태학의 시'를 줄인 것이기도 하다. 송용구,「한국 '생태시'의 현황과 과제」, 송용구 편저,『에코토피아를 향한 생명 시학』(시문학사, 2000), p.9.

써 생태시는 90년대 핫이슈로 떠오른 것이다.[89)]

서구보다 우리의 생태시가 수십 년 뒤늦게 이슈화된 것은 그만한 이
유가 있다. 우리의 경우도 잘 살기 위해서는 개발이 곧 진보라는 근대의
성장 이데올로기로 무장하고 1960년대 경제개발계획이 추진되면서 급
격한 산업화사회로 진입하고 70, 80년대에 이미 심각한 환경오염과 생
태계 파괴 현상이 문제점으로 지적될 수 있었지만 그것이 90년대에 이
슈가 될 수밖에 없었던 것은 80년대까지는 정치적 자유와 생존권의 자
유를 추구하는 민주화 운동이 주된 사회적 이슈로 부각되었기 때문에
생태환경 문제에 눈을 돌릴 여유를 갖지 못한 측면이 없었음은 주지하
는 바이다. 90년대에 들어오면서 정치사회적 환경의 변화와 함께 탈중
심, 탈구조적 사유가 붐을 타면서, 기존의 인간중심주의적 사고에 대해
서 심각한 회의가 드러나고, 그 동안 누적된 공해와 자연파괴 현상이 맞
물린 상황에서 서구의 생태시가 소개되면서 생태시는 90년대 이후 중
심담론[90)]으로 자리잡게 된 것이다. 90년대 벽두에 『녹색평론』(1991)이 창
간된 것도 우연이 아니다. 김종철이 창간선언문 「생명의 문화를 위하여」
에서 "오늘날 우리가 경험하고 있는 전대미문의 이 생태학적 재난은 결
국 인간이 진보와 발전의 이름 밑에서 이룩해온 이른바 문명, 그 중에
서도 특히 서구적 산업문명에 내재한 논리의 필연적인 결과로서의 사회
적, 인간적, 자연적 위기라는 사실을 명확히 인식하는 것이 무엇보다 중
요하다. 다시 말해서, 이것은 사람이 이 세상에서 산다는 것은 무엇인
가, 이 지구상에서 사람이 삶을 영위하는 올바른 방식은 과연 무엇인가
를 근본적으로 성찰할 것을 요구하는 진실로 심오한 철학적, 종교적 문

---

89) 송용구 엮음, 앞의 책, pp.12-16.
90) 이상옥, 「오늘의 시, 다양한 전개」, 박철희 · 김시태 책임편집, 『한국현대문학사』(시문학사,
    2000), pp.495-496.

제에 직결되어 있다고 할 수 있다.[91]고 지적하지 않았는가. 개발이 진보이고 발전이라는 근대적 성장 이데올로기에서 벗어나지 못하면 지구와 인간은 파멸을 면치 못할 것으로 보는 것이다.

오랜 역사를 지닌 서구의 생태시에 비해서 우리의 생태시 역사는 일천하기 때문에 아직까지 본궤도에 올랐다고 볼 수는 없을 것이다. 서구의 생태시가 이미 70년대에 인간의 물욕, 성장제일주의, 과소비풍조, 개발정책, 전쟁, 핵개발 및 핵실험, 집단이기주의, 이성만을 맹신하는 인간중심주의 등을 다양하게 비판하면서 이러한 저항행위를 구체적 사실에 근거하여 구체적으로 묘사했는데, 이는 자연파괴적 원인들에 대한 비판과 개혁의지를 바탕으로 새로운 대체사회를 모색하려는 지향성이 생태시의 다양한 테마를 낳았다고 볼 수 있는 것이다. 그러나 우리의 경우는 자연파괴를 야기하는 사회적 원인들에 대한 인식과 해부작업이 부족하여 저항적 성격이 미약할 뿐 아니라 주제의식의 빈곤과 단순성을 면치 못하고 있다.[92]

그렇다면 앞으로의 생태시는 보다 다양한 층위에서 다양한 목소리로 드러나야 할 것이다. 그러기 위해서는 중앙중심으로 이루어지고 있는 생태시 담론이 지역성을 토포스(Topos)로 삼고 있는 지역 생태시 현장으로 중심이동이 이루어져야 할 것으로 보인다.

2. 우포늪을 토포스로 한 지역 생태시 운동

21세기에 진입하면서 생태시는 중앙보다는 지역 시인들에 의하여 활발하게 전개되고 있다. 지역 시인들은 지역생태운동 단체들과 연계하

91) 김종철 엮음, 『녹색평론선집 1』(녹색평론사, 1993), p.10.
92) 송용구 엮음, 앞의 책, p.22.

여 창작과 실천을 병행하고 있는 것이다. 그 대표적인 예가 우포늪을 시적 토포스로 삼아 생태시 운동을 활발하게 펼치는 것이다. 1997년(단기 4330년) 10월25일 우포를 사랑하는 사람들이 모여서 '푸른우포사람들'이라는 생태연구모임을 만들었다. 이 생태연구모임의 취지는 창원 지역의 최명학 시인이 「創立告由祭文」이라는 시로 발표되어 많은 사람들의 공감을 불러 일으켰다.

> 때는 밝은 하늘 열린 사천삼백삼십년
> 결실의 기쁨이 넘치는 시월이십오일
> 태고의 신비한 생명이 살아 숨쉬는
> 이곳 경상남도 창녕 우포늪에서 맑고
> 건강한 생명운동을 펼치고자 뜻을
> 같이한 푸른우포사람들이
> 환경보전 및 자연생태계 보호의
> 전진기지인 우포자연학습원을
> 건립하고
> 삼가 알리는 제를 올리오니
> 하늘 땅 두루 아우르는 천지신명이여
> 영험한 힘으로 굽어살피사
> 우리 '푸른우포사람들'의
> 환경지킴운동이 널리 퍼져
> 알찬 성취 이루게 하옵시고
> 이곳 우포를 찾는 사람들
> 가슴마다 자연사랑 생명사상의
> 마음이 흘러 넘칠 수 있도록
> 도와주옵소서!
> 아울러 이곳 우포늪의 생명체들을
> 아끼고 지키는 한결같은 마음으로
> 맑은 술과 제물 정성껏 올리오니

기꺼이 흠향하소서
開天 사천삼백삼십년 시월이십오일
푸른우포사람들 일동

　　　　　　　　　　　　　　　- 최명학, 「創立告由祭文」

　최명학은 지역생태환경 운동단체들과 지역시인이 연계하여 생태시
운동을 펼치는 하나의 모델을 제시한 셈이다. 시인이 우포늪을 사랑하
는 사람들과 힘을 합쳐 우포늪을 보전하고 그 생태환경적 중요성을 일
깨우는 일은 너무나 소중한 일이다. 푸른우포사람들은 환경보존과 자연
생태계 보호의 전진 기지인 우포자연학습원을 건립하고 우포늪 따라 걷
기 대회, 철새탐조학교 개설, 우포늪 주변나무심기, 외래종 개체수 줄이
기, 우포관련 책 발간 등 다양한 생태환경 운동을 펼치고 있다.

　한편, 우포늪의 중요성을 인식한 창녕환경운동연합도 폐교된 회룡
초등학교에다 부설기관으로 1999년에 우포생태학습원을 세웠다. 이곳
에서 시청각 교육실을 이용하여 우포늪과 환경 관련 자료들을 시청 및
교육할 수 있으며, 조금 이동하면 우포늪에서 직접 현장 학습을 할 수
도 있다. 여기서 지난해 10월 26, 27일 양일간 제2회 우포늪 시생명제
가 개최되었다. 시생명제는 창녕에 살고 있는 배한봉 시인이 몇몇 지인
의 후원을 받아 기획한 것이다. 우포늪 시생명제를 여는 무용가의 생명
춤과 함께 우포늪 생명선언문 낭독, 우포를 노래한 시 낭송, 에코토피아
시에 대한 문학강연 등은 인상적인 것이었는데, 생태환경의 성소에서
이루어진 시생명제에 참가한 문인들이나 일반 독자들은 시를 통해 생명
과 환경의 중요성을 온몸으로 체감하는 계기를 가졌던 것이다.

　또한 이번(6월 7-8일)에 우포를 문학의 새로운 장을 여는 터전으로 승
화시키고자 창녕문인협회 우포생태문학제전위원회(위원장 성기각 시인·
창녕문인협회장)가 3년간 준비하여 벌이는 풋풋한 제1회 우포생태문학제

가 '원시 속으로'라는 주제로 대규모의 문학축제를 열게 됨은 특별한 의미를 지닌다. 우포생태문학제는 지방자치단체와 지역문인들이 '우포늪'의 생태학적 중요성을 인식하고 이를 문학축제로 승화시킨, 여타의 문학행사와 차별화되는 것이다. 유어면 대대제방(우천시 창녕문화체육관)에서 초등학년부, 중·고등부로 나눠 열리는 생태백일장, 생태문학 세미나, 특산음식 만찬회, 이방면 장재마을 푸른우포사람들 사무국 앞 야외무대에서 펼쳐지는 '시가 있는 푸른 저녁' 등의 다채로운 행사는 생태시운동의 새로운 장을 열 것으로 기대된다.

3. 경남 지역 생태시의 다양한 포즈

마산수출자유지역이나 창원공단, 진주상평공단 같은 공단이 도심지에 건립되어 경남 지역의 도시생태환경은 일찍부터 문제점으로 대두되었다. 공단폐수로 인한 마산만이나 진주 남강의 수질오염이나 대기오염은 어제오늘의 문제가 아니다. 경남 지역은 도시화, 산업화의 무리한 추진으로 발생하는 제반 생태환경문제의 중심부에 있으면서도, 한편으로는 우포늪이나 낙동강 하구나 주남저수지, 진주 남강, 거제, 통영, 고성, 사천 등지 해안, 그리고 지리산 같은 생태환경의 聖所가 될 만한 곳도 즐비하다.

경남 지역은 지역 생태시가 발생할 수 있는 다양한 토양을 마련하고 있지만 90년대까지는 이렇다 할 생태시적 성과를 거두지 못하고 있었다. 그러나 마산의 이선관 시인이 2001년 제4회 교보환경문화상 환경문화예술부문 최우수상을 수상한 것을 계기로 경남지역의 생태시 운동은 새로운 국면을 맞은 것으로 보인다.

이선관 시인은 환경오염이니 공해니 하는 말이 낯설었던 70년대, 우리나라 환경시의 효시라 할 수 있는 「독수대1」을 발표한 후 30년 이상 환경을 자신의 삶의 화두로 삼고 꾸준하게 환경시를 발표해 온 분이다.

77년 그간 발표된 환경시를 모아 환경시집 『독수대』(문성출판사)를 간행하였으며, 97년 재생지로 만든 『지구촌에 주인은 없다』(97년 살림터), 『우리는 오늘 그대 곁으로 간다』(2000년 실천문학) 등의 환경시집을 발표하였다. 시인의 시는 자연과 세계에 대한 근원적 겸손과 외경을 바탕으로 어려운 수사적 표현보다는 단순 명쾌한 시어로 문학적 성취와 함께 일반인들의 영혼에 커다란 울림을 주고 있다는 평을 받고 있다.

현재 시인은 『녹색평론』을 비롯한 잡지와 신문 등에 일관되게 환경과 관련된 시를 발표하고 있으며, 자신이 태어나고 자란 마산에 대한 끊임없는 사랑과 애정을 가지고 아름다운 고향의 풍경을 지켜내는 지킴이로서 불편한 몸에도 불구하고 지역환경문제 해결을 위해 지속적인 활동을 전개하고 있다.

교보생명 교육문화재단에서 이선관 시인이 제4회 교보환경문화상 환경문화예술부문 최우수상 수상자로 선정하게 된 그 이유서다.

지역에서 꾸준히 생태환경을 테마로 시를 써온 이선관 시인의 그간 업적이 교보환경문화상 수상을 계기로 크게 조명되었다. 이선관은 인용문에서 밝힌 것처럼 환경오염이니 공해니 하는 말이 낯설었던 70년대에 우리나라 환경시의 효시라 할 수 있는 「독수대1」을 발표한 후 30년 이상 환경을 자신의 삶의 화두로 삼고 꾸준하게 생태시를 발표해왔지만 제대로 평가를 받지 못한 셈이다. 그러나 90년대 이후 지역 문학이 새롭게 조명되고 지역 시인들의 시적 성과가 재평가되는 길목에서 이선관의 수상은 지역 생태시 창작에 기폭제가 된 듯하다.

이를 반영하듯, 2002년에는 경남 지역에서 활동하는 주요 시인들이 생태환경과 관련된 시집을 동시에 출간했다. 진주의 박노정 시집 『늪이고 노래며 사랑이던』(해들누리), 창녕의 성기각 시집 『쌀밥 보리밥』(모아 드림), 배한봉 시집 『우포늪 왁새』가 바로 그것이다. 이들과 같이 이선관 시인도 다시 시집 『배추흰나비를 보았습니다』(도서출판 답게)를 출간했다.

이들 시집들은 우리 생태시가 보였던 자연파괴를 야기하는 사회적 원인들에 대한 인식이나 해부작업의 부족, 또는 저항적 성격의 미약성과 주제의식의 빈곤 및 단순성을 극복할 수 있는 지역 시인들의 생생하고도 다채로운 목소리를 뿜어내고 있다.

1) 정신생태환경 오염과 조선낫의 정신

박노정 시인은 진주 출생이다. 그는 진주에서 초등, 중등, 대학을 마치고 지금도 진주에 살고 있다. 지역 향토언론 『진주신문』의 발행인으로서 십여 년 동안 대쪽 언론인의 자리를 지켰고, 또한 여러 시민운동 단체에서 활동하였지만 언제나 전면에 나서지 않고 숨은 일꾼의 자리를 지켜왔다. 그래서 시집 해설을 쓴 신경득 교수는 박노정을 "세파의 표면에 나서지 않고 조용히 野에 묻혀 사는 선비"라는 뜻으로 '진주 사람 박처사'라고 부르기로 한 것이다.

그는 진주에서 태어나 진주에서 살면서 오늘의 난마와 같이 얽힌 정치, 사회, 경제, 문화 전반의 일탈이 곧 오늘의 생태환경 문제를 야기한 것으로 인식한 듯하다. 그래서 생태환경문제의 원인을 제공한 정신생태환경 문제를 먼저 해부하고 그 환부를 도려내려 한 것이다.

그는 우리 현대사를 주도했던 박정희, 김종필, 전두환, 노태우, 김영삼, 김대중, 이회창 등 최고의 위정자들을 가차없이 비판한다. 이에 대해 신경득은 "이러한 역적들에 대하여 풍자와 조롱을 퍼붓고 있다"고 읽은 바 있다.

매천 사당 대숲 대이파리 끝에는
"글 아는 선비 노릇 힘이 들고나"
절명시 한 구절 말짱하게 살아 있어
난 그만 오금이 저려 왔네
"촉석루 붉은 단청 가신 넋을 위로"하는
논개 비문 샅샅이 훑어보곤
친일 앞잡이 김은호가 잘 그린 논개 영정
차마 마주 쳐다볼 수 없었네
잘 드는 조선낫으로
마구 버히고 싶었네

— 「정신 번쩍 드는 날」

박 처사다운 정서적 반응이다. 경술국치를 당하여 글 아는 선비 노릇 하기가 부끄럽다고 절명시를 남기고 숨을 거둔 매천 황현의 사당 대숲 이파리 끝에 서릿발처럼 살아 있는 말짱한 정신 앞에 오금 저리던 그가 친일 화가 김은호가 그린 논개 영정을 어찌 잘 드는 조선낫으로 마구 베어버리고 싶지 않았겠는가.

박노정 시집이 생태환경과 직접 관련이 없는 듯해도 그 원인을 제공한 사회전반의 정신오염에 대한 성찰을 통하여 오늘의 제반 문제를 해부하고 있는 것이다. 즉, 올곧은 조선정신이 현대사에 제대로 조명되지 못하고 계승되지 못한 오늘 정치, 사회, 문화적 현실을 비판하는 것이다. 이 시집 제1부에서는 「남명(南冥)의 뜨락에서」「단재 선생 생각」「굴동에서—다산(茶山) 선생 운(韻)」 등처럼 살아 있는 조선정신을 살피고서, 제2부에서는 현대사 정치인들의 파행을 빈틈없이 드러내고 있음도 그 의도를 내포한 것이다.

2) 생태환경 현장 르포르타주

70년대부터 생태환경에 관심을 가지고 시를 쓰기 시작한 이선관은 지역 생태시의 가능성을 잘 드러내는 시인이다. 시집 『배추흰나비를 보았습니다』는 바로 생태환경 현장 르포르타주라고 볼 수 있다. 생태환경의 파괴현장에는 어디든 그의 눈길이 생생하게 닿아 있다.

연작시 「체르노빌」에서는 체르노빌에서 이백킬로나 떨어진 우크라이나의 서울 키예프에 있는 방사능 의학 연구센터 소속 소아과 병동에는 입원실마다 거울이 없다는 것을 지적하면서 화학치료를 받는 어린이들의 탈모가 체르노빌 원자력발전소의 원자로 폭발로 인한 방사능물질 유출의 후유증임을 드러낸다. 주지하다시피 유출된 방사능물질은 암과 백혈병, 사산 및 기형아 출생을 유발하는 물질로써 사고지점으로부터 수백, 수천킬로미터 떨어진 곳까지 피해를 준다. 「새만금 유감」은 새만금 갯벌생명평화연대에서 오월 삼십일일 바다의 날에 갯벌 없는 바다의 날 선언문을 발표한 것을 통하여 바다가 인간이 배출한 모든 오염물질을 받아주는 콩팥이지만 갯벌 없는 바다는 죽은 것과 같다고 지적한다. 그리고 「사랑하는 국민 여러분」은 미래의 물 부족 문제에 대한 우려를, 「수도세를 내지 맙시다」는 수돗물 오염문제를, 「이것도 자랑이라고 이야기합니까」는 낙동강 오염 문제를 다룬다. 이처럼 생태환경 파괴의 실상을 낱낱이 고발하는 것이다.

> 이제 나도 서정시를 쓰고 싶다
> 오늘부터라도 아니 지금 당장 책상 앞에 앉아
> 그 아름다운 우리나라 글을 가지고
> 왜 서정시를 쓰고 싶은 마음이 없겠느냐마는
> 작년에 나온 시집 발문을 써주신 김규동 선생의

말씀이 아니더라도
좋은 세월이 오면(그것이 언제 올지 어떨지는 아무도 예측 못하지만) 시
인인 저자 역시 누구든지 읽어서 흥이 나고
또 즐거워할 시를 얼마든지 써낼 것이다 나는 그것을
믿으며 믿는 바다
이제 나도 서정시를 쓰고 싶다

- 「이제는 나도 서정시를 쓰고 싶다」

서정시를 쓰고 싶어도 현장 르포르타주를 쓸 수밖에 없는 이선관의
시적 현실이 역설적으로 생태환경 문제의 심각성을 드러낸다.

3) 논두렁에서 죄 없이 살다간 이 땅의 사소한(?) 삶

성기각은 시집 『통일벼』와 『일반벼』를 출간 이후 이번에 펴낸 시집 『쌀
밥 보리밥』은 제3시집이다. 성기각은 「한국 농민시와 현실 인식」으로 박
사학위를 받은 바 있다. 우리 시단에서 성기각만큼 줄기차게 '농촌문제
'에 집중하는 시인은 아마 찾아보기 힘들 것이다. '自序'에서 밝혔듯이
고집스럽게 농촌을 테마로 시를 쓰는 것은 그 나름대로의 소신이 있기
때문이다.

누군들 세련된 시를 쓰고 싶지 않으랴만 연약한 것들에 따뜻한 눈길을 보
내고 싶은 마음을 나는 지우고 싶지 않다.
여기에 내놓은 정직한 이 눈빛들이 어떤 값어치가 있는지 알 수 없는 노
릇이다. 그러나 지금도 내가 귀하게 여기는 것은 논두렁에서 죄업 없이
살다간 이 땅의 모든 아버지와 우리들의 사소한(?) 삶이다.

도시화된 생태환경 속에서 논두렁에서 죄업 없이 살다간 이 땅의 모

든 아버지의 삶은 정말 '사소한 삶'으로 치부되지 않았던가. 우리 모두는 빠르고 크고 높은 것만이 좋은 것이고 위대한 것이라는 근대적 패러다임에 사로잡히지 않았던가. 건설과 진보를 주창하는 성장 이데올로기 하에서 우리의 농촌은 묻히고 잊혀져 간 것이다. 한때는 유형처럼 농촌시니 농민시니 하면서 누구나 손대는 것 같았더니만 이제는 그 많던 농민시인을 찾아보기도 힘들게 되었다.

> 칠순 어머니가 텃밭에서 키운 배추에
> 속살이 옹골차게 들어앉았다
> 어머니는 여름 내내 배추벌레를 잡으며
> 대처로 흩어진 자식들을 생각하였을 것이다
> 배추를 뽑으며
> 나는 속이 꽉 찬 자식이 아닐지도 모른다는
> 괜히 민망한 생각을 한다
> 조선고추 호호 매운맛과 남해 멸치젓에 버물려
> 나도 곰삭은 자식이 될 수 있을까.
> 올해 배추 뿌리는 유난히 굵고
> 단맛이 난다.
>
> — 「배추 뽑던 날」

성기각의 시는 농촌의 황폐한 현실을 생경하게 드러내는 것으로 그치지 않는다. 이 시에도 보면, 칠순 어머니가 여름 내내 배추벌레를 잡으며 텃밭에서 가꾼 배추를 뽑는 날, 아들은 어머니의 사랑을 생각하고 자신도 속살이 옹골차게 들어앉은 배추처럼 속이 꽉 찬 자식은 되지 못한 것이 아닌가 하고 괜히 민망한 생각을 한다. 그러면서 조선고추 호호 매운맛과 남해 멸치젓에 버물려 자신도 곰삭은 자식이 될 수 있기를 바란다. 이 시는 자연과 인간이 동일성을 회복하고, 자연이 삶의 거울이 되는 모습을 보여준다.

성기각은 도시적 삶, 근대적 삶이 파기해버린 삶의 원형이 이 땅의 사소한(?) 삶을 통해서 소중하게 남아 있음을 보여준다.

4) 생태공간의 聖所化

우포늪 시편들만 모아 한 권으로 묶었습니다. 3년 동안 늪과 시에 몸을 섞으며 살았습니다. 詩業은 아프고 외로운 길이었지만, 그래도 행복했던 것은 쓰지 않으면 견딜 수 없는 그 무엇이 있었기 때문입니다. 이것이 사랑인지 생명인지 저는 알 수 없습니다. 알 수 없는 무수한 것들의 눈뜸과 숨소리, 고요, 뒤엉킴…… (중략) 이 시집을 읽고 생명공동체인 우포늪의 살냄새를 느끼신다면 저로서는 더할 나위 없이 기쁘겠습니다.

'自序'에서 밝힌 대로 시집 『우포늪 왁새』는 배한봉 시인이 3년 동안 늪과 시에 몸을 섞으며 살아온 날의 경이로운 기록이다. 이 시집을 펴내면서 생명공동체인 우포늪의 살냄새를 느끼기 바라는 염원을 표방하고 있는데, 이는 앞서 지적한 바 있는 배한봉이 주관하는 시생명제의 의도와 같은 맥락으로 이해된다.

우포늪은 우리나라 최대의 자연늪지로서 경남 창녕군의 유어·이방·대합면 등 3개 면에 걸쳐 있는 둘레 7.5km에 전체면적이 70여만 평에 이르는 국내 최대의 늪지이고 그 형성시점이 1억 4,000만 년 전이라고 하니, 우리의 상상을 초월한다. 공룡시대였던 중생기 백악기 당시에 해수면이 급격히 상승하고 낙동강 유역의 지반이 내려앉으면서 이 일대에서 낙동강으로 흘러들던 물이 고이게 되어 곳곳에 늪지와 자연 호수가 생겨났는데, 이 곳이 바로 당시 공룡들의 놀이터라는 것이다. 현재 우포늪 인근의 유어면 세진리에는 그 당시 것으로 추정되는 공룡발자국

화석도 남아 있다는 것이다.

>   나는 지금 1억 년 전의 사서(史書)를 읽고 있다
>   빗방울은 대지에 스며들 뿐만 아니라
>   돌 속에서 북두칠성을 박아놓고 우주의 거리를 잰다
>   신호처럼 일제히 귀뚜라미의 푸른 송신이 그치고
>   들국 몇 송이 나즉한 바람에 휘어질 때
>   세상의 젖이 되었던 비는, 마지막 몇 방울의 힘으로
>   돌 속에 들어가 긴 잠을 청했으리라
>   구름 이전, 미세한 수증기로 태어나기 전의 블랙홀처럼
>   나는 지금 시(詩)의 문을 열고 뚜벅뚜벅 걸어오는
>   1억 년 전의 생명선(線) 빗방울을 만난다
>   사서(史書)에 새겨진 원시 적 우주의 별자리를 읽는다
>
>   ─「빗방울 화석」

　시인은 생명공동체인 태초의 생명원형 공간에서 우주의 별자리를 읽
는다. 우포늪을 史書로 읽는 것이다. 환경오염과 생태계의 파괴로 인간
성도 파괴되고 삶의 질서도 파괴된 오늘날 생명공동체인 우포늪에서 생
명의 본질을 읽어내는 것이다. 「아름다운 동행」에서는 오늘도 우리가 걷
는 길은 신성하고 길가의 들꽃 한 송이는 밤의 등불만큼 아름답다는 것
과 가난한 사랑을 아름답게 하는 것은 빵이 아니라 함께 갈 수 있는 길
임을 인식한다. 그리고 「아름다운 수작」에서는 봄비 그치고 햇살 환한
우포늪의 한 풍경으로 씀바귀 꽃잎 위에서 무당벌레의 아름다운 수작,
즉 전혀 부끄럽지도 추하지도 않은 미물의 아름다운 사랑을 보면서 황
홀하게 까무러치는 세상 하나를 본다.
　이처럼 이 시집은 생태환경의 寶庫인 우포늪에서 살고 있는 이름 모
를 미물들의 생명의 일렁거림을 섬세하게 포착하여 그 경이로움을 보여

주면서 생태공간을 신성화, 성소화하면서 생명의 존귀함과 생태의 오묘함에 대하여 눈뜨게 하고 나아가 오늘의 속화된 삶의 양식을 반성하게 한다.

이제까지 생태시의 대두와 그 실상과 과제를 먼저 살펴보면서 생태시가 서구에 비하여서 아직까지는 다양성을 확보하지 못하고 있음을 확인하고 그 활로를 지역 생태시에서 모색할 수 있을 것이라는 논지로, 근자에 우포늪을 중심으로 생태환경단체와 지역 시인들이 연대하여 생태환경을 보존하고 그 중요성을 드러내는데 효과적으로 기능하고 있는 모습을 살펴보고, 이어서 지난해 경남 지역에서 출간된 4권의 시집에서 각양각색의 생태환경적 의미를 추출하여 보았다.

박 처사로 일컬어지는 박노정 시인의 속화되지 않는 올곧은 정신과 이선관의 환경오염과 생태계파괴 현장을 누비는 현장 르포르타주 정신, 그리고 지역 환경단체와 연계하여 생태시 운동을 펼치는 성기각 시인과 배한봉 시인의 시적 성과는 지역 생태시의 새로운 가능성을 보여주는 것이다.

앞으로 지역 생태시의 현황과 그 특성에 대한 논의가 활발하게 이루어져, 지역 시인들이 다양한 층위에서 생생한 목소리로 뿜어내는 지역 생태시가 기존의 중앙중심의 생태시 담론의 한계를 극복할 수 있는 진정한 의미의 탈근대적 담론으로 자리잡기를 기대한다(2003년 제1회 우포 생태문학제 세미나 주제발표문).

소셜 미디어와 시의 진화

1. 기성 언어에 대한 불신

시인만큼 언어에 대한 불신을 드러내는 이는 없을 것이다. 시인은 자신이 표현하고자 하는 시적 메시지를 담기 위해 적확한 언어를 찾고 또 찾아도 찾지 못해 절망하고, 해서 낡은 언어지만 기성 언어에서 새로운 표현법을 찾기 위해 골몰하는 것이다.

자주 거론하는 바이지만, 『장자(莊子)』 천도(天道)편에 나오는 환공과 윤편 얘기를 다시 되새겨보고 싶다. 제(齊)나라 환공(桓公)이 어느 날 당상에서 책을 읽고 있는데, 당하에서 수레바퀴를 만들고 있던 윤편(輪扁)이, 갑자기 일손을 멈추고 당상으로 올라와서 무엄하게도 환공에게 무슨 책을 읽고 있는지 묻는다. 환공은 성인의 말이라고 대답한다. 그러자 윤편은 지금 성인이 살아있는지 묻고, 환공이 성인들은 벌써 죽었다고 대답하자, 왕이 읽는 것은 바로 성인들의 찌꺼기라고 말한다. 이에 화가 난 환공은 내가 책을 읽는데 수레바퀴나 깎는 네놈이 무슨 참견이냐며, 네 변명할 구실이 있으면 좋거니와 변명을 못하면 죽으리라고 말한다.

윤편은 침착하게 다음과 같이 말한다. "제가 만드는 수레바퀴의 경우를 예로 들겠습니다. 수레바퀴를 너무 깎으면 헐거워서 튼튼하지 못하고, 덜 깎으면 빡빡하여 들어가지 않습니다. 더 깎지도 덜 깎지도 않는다는 것은 손으로 터득하여 마음으로 수긍할 뿐이지 말로는 할 수 없습니다. 제 자식에게 깨우쳐 줄 수 없고, 제 자식 역시 제게서 이어받을 수 없습니다. 옛사람들도 그 전해줄 수 없는 것과 함께 죽어버렸으니, 왕께서 읽고 계신 것은 옛사람들의 찌꺼기일 뿐입니다."

언어의 불완전성을 명쾌하게 지적한 것이다. 성인이 깨우친 진리를 언어로 기록하여 남겼지만 그것은 진리의 찌꺼기일 뿐이라는 말이, 결국 진리는 말로 전달될 수 없다는 의미다.

주지하듯이 불립문자(不立文字)라는 말도 그렇다. 선(禪)의 최고 경지는 문자로는 다 이해할 수 없다는 것이다. 『능가경(楞伽經)』에 "문자에 따라 의미를 해석하지 말라. 진실은 자구(字句)에 묶여 있지 않기 때문이다. 손가락을 주시하는 사람처럼 행해서는 안 된다. 그것은 마치 어떤 사람이 다른 사람에게 자기의 손가락으로 뭔가를 가리키자, 그 사람은 손가락이 가리키는 대상을 보지 않고 오로지 손가락 끝만 응시하는 것과 같다. 그들은 또한 문자 그대로의 해석이라는 손가락 끝이 가리키는 의미를 무시하고 문자 그대로의 번역으로 이루어진 그 손가락 끝에 집착한 채 인생을 마감하는 어리석은 속물이나 어린애와 같아서, 결코 보다 깊은 의미에 이르지 못한다."라고 이른 것도 이런 맥락이다.

이 외에도 언어의 불완전성을 지적한 많은 일화들이 있다.

시인들 중에도, 특히 전위 시인들이 쓴 형태시 같은 경우에도 언어에 대한 불신을 잘 드러내고 있다. 김준오는 그의 시론에서 "언어가 더 이상 적절한 표현수단, 의사소통 수단이 되지 못한다는 언어의 위기 · 빈곤 의식은 모든 것이 시의 대상과 매체가 될 수 있다는 의식을 초래하여 시가 언어예술이라는 전통적 시관을 부정하게 되었다."라고 쓴 바 있다.

멀티미디어 시대가 되면서 좁은 의미의 '시가 언어예술'이라는 카테고리 부정은 형태시 같은 특정 전위시에서 나타나는 것은 아니다.

미술에서 비디오아트, 음악에서 뮤직비디오, 영화에서 애니메이션 등처럼 시에서도 디지털 매체 자체를 시 쓰기 도구로 활용한다. 디지털 환경에서 사진, 그림 만화, 플래시, 동영상 등이 결합된 상호텍스트적 양상으로, 즉 탈언어적 상상력으로 시의 지평이 확장된 것이다. 이는 하상일이 지적한 것처럼 지난 80년대 황지우의 형태시 실험을 필두로 한 90년대 초반 대중문화 또는 하위문화의 시적 수용이 단순한 제재로서의 수용에 머물렀던 것과는 다른 것이다. 디지털 미디어를 매개로 한 현대시의 상호텍스트성은 디지털 환경 그 자체를 시 쓰기의 도구로 활용하는 적극적인 교섭을 보여주는 것이다.

2. 트위터와 스마트폰

"애가 어리니까 투정을 잘 부려요. 귀염둥이야, 언제 철이 들겠니."

중국의 엄마 스리훙(施李虹 · 30)이 자신의 웨이보(중국판 트위터)에 애정을 듬뿍 담아 올린 글이다.(동아일보) 이 글은 중국 고속전철 추돌사고로 숨지기 1시간 전에 휴대전화로 트윗한 것이다. 신문 보도에 의하면 남편, 어린 딸과 함께 친정을 다녀오던 길이었는데, 딸은 7월 23일 저녁 추돌사고 후 20시간 만에 수십톤의 열차 잔해 더미 속에서 기적적으로 구출돼 화제가 됐지만 엄마와 교사인 아빠는 세상을 떠났다. 이 트윗은 엄마 스리홍이 사고 발생 일주일 전부터 쓰기 시작한 마지막 육아일기라고 한다.

극 순간의 기록은 트위터가 대세다. 7월 26~27일 내린 기습폭우로 서울 강남 지역과 도심 일부가 통제불능 상태에 빠졌는데, 이때도 신문은 트위터를 인용하고 있다.

어느 인터넷신문 기자가 하는 말, "요즘 트위터 때문에 특종을 할 수가 없다"는 사실이다.

이런 조짐은 지난해부터 극적으로 드러나기 시작했다. 지난해 6·2 지방선거에서는 투표소에 찍은 사진을 올리는 이른바 '투표 인증샷'을 통해 투표를 독려하는 글이 쏟아졌고, 이로 말미암아 역대 지방선거에서 두 번째로 높았던 54.5%라는 투표율로 한나라당에게 참패를 안겨준 것이라든지, 기성 언론보다 앞서 재해 및 사건·사고 소식을 특종으로 전하는 것 등 트위터리안들이 언론사 기자를 압도하는 것이었다.

트위터(Twitter)에서 글 쓰는 방법은 매우 간단하다. 트위터는 140자 이내의 압축된 글에 영상첨부 기능을 보태어 어떤 글보다도 생생한 현장성을 드러내는 것이다.

최근 『시사저널』(2011. 7. 27)에서 ㈜사이람 김지훈 대표이사는 「트위터' 열면 여론 흐름이 보인다」는 글에서 트위터가 공적 의견, 즉 여론 형성이 좀 더 활발하게 이루어지는 소셜 미디어라는 점에서 최근 대권 주자들을 포함한 많은 정치인이 너도나도 트위터에 참여하는 이유를 밝혀 흥미를 끌고 있다. 김지훈은 트위터의 네 가지 특징을 들고 있는데, 그 특징을 아래와 같이 요약할 수 있다.

첫째, 트위터는 공식적(formal) 미디어가 아니라 '뒷담화 미디어'로써 뒷담화가 공개적 · 상설적, 실시간으로 이루어지는 공간이다.

둘째, 여타 모든 미디어의 콘텐츠를 링크해 짧게 총괄할 수 있는 '메타 미디어'로써 트위터 자체가 '1인 미디어'들의 혼합체로 구성되어 있을 뿐 아니라, 외부 링크를 통해 신문 · 방송 · 인터넷 게시판 · 블로그 등 다양한 매체 콘텐츠들의 '인덱스 페이지' 역할의 모든 미디어를 총괄하는 미디어가 될 수 있다.

셋째, 트위터는 고유한 기하급수적 증폭 메커니즘을 내장하고 있는 '증폭성 미디어'로써 '이웃-연쇄형 소셜' 모델을 구현하고 있다. 경우에 따라 하나의 글이 몇 분 안에 트위터 사용자의 절반에게 전파될 정도로 확산 속도가 빠르고 범위가 넓다는 의미다.

넷째, 상향식이면서도 (동적으로) 집중화되어 있는 '상향적 스타' 미디어로써 그 영향력은 결국 일반 사용자 한 사람 한 사람의 팔로우(follow) · 리트윗(Retweet) · 링크(Link) 행위들의 총합에 의해 결정된다.

좀 긴 인용이었지만, 이런 트위터의 영향력을 알고는 어찌 대권주자들을 포함한 정치인들이 트위터에 참여하지 않을 수 있겠는가.

그런데 트위터는 책상 위의 컴퓨터 앞에 앉아서 할 수도 있지만, 휴대용 스마트폰으로 언제 어디서나 실시간 트윗할 수 있다. 그것도 즉석에서 스마트폰 디카로 영상을 직접 찍고 동시에 글을 써서 트윗할 수 있어, 스마트폰은 트위터의 진가를 드높여 준다. 중국 고속전철 추돌사고의 비극성을 극적으로 드러내어 전 세계인의 이목을 집중시킨 앞의 스리홍(施李虹)의 트윗도 바로 휴대용 스마트폰을 이용한 것 아닌가.

3. 디카시와 스마트폰

  필자가 시적 형상(날시)을 디지털카메라로 찍어 영상과 함께 문자 메시지를 날리는 디카詩를 2004년에 공론화할 때만 해도 소셜 미디어로서 트위터라든지, 스마트폰 같은 것은 상상하지도 못했다.

  자연이나 사물에서 언뜻 포착한 시적 형상, 즉 언어로 표현되지 않았을 뿐이지 완벽한 시적 형상을 디카로 찍어서 그 느낌이 날아가기 전에 일반인들과 소통하고 싶은 의욕으로 가득 차 있었지만 그건 그때까지 하나의 이상에 불과했다. 부연하면, 어떤 사물이나 자연에서 순간 시적 형상을 느꼈을 때 그것은 언어화되기 이전의 완전한 시, 날시(raw poem)라 여겼던 것이다. 그것을 디카로 순간 영상화하여 문자의 옷을 입힐 때 시(디카시)가 되는 것이라고 생각했다. 그건 바로 순간 포착이었다. 그런데 그걸 순간 소통하고 싶었지만 그때까지는 제대로 실현될 수 없는 것이었다. 가령 출퇴근길에 길가에서 포착한 시적 형상을 디카로 순간 포착하고는 그걸 학교 컴퓨터 앞에 앉아서 디카를 잭으로 연결하여 인터넷 서재에 올리고, 그것에 반응하는 댓글을 응시하는 정도였다. 그때 필자의 고민은 '어떻게 하면 사물이 촉발하는 순간의 시적 형상을 그 온기가 가시기 전에 문자 재현하여 일반인들과 공유할 수 있을까?', 하는 것이었다.

  그런데 근자에는 필자가 꿈꿨던 이상을 손쉽게 실현할 수 있는 환경이 이미 도래한 것이다. 지난 6월 말 교수연수 차 태국 파타야 등지를 다녀왔다. 마침 그 당시 스마트폰을 막 구입하고 그것에 빠져 있을 때였다. 스마트폰으로 카카오톡, 트위터 등도 하면서 마냥 신기해했었다. 나는 태국 파타야에서 순간 포착, 순간 소통을 실험해 보기로 했다.

해변을 걷는다 두 마음은 이미 저 수평선 소실점

　　　　　　　　　　　　　　　　－ 이상옥, 「파타야의 연인」

　태국 파타야 해변에서 마침 인상적인 연인의 모습을 스마트폰 디카로 포착했다. 파타야 해변에서 바라보는 수평선은 끝이 보이지 않는다. 연인의 두 마음은 저 수평선의 소실점으로 만나고 있음을 느꼈다. 그래서 한 줄로 문자 재현한 후 필자가 운영하는 다음 카페 '디카시 마니아' 디카시 신작시 방에 역시 스마트폰으로 올리기를 시도해 보았다. 스마트폰 다루기에 서툰 상태에서 그게 올려지는 걸 보고 필자가 꿈꿨던 디카시의 이상이 해외에서도 쉽게 실현되는구나, 하고 흥분했다.(물론, 이미 스마트폰이 아닌 일반 휴대폰으로도 멀티 메시지 보내기 등을 통해 순간 포착, 순간 소통은 실현되었지만, 해외에서 스마트폰으로 와이파이 존에서 무료로 손쉽게 인터넷 카페에 자유롭게 접속할 수 있었던 것은 분명 디카시의 새 지평이었던 것임)

　스마트폰으로 트위터에 디카시를 올리기는 더 쉽다. 트위터를 열어 트윗하기를 시작하면 아래 메뉴에 있는 카메라를 터치하여 자연이나 사물에서 포착한 시적 형상을 찍고 저장하기를 누른 후 그것을 문자로 짤막하게 재현하고 트윗하면 그걸로 끝이다. 순간 포착 순간 소통이 완벽하게 실현되는 것이다.

이렇듯 디카시는 스마트폰을 도구로 인터넷 카페나 블로그, 트위터 등과 접속하여 순간 포착, 순간 다중 소통을 실현할 수 있게 되었다.

4. 소셜네트워크 시대의 시의 지평

소셜 미디어 트위터 같은 것이 소셜네트워크 시대를 활짝 열고 있다. 마침, 필자가 실험하던 순간 포착, 순간 소통을 꿈꿨던 디카시가 소셜네트워크 시대를 맞아 물 만난 고기처럼 활기를 띠고 있는 것이 사실이다.

원래 시는 자연이나 사물을 시적 소재로 하여 시인의 오랜 상상력으로 재구성하여 언어의 미적 구조물로 빚어 독자에게 큰 영감과 감동을 주어 왔던 것이다. 그래서 시인이 사물이나 자연에서 영감을 얻어 한 편의 작품을 완성하여 독자에게까지 소통되는 기간(창작기간은 차치하고서라도)은 월간지에 발표한다 해도 짧게는 한 달, 계간지 · 반년간지 등이면 수개월 이상 걸린다. 게다가 요즘은 활자화된 시도 시인의 주관적 상상력, 실험의식, 혹은 자폐의식 등 여러 요인으로 아예 불통되는 경우도 흔히 있긴 하다.

이에 비해 시인은 견자며 에이전트로서, 자연이나 사물이 스스로의 상상력으로 획득한 시적 형상을 디카로 순간 포착하고 문자화하여 순간 소통하는 실험을 한 것이 디카시다.

아무튼 소셜 미디어 트위터로 대변되는 소셜네트워크 시대는 문자+영상 글쓰기가 대세인 것만은 사실이다. 이런 조류에서 디카시는 멀티 미디어 소셜네트워크 시대 시의 한 작은 실험인 셈이다.

필자의 실험은 '매체가 곧 메시지'라는 마샬 맥루한의 말을 따르는 것이라고 해도 좋다. 그의 경구는 컴퓨터 등의 전자정보매체가 예술을 비롯하여 과학, 종교 등의 영역에서도 인간의 사고와 사상을 형성하는 데 잠재적 영향력을 미친다는 것을 잘 보여준다. 그러니까 인쇄매체 시대의 예술이 전자정보매체 시대에도 그대로 변함없이 지속될 수 있는 것은 아니다.

즉, 소셜 미디어 매체 성격에 맞는 메시지가 소셜네트워크 시대에는 살아남는다는 말이다.

시도 트위터 같은 소셜 미디어에 맞는 새로운 형식으로 진화할 수밖에 없을 것이다. 소셜 미디어 이전에도 이미, 언어예술이라는 범주를 넘어서는 형태시 같은 실험을 맹렬히 하지 않았던가. 근자에 들어서 아직 실험적이긴 하지만, 종이 미디어를 넘어 이제 막 소셜 미디어로 시를 소통하기 시작했다. 그런 과정에서 문자와 사진, 그림 만화, 플래시, 동영상 등이 결합된 상호텍스트적 시 쓰기, 즉 멀티언어적 시 쓰기가 결코 낯선 풍경이 아닌 것이 되고 있다(『시와 정신』 2011년 가을호).

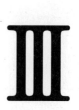

시와 소통 문제

　2011년 4월호 『시문학』의 「김시철이 만난 원로문인들 · 77: 시인 김규동」을 흥미 있게, 아니 감동적으로 읽었다. 김규동 시인의 시인 됨됨이가 우리 시대에 쉽게 찾아보기 힘든 경우여서 그런 것 같다. 마침, 계간 『시와 시』 2011년 봄호에 김유중 교수가 진행하는 '좋은 시론 다시 읽기' 코너에 김규동의 「현대시의 난해성」을 소개하고 있어, 이 글을 읽고 공감하던 터라, 더욱 가슴에 와 닿았던 게 아닌가 한다. 김규동의 「현대시의 난해성」은 1972년 그의 저서 『현대시의 연구』에 수록된 것이다. 예나 지금이나 시의 '난해성'은 늘 논쟁거리다.

　시의 난해성은 시인의 문제인가, 아니면 독자의 문제인가? 이 글에서 김규동은 모더니즘 아류들의 문장상의 데포르마시옹이나 레트릭의 미숙에서 오는 난해성을 옹호하려는 의사는 없지만, 독자에게 문제가 있다는 것을 강조하고 있다. 김규동은 일찍이 이상의 「鳥瞰圖」가 당시 『조선중앙일보』 문예란에 연재되다가 알 수 없는 소리라는, 그 난해성 때문에 도중에 중단된 것이 오늘에 와서는 정신병자의 잠꼬대라고 비난하는 사람은 없다면서, 당시 연재가 중단된 이상의 소감을 인용하고 있다.

왜 미쳤다고들 그러는지 대체 우리는 남보다 數十年씩 떨어져도 마음 놓고 지낼 作定이냐. 모르는 것은 내 재주도 모자랐겠지만 게을러빠지게 놀고만 지내던 일도 좀 뉘우쳐 봐야 아니하느냐. 여남은 개쯤 써 보고서 詩 만들 줄 안다고 잔뜩 믿고 굴러다니는 패들과는 물건이 다르다. 二千點에서 二十點을 고르는데 땀을 흘렸다.

그 일부를 재인용해 보았다. 이상의 지적처럼 우리는 제대로 읽어보지도 않고 쉽게 시가 난해하니, 정신병자의 잠꼬대 같으니 하고 치부해버리는 경우가 왕왕 있다. 나도 최근 어느 글에서 "현대시의 불통 문제는 어제오늘의 일이 아니다. 오늘의 시는 몇몇 시인들끼리 돌려 읽는 은어이거나 암호로 전락하고 있다."라고 별 고민 없이 쉽게 말한 것 같다.

시가 난해한 것은 독자의 문제는 아닌지, 다시 생각해 보아야 한다. 시라는 텍스트를 진지하게 읽기라도 하는지, 그 시를 제대로 읽기 위해 그 시가 지닌 배경지식 즉 철학, 사상, 형식 등에 대해서 선행 공부라도 하고 시의 불통을 말하는지. 김규동의 지적대로 "난해의 외래적 원인은 보다 더 모르겠다고 하는 편의 태만에 기인된다고 해야 할 것이다."

주지하듯이 원래 언어예술이라는 시가 역설적으로 언어를 거부하고 언어로부터 해방되려는 데서 시적 언어 특징을 찾으려고 한다는 것은 일상적 언어체계에 익숙해져 있는 독자에게는 여간 까다로운 일이 아니다. 아직도 많은 독자들은 시를 여전히 의미론적 기호로만 생각하고 있기에 시가 기존의 관습적 의미체계에서 해방되어 새로운 사물언어로서 기능하는 것에는 생경할 수밖에 없다.

가장 상식적인 얘기지만, 시를 시로 대우하여 읽는 기본자세부터 갖출 때 거기서부터 시의 소통 문제는 해결의 실마리를 얻게 될 것이다. 실상, 시의 매혹은 소통의 불편함, 그 불통성을 관통하는 데 있다 할 것이다.

> 직진과
> 좌회전이 엇갈려 감긴, 깊은 우물 같은
> 틈을 비집은 순간이
> 백발 할아버지 한 분을 잘 모시고 나온다. 그 찰나
> 오토바이 한 대가 앞을 가로막는다
>
> 한아름의 북극 바람을 벗은 투명한 적막이
> 햇빛과 함께
> 목련 우듬지 끝이 닿은 2층 창문 쯤에 미물면서
> 아직 이른 꽃봉오리를 조금씩 흔들고 있다.
>
> — 문덕수, 「이른 봄」 전문

지난 호 본지 첫머리에서, 끊임없이 시론을 탐구하고 실험하며 창작하는 문덕수 선생의 신작시 3편을 만났다. 원로 시인이 바라보는 '이른 봄'에 대한 사유는 역시 관습적이지 않다. 이른 봄이라는 순간적 이미지가 1연과 2연으로 병치되어 있지만, 극명한 대조를 이룬다. 같은 이미지의 대조적 성격이 역설적 긴장과 갈등을 유발한다. 1연은 극 순간의 이미지이지만, 그 속에는 사건의 현장성을 내포하고 있다. 그건 위태로운 생을 투사하는 것이다. 이에 비해 2연은 사건의 현장에서 비껴선 매우 정적인 이미지다.

이른 봄이라는 대조적 이미지의 병치가 빚어내는 구조는 수많은 의미를 확대 재생산해 낸다. 따라서 이 시 읽기는 우선 1연과 2연의 같은 이미지의 이질적 병치가 빚는 구조적 읽기여야 하는 것이다. 이런 시적 구

조를 놓치면 이른 봄이 환기하는 중요한 한 축을 놓치는 결과가 될 것이고, 그 결과는 불통으로 귀결되어 이 시의 진정한 메시지는 사장되고 말 것이다. 1연에서 보이는 백발 할아버지가 처한 가파른 정황의 환기, 곧 이른 봄 이미지는 위험, 시련이다. 보행에 자유롭지 못한 백발 할아버지가 거쳐야 하는 직진과 좌회전, 그리고 오토바이가 환기하는 이른 봄의 행로는 결코 순탄치 않은 것이다. 봄은 쉽게 오지 않는다. 그러나 어느덧 북극 바람을 벗은 투명한 적막이 햇빛과 함께 목련 우듬지 끝이 닿은 2층 창문 쯤에 머물면서 아직 이른 꽃봉오리를 조금씩 흔드는 이른 봄.

  기왕 문덕수 선생의 시를 읽는 김에 한 편만 더 읽어보자. 「하얀 종이」는 문덕수의 일상적 풍경을 시로 끌어올린 작품이다.

> 하얀 종이에 빨강색을 칠하면
> 빨간 옷을 입고 파랑색을 칠하
> 면 파랑 옷을 입고 노랑색을 칠하
> 면 노랑 옷을 입고 초록색을 칠
> 하면 초록옷을 입고 보라색을
> 칠하면 보라옷을 입다 색깔만
> 칠하면 옷을 입는 하얀 종이
>
> — 문덕수, 「하얀 종이」에서

  이 시는 김규화의 시 「거목」의 끄트머리를 그날의 마지막 햇빛이 읽을 때 화자의 손자 초등학교 1학년인 홍열이가 쓴 시 「하얀 종이」(위의 인용 부분)를 홍열이 엄마가 보여주자 화자는 흥분을 꾹 참고 시를 읽으며, "이거 큰일 났구나!"를 몇 번 중얼거리다, 다음날 새벽 1시에야 가슴이 겨우 가라앉았다는 것.

  하나의 에피소드에 불과한 일상적 풍경이지만, 이 풍경이 거느린 시적 함의는 깊다. 이 시는 문덕수 선생 내외분과 자부, 손자 3대가 등장하는 상당히 자전적이다. 그렇다면 "이거 큰일 났구나!"라고 몇 번 중얼거리다가 새벽에야 겨우 진정될 만큼, 심각한 게 무얼까? 이 시는 역설적이다. 손자의 시재를 확인했으면, 그게 어찌 큰일인가. 기뻐할 일이 아닌가. 조금만 더 깊이 읽어보면, 왜 그런 발화를 하게 되는지, 알 수 있다. 문덕수 선생 내외분은 월간 『시문학』을 통권 477호까지 이어온 우리 시단의 산 역사다. 누구보다 치열하게 예술가의 길을 걸어와서 일가를 이룬 분들이시다. 겉으로 보기에는 화려하고 영광스러운 길이지만, 예술가, 시인으로서의 삶이 얼마나 치열해야 하고, 남모르는 정신적 고뇌를 짊어져야 하는 형극의 길인가를 알기에, 손자 속에 흐르는 시재(詩才)를 보고 마냥 기뻐할 수 있겠던가.

> 안데스산맥 속 비탈진 작은 마을의 아르케씨 다섯 식구들, 켜켜로 쌓아올린 다랭이밭에서 커피 농사를 짓고 있다
> 도시의 공사판에서 몸을 다친 아르케씨, 고향으로 돌아와 농삿일을 도운다
> ─아르케씨, 올해 농사는 어떠세요?
> ─커피 열매가 많이 달려야 애들 학교엘 보낼 텐데, 걱정이에요
> ─한다
>
> ─ 이춘하, 「아르케씨의 커피농장」에서

이춘하의 이 시는 '아르케'라는 이방인을 다루고 있다. 이 시는 특별한 긴장감을 느끼지 않을 만큼 일상 서술로 일관한다. 이방인 아르케씨가 왜 그렇게 친근하게 느껴질까. 고향 마을 아저씨 같이 느껴진다. 너무나 약삭빠르고, 도시형의 인간들이 주류를 이루고 있는 우리 시대에 안데스산맥만큼 멀리 떨어져 있는 캐릭터가 아닌가. 다친 몸으로 커피농장에서 가장으로서 역할을 마다하지 않는 어눌한 아르케씨를 갑자기

나도 응원하고 싶어진다. 그를 응원하는 건 구름, 아침안개, 까치, 그리고 동네 사람들 모두다. 이 시의 화자 역시 "아르케씨, 파이팅!"이라고 응원한다. 이런 캐릭터를 다룬 시는 이런 서술적 언술이 적확하다 하겠다. 시적 진술 같지 않지만 더욱 시적으로 느껴지는 것이 이 시의 매혹이다.

> 1
> 손님께서 고르신 구두가
> 하도 예쁘셔서
> 곱게 싸 드렸는데요
>
> 저 그런데
> 얼떨결에 사긴 했어도
> 신어보다가 잘 맞지 않으면
> 물러줍니까
>
> 2
> 손님께서 고르신 구두가 하도 예쁘셔서 곱게
> 싸드렸는데요
>
> 저 그런데
> 얼떨결에 사긴 했어도 신어보다가
> 잘 맞지 않으면 물러줍니까
>
> — 김형오, 「신발가게에서」 전문

이 시는 참 재미있다. 내용도 그렇고 형식도 그렇다. 구두를 고르는 건 손님이지 주인이 아니다. 그런데 여기서는 주인이 손님 같고 손님이 주인 같다. 주객이 전도되어 있지 않은가. 손님은 자신이 마음에 들어서 산 게 아니다. 주인이 마음에 들어하는 걸 얼떨결에 샀다. 어쨌든 샀으면 그냥 신어야지, 신어보다가 잘 맞지 않으면 물러줄 수 있느냐란, 말은 또 뭔가. 2수로 된 이 시는 1수를 행갈이만 약간 손질하여 다시 반복하고 있다. 단순한 것 같은 이 시가 여러 가지 문제를 제기한다.

김기성의 소시집도 주목하여 읽었다. 한 편만 읽기로 한다.

배알이 제법 굵어지면서
배에 봉지를 씌우다 생각했다
배나무의 무성한 잎들은
모두 다 배의 입[口]일 것이라고

한낮에 지글지글 끓고 있는 햇빛을
배나무 잎은 너울너울 잘도 씹어 삼키면서
후식으론 잘게 갈은 바람을
한 자락 후루룩 들이키기도 하는,
배나무의 식성은
부피와 무게로는 측정 불가능한 대식가라고

봉지 안에서 배는 달을 채워갈 것이고 '바람도 물기 쥐어짜 가며 가볍게 불어오는 날
배를 품고 있는 봉지는
어머니의 자궁처럼 일시에 폐기될 것이고
과즙은 달디단 울음을 터트릴 것이다
                      - 김기성, 「배에 봉지를 씌우다가」 전문

참 아름다운 상상력이다. 관습적 인식에 얼마나 신선한 충격을 주는가. 이런 아름다운 시적 상상력은 인습적 세계를 깨트려 생의 본질을 드러내는 것이다.

무릇 사람도 그렇지만, 시도 시답게 읽어주는 좋은 독자를 만나야 불통을 관통할 수 있을 터(월간 『시문학』 2011년 5월호).

하이퍼시: 혼자만 즐거운 시라면

2009년 11월 화요문학회가 만난 이달의 시인은 박남준이다. 현재 박남준은 전업시인이다. "그래서 그는 여기저기 원고를 써달라는 부탁을 다 거절할 수는 없다. 쓰기 싫어도 한 달에 한 두어 꼭지 산문을 써야 전화비도 내고 힘들고 어려운 이웃에게 작으나마 후원금도 내며 가끔은 고등어조림이나 갈치 한 토막 구워먹을 수 있는 것이다."라고 말한다. 1957년생인 박남준은 92년부터 글만 써서 먹고 산다. 말이 전업시인이지 시를 써서 산다는 일은 하늘에 별 따기와 같다면서도 "쌀 항아리에 쌀이 떨어지지 않았으며 나무 청에 땔나무들 겨울나기에 충분하고 뒤뜰에 묻어둔 김장 항아리에 김치와 동치미 가득하다. 내 무얼 더 바라랴. 있다면 내가 쓰고도 흡족하여 친구들에게 전화를 걸고 들려줄 시 몇 편 쓰는 일, 그리고 사랑과 감사의 마음으로 나누는 나눔의 봉투, 어떤 기쁨이 그에 우선하랴."

시 쓰는 것으로 자족하는 삶, 박남준의 삶이 우리 시대에 분명 이채를 띤다.

몸이 서툴다 사는 일이 늘 그렇다
나무를 하다 보면 자주 손등이나 다리 어디 찢기고 긁혀
돌아오는 길이 절뚝거린다 하루해가 저문다
비로소 어둠이 고요한 것들을 빛나게 한다
별빛이 차다 불을 지펴야겠군

이것들 한때 숲을 이루며 저마다 깊어졌던 것들
아궁이 속에서 어떤 것 더 활활 타오르며
거품을 무는 것이 있다
몇 번이나 도끼질이 빗나가던 옹이 박힌 나무다
그건 상처다 상처받은 나무
이승의 여기저기에 등뼈를 꺾인
그리하여 일그러진 것들도 한 번은 무섭게 타오를 수 있는가

언제쯤 사는 일이 서툴지 않을까
내 삶의 무거운 옹이들도 불길을 타고 먼지처럼 날았으면 좋겠어
타오르는 것들은 허공에 올라 재를 남긴다
흰 재, 저 흰 재 부추밭에 뿌려야지
흰 부추꽃이 피어나면 목숨이 환해질까
흰 부추꽃 그 환한 환생

                                            – 박남준, 「흰 부추꽃으로」

　　박남준은 우리 시단에 널리 알려진 시인이다. 그가 왜, 주목을 받는 것일까? 그건 그의 삶의 남다름에서 기인하는 그의 시의 남다름에 있는 것이다. 그는 온몸으로 한 번 뿐인 생을 정말 진지하게 살아가는 것 같다. 그의 몸이 마치 경전인 것처럼 여겨질 지경이다. 그렇다고 그가 수도자도 아닌데 말이다. 들리는 얘기론 한 달에 원고료 등으로 벌은 돈이 50만원이 넘으면 나머지는 전부 기부한다고 한다. 그는 오로지 시 쓰는 일과 사랑과 감사의 마음으로 나누는 삶에서만 기쁨을 누리는 것

이다. 따라서 그의 시는 허튼 상상력에서가 아니라 삶의 깨달음에서 빚어진다.

「흰 부추꽃으로」가 우리에게 감동을 주는 것도 그의 진지한 삶에서 오는 것이다. 시인 자신은 몸이 서툴다고, 사는 일이 늘 그렇다고 한다. 나무를 하다 보면 자주 손등이나 다리 어디가 찢기고 긁혀 돌아오는 길이 절뚝거린다고 한다. 돌아온 밤에 아궁이에 불을 지필 때 옹이 박힌 나무, 즉 상처받은 나무가 더 활활 타오르며 거품을 문다는 것을 발견한다. 그러면서 자기의 삶의 무거운 옹이들도 불길을 타고 먼지처럼 날았으면 좋겠다고 생각한다. 그리고는 타오르는 것들은 허공에 올라 재를 남기는데, 그 흰 재를 부추밭에 뿌려 흰 부추꽃이 피어나면 목숨이 환해질까라고 생각하며, 흰 부추꽃 그 환한 환생을 꿈꾼다.

다시 박남준의 말을 들어보자.

혼자 시를 쓰고 즐거웠다. 그러나 그 시가 혼자만 잘 살기 위한 것이라면 나는 그런 시 쓰지 않을 것이다. 혼자만 즐거운 시라면 기꺼이 쓰레기더미에 던져버릴 것이다. 사랑을 잃어버린 시라면 무슨 소용이 있을까. 함께 나눔이 되지 못하는 시라면 그건 필시 독이다. 독이 되어질 것이다.

절망하는 이들의 가슴에 다가갈 수 있다면 함께 그 절망의 절망을 나누는 위안이 될 수 있다면 나의 시는 기쁨을 버리고 그 절망으로 내딛을 것이다. 누군가 그 발자국을 따라 등불의 길을 찾아나설 것이다.

아, 박남준이 온몸으로 이 불의한 시대와 소통하려는 시인임을 알겠다. 자족이나 자기배설만을 위한 시라면 박남준은 단호히 거절한다.

예나 지금이나 시의 가장 큰 문제점은 역시 소통의 문제가 아닌가 한다. 특히, 모더니즘 계열의 시가 진화를 거듭하면서 점점 독자와 소통불능으로 빠져들어가는 모습을 지켜볼 때 박남준의 존재는 더욱 소중하게 여겨진다.

그러나 시라는 예술, 예술일 수밖에 없는 시는 때로 소통불능 상태에 빠진다하더라도 새로운 방법론을 탐구하지 않을 수 없는 불행한 운명을 내재하고 있다.

근자에 본지를 중심으로 소위 '하이퍼시' 운동이 심상운, 오남구, 김규화 등을 중심으로 하나의 에꼴을 형성하면서 펼쳐지고 있다.

원래 사전적 의미로 하이퍼텍스트시는 1980년대 하이퍼텍스트 문학의 붐이 일었을 때, 일련의 디지털 아티스트들이 디지털 환경에 걸맞은 시 창작의 필요성을 느끼고 제작한 새로운 형태의 시를 일컫는 말로, 하이퍼텍스트에서 실현될 수 있는 것이었다. 즉, 하이퍼텍스트시는 하이퍼링크(hyperlink)로 구성된 시로 디지털 기술이 발전하면서 이미지와 소리가 시에 도입되는 등 그동안 많은 변화를 거듭해 왔다고 본다.

미국과 유럽을 중심으로 하이퍼텍스트시에 대한 논의는 비교적 활발하게 진행되었고, 한국의 경우에도 하이퍼텍스트시에 대한 이론적인 연구가 상당 부분 많이 진행된 상황이지만, 창작에 연결된 경우는, 지난 2000년 한국문화예술위원회에서 「언어의 새벽」이란 이름으로 하이퍼텍스트시 프로젝트를 진행한 것을 그 시발점으로 본다. 「언어의 새벽」은 김정란 시인과 정과리 평론가의 주도 하에 진행된 프로젝트로 알려져 있다. 이 시도는 시인과 일반 독자들의 합동 글쓰기가 이루어진 국내 최초의 시도였는 바, 김수영의 시 「풀」의 첫 구절 "풀이 눕는다"를 시인과 일반 독자들이 이어 쓰면서 하이퍼텍스트 문학의 확장 가능성을 처음으로 타진했던 것으로 알려져 있다.

이후 '팬포엠(fanpoem)' 같은 하이퍼텍스트 시 창작이 이루어지기도 했다. 팬포엠이란 명칭은 '팬(fan)'과 '포엠(poem)'을 결합시켜 만든 신조어로, 독자(fan)들이 좋아하는 시인의 작품이 인터넷에 하이퍼텍스트 형식으로 작성되어 공개되고, 독자들은 시인의 작품 본문 중에서 마음에 드는 구절을 마우스로 클릭, 선택하여 자신의 시(poem)를 짤막하게 지어

덧붙이는 방식으로 시 창작이 이루어지는 것이다.

그런데 본지를 중심으로 하고 있는 하이퍼시 운동은 디지털 전자미디어의 하이퍼텍스트 위에서 펼치는 것이 아니라, 그런 속성을 문자시에서 새로운 상상력으로 도입한 경우다.

하이퍼텍스트의 속성을 문자시에서 실현하려고 하는 이 운동은 분명 의미 있는 시도이다.

석양 떡갈나무 밑에 앉아서 그림자 하나가 가늘게 흔들리고 있다. 한참 심심해 주머니 속의 지갑을 꺼내어 열어본다. 맑은 향이 확 풍긴다. 향이 좋아 갈피 사이 끼워 둔 천궁의 푸른 씨앗이 말라 초췌하다. 아른아른 칸칸이 누워 있는 카드, 하나씩 하나씩 꺼내 본다. 그때 '진료카드'에서 흰 가운을 입은 간호사가 나온다. 척! 왼팔에 바코드 링을 채운다. 디지털 숫자로 읽히는 나, 환의를 입은 그림자 하나가 가늘게 흔들리고 있다. '보험카드'에서 셋째딸이 나온다. 10% 진료비를 수납한다. 그녀 뒷모습 머리채가 가늘게 흔들리고 있다. '비씨카드'에서 둘째 딸이 나온다. 시집 디자인을 팔고 인터넷 뱅킹으로 돈을 넣는다. 그녀 컴퓨터 앞에 앉은 어깨선이 가늘게 흔들리고 있다.

지갑에서 꺼내어 보는 가족사진 1장, 모두 환히 웃고 있다.

― 오남구, 「지갑―흔들리는 존재」

이 시는 지난 호 기획특집 「확산 하이퍼시 7인시집」 중 한 편으로 소위 말하는 하이퍼시다. 문자시로써 하이퍼텍스트적 속성을 실현하고 있다. 밑줄 쳐진 '진료카드', '보험카드', '비씨카드'는 하이퍼링크다. 이들 고리를 매개로 진료카드를 클릭하면 흰 가운을 입은 간호사가 나오고, 보험카드를 클릭하면 셋째 딸이 나오고, 비씨카드를 클릭하면 둘째 딸이 나온다. 이들은 모두 가족사진 1장에서 하나의 텍스트로 만난다. 다시 말해 이 시는 석양 떡갈나무 밑에 앉아서 그림자 하나가 흔들리고,

한참 심심해서 주머니 속의 지갑을 꺼내어 열어볼 때, 그 속에 있는 각각의 카드를 링크로 하이퍼텍스트적 상상력을 펼친 하이퍼시다.

가족사진 1장 속에 모두 환히 웃고 있는 가족의 모습은 어쩌면 현상에 불과할지도 모른다. 정작, 그 하나하나 링크하여 보여주는 실존은 고단한 삶을 환기한다. 이런 점에서 이 시는 하이퍼텍스트적인 상상력을 통해서 아이러니컬한 우리네 삶의 실존을 잘 보여주는 것이다.

그러나 하이퍼시에서 유의해야 할 대목은 무엇을 위한 방법론이냐, 이다. 오남구의 「지갑-흔들리는 존재」 같은 경우에는 방법이 삶의 실존을 효과적으로 드러내는 것이기에 호감을 얻을 수 있었지만, 많은 하이퍼시의 경우 하이퍼적 상상력 자체만 주목하여 삶의 인식에 기반한 방법론이 아니라 방법을 위한 방법론으로 전락한 경우가 왕왕 드러난다. 혼자만 즐거운 방법을 위한 방법론이라면 그것은 실험을 위한 실험시, 전위를 위한 전위시가 될 수밖에 없다(월간 『시문학』 2009년 12월호).

자폐증을 앓는 시적 담화보다는

시는 정서적 떨림을 전제로 한다. 사물과 부딪쳐 발생하는 정서적 떨림에서 시 쓰기의 단초는 시작된다. 시인 자신의 정서적 떨림 없이 어찌 독자의 공감을 확보할 수 있겠는가.

시인은, 새로운 세계는 물론이고 관습되고 일상화되어서 그냥 지나쳐 버릴 수 있는 것에서도 특별한 의미를 포착하고 정서적 일렁임을 체험하는 자다. 그런데, 문제는 그 정서적 일렁임을 어떻게 독자에게 전달할 수 있는가가 관건이다. 이는 시적 형상화의 문제다.

시인의 정서적 체험이 시인 자신에게만 그친다면 그것은 자폐적 담론이 될 것이다. 그 울림이 독자에게로 들불처럼 옮겨져야 하는 것이다.

근자의 환상, 전복, 엽기, 난해성 등 기존의 서정시적 코드와는 전혀 다른 코드의 시를 쓰는 신진 시인들의 담론에 대해 새로운 상상력이라는 찬사와 아울러 "기껏 이 시들이 할 수 있는 것은 자기 위안에 불과해 보인다" 혹은 "시인들 스스로 소통 불능의 자폐적 성채로 들어가는, 일종의 내국망명의 길을 선택했다"는 비난이 쏟아지고 있다.

이 같은 난해시에 대한 논쟁은 어제 오늘의 일이 아니다. 30년대 이상 시인의 시에서부터 촉발된 난해시에 대한 담론이 21세기에도 반복적으로 일어나고 있는 것이다.

시의 새로운 상상력이라는 것이, 유행적 담론이 되어버린 '환상', '전복', '엽기', '난해성' 등이어야 하는 것은 아니다.

필자는 신진 시인들이 보이는 자폐적 담론을 새로운 상상력의 실험시라고 보고 싶지는 않다. 이런 유의 시적 담론은 우리 시단에 익숙한 '전통'(?)이 아닌가.

언제부턴가 독자들이 시를 읽는 것이 고통스러운 일이 되고 말았다. 더 이상 시가 독자에게 매혹적인 예술 작품이 되지 못하고 있는 것이다. 이럴 때 어설픈 난해시가 횡행하는 것은 바람직하지 못하다.

실험시(?)라는 소통 불능의 코드로 자폐증을 앓는 시적 담론보다는 소박하고 익숙한 코드라 할지라도 시인의 정서적 울림이 독자의 심금에 전달되는 익숙한 서정시가 차라리 나은 듯하다.

> 사막에 비가 오고
> 무지개가 뜨더라
> 사막에 달이 뜨고
> 별이 뜨더라
>
> 멀리 가난한 인디언 마을의 불빛이
> 하늘의 별빛보다 더 빛나더구나
> 그 불빛만큼 따스한 것은
> 이 지상에 없는 것 같더라
> 사랑하는 이야,
> 가난한 사람들의 마음만큼
> 사랑스런 따뜻함,
> 안쓰러움,
> 어디 있겠는가
>
>   − 최연홍, 「아리조나 사막 · 3−인디언 마을」

이 시는 오늘의 독자를 염두에 두고 있기 때문에 의미를 지닌다. 만약 이 시가 농경 사회의 독자에게 들려주는 양식이었다면 정서적 일렁임은 없었을 것이다. 오늘의 전통 서정시는 어설픈 실험시보다 더 실험적(?)이다.

사막에 비가 오고 무지개가 뜨고, 사막에 달이 뜨고 별이 뜬다. 사막이라는 배경에서 '비', '무지개', '달', '별'은 일상의 그것들과는 다른 특별한 정서를 지닌다. 그런데, '멀리 가난한 인디언 마을의 불빛'은 사막 하늘의 별빛보다 더 빛난다고 노래한다. 게다가 그 불빛만큼 따스한 것은 이 지상에 없는 것 같다고 부연하기까지 한다. 그것은 인디언 마을 가난한 사람들의 마음 때문이라고 밝힌다. 즉, '사랑스런 따뜻함', '안쓰러움' 때문이다. 이를 대조법으로 혹은 점층법으로 읽어도 좋다. 정서의 사막 지대에 살고 있는 오늘의 우리를 이 시는 은연중에 성찰해 보게 만든다. 삶의 본질이 무엇인지를 환기시키는 것이다.

어머니 살아계실 때
잠에 드신 어머니의 얼굴보다
더 늙은 손을
가만히 바라본 적이 있었지요

앙상한 뼈를 둘러싼
쭈글쭈글해진 주름이란
사람의 내부로 들어가는 길이라지만
그것은 결국 멀고 힘든 생을 건너온 아픈 자국

아무리 생각해도 어머니 가슴 속에는
우리 가족이 함께 사는

그윽한 한 채의 집이 있었던 것 같아요

새벽부터 정화수 떠놓고
하늘 향해 두 손 모은 어머니 마음은
식구들의 신발이 다 보이지 않으면
절대로 꺼지지 않는 등촉이었지요

- 임종성, 「어머니 · 2」

이 시에서 '어머니'는 현실 속에서는 존재하지 않는다. 어머니에 대한
일상적 그리움을 표출한 이 시는 특별할 것이 없는 듯하다. 그러나 이
시가 "쭈글쭈글해진 주름", "그윽한 한 채의 집이 있었던 것 같은 마음"
등이 오늘을 사는 자식 모두에게 원형적 그리움의 정서를 자극하여 애
틋한 공감을 불러일으킨다. 이 시는 환유나 직유 등을 혼용하여 복합적
메타포로써 원형적 그리움의 정서를 효과적으로 환기하여 독자의 심금
을 울리는 것이다.

우츄푸라 카치아를 아시나요. 아프리카 어둡고 축축한 밀림 속. 엷은 바
람에 묻은 물기. 어둠 속 한줄기 빛으로 사는. 그러나 누가 자기 몸을 건드
리면 시들시들 기운을 잃다가 말라버리는. 그 까닭이 알고 싶은 어느 식물
학자. 수많은 꽃잎을 말려죽인 후에야 그리움과 고통에 목이 말라 애태우다
가 스스로 죽어가는 꽃임을 겨우 눈치챘답니다. 자신의 몸을 스쳐지나간 바
로 그 사람이 매일 매일 단 하루도 잊지 않고 어루만져주면 생생하게 되살
아나는. 꽃잎마다 그리움 가득 담은 고독한 꽃임을 겨우 알았답니다.

한번의 인연에 목숨 거는
가련하고 애절한 그녀 같은

- 이길원, 「우츄프라 카치아」

'우츄프라 카치아'라는 식물 생태에 지고지순한 사랑을 투사한 메타포가 이 시의 지배소다. "그녀 같은"에서 '같은'은 생략하고 그냥 '그녀'라고 해도 좋을 듯하다. 아무튼, 이 시도 조선시대의 독자가 아니라 오늘의 독자를 대상으로 하고 있기 때문에 의미를 지닌다. 현실 너머 꿈의 세계를 지향하기도 하는 것이 시라면 바로 이 작품이 그렇지 않은가. 순수성이 상실된 시대에 우츄프라 카치아의 생태에 대한 정밀 묘사가 그녀에게로 전이되고 곧바로 오늘의 독자에게로 고스란히 전달된다.

희미한 미소가 꼬들꼬들 말라 있다
희아리 뒹구는 마당가에 앉아 같이 말라가며
무말랭이를 뒤척이는 노파
푸른 무청으로 엮어놓은 처마를 쳐다보며
잠시 숨을 고른다
그래도
없는 살림에 그 많은 자식들, 술꾼 지아비, 까탈스런 시어미
그때가 좋았지
이제 모두 제 갈 길 가고 빈집으로 남아
햇살도 대충 들어 어둠만 쓸어낸 집
봉황새 앉았던 물받침이 너덜거리며 까맣게
마르고 있다
차가운 햇살마저 따가워라
말을 잃어버린 노파와 시커먼 그림자 하나
나란히 쪼그리고 앉아
늦도록 무말랭이를 오물거리고 있다

　　　　　　　　　　　　　　　　－ 박대영, 「흑백사진 포즈로」

앞의 세 편의 시가 모두 잃어버린 것에 대한 서정적 동경이라면, 이 시는 고단한 현실에 대한 삶의 긍정이라고 볼 수 있다. 초라하게 늙어가

는 노파가 고단한 현실적 삶에 부대끼던 그때– 없는 살림에 많은 자식들 돌보아야 하고, 술꾼 지아비 뒤치닥거리 하며, 까탈스런 시어미 섬겨야 하던 그 시절이 오히려 더 행복했다는 역설로 형상화되어 정서적 일렁임을 촉발한다. 즉, 고단한 현실을 살아가는 오늘의 독자에게, 고단하다고 느끼는 현금의 삶의 의미를 환기하는 것이다.

지난 호 발표 작품 중에서 독자의 정서를 자극하는 4편을 골라 읽어 보면서, 어설픈 난해시, 실험시보다는 시의 서정적 본질에 충실한 작품에 더 친근감이 갔던 것이다.

그러나 21세기에는 새로운 시적 담론이 요구된다. 그렇다고 신진 시인들의 유행 담론인 난해한 자폐적 담론에서 새로운 시적 상상력을 기대할 수는 없다. 필자가 다른 어느 자리에서도 지적한 바와 같이, 20세기의 시는 언어 예술이라는 관점에서 '언어 실험'을 할 만큼 거의 다 해 버렸다. 따라서 '환상', '전복', '엽기', '난해성' 등을 주요 모티브로 실험시라고 내세우는 2000년대 신진 시인들의 시적 담론이 20세기 담론을 뛰어넘지 못할 것으로 보는 것이다.

이제, 21세기 실험적인 시적 담론은 기존의 언어를 넘어서 멀티 언어에서 모색해야 할 듯하다(『시문학』 2006년 8월호).

선형적 상상력과 비선형적 상상력

시인이 우리 시대의 중심 담론이 되지 못하고 있다. 언제부턴가 서태지, 이지아 같은 대중 스타가 대중의 관심을 사로잡았다.

그런데 소설은 그렇지가 않은 것 같다. 국내에서 170만부의 베스트셀러 신경숙의 「엄마를 부탁해」가 영문판으로 지난 4월 6일 아마존 등 미국 전역에서 출간되어 미국에서도 '신경숙 신드롬'이라고 할 만큼 반응이 좋다. 영문판이 출간되자마자 뉴욕타임스의 서평, 오프라윈프리의 추천 도서 등에 오르며 뜨거운 관심을 받았다. 신경숙은 미국에서 좋은 반응을 보인 것에 대해 "나 개인에게도, 한국문학으로서도 미국에 내리는 첫눈"이라는 소감을 말했다고 한다. 신경숙의 「엄마를 부탁해」가 한국에서도 다시 읽히기 시작한다고 한다.

시는 왜 이런 일이 일어나지 않는 것일까?

최근 신달자 시인이 시집 『종이』를 펴내고, 지난 4월 29일 YTN '뉴스앤이슈-이슈앤피플'에 출연해 자신의 시에 대해 말했다. 시인이 시집을 내었다고 해서 TV에서 장시간 인터뷰를 하는 것은 이례적이다. 아무튼 신달자는 종이를 테마로 한 76편의 시가 담긴 시집 『종이』에 대해 "시는 여백의 미가 있다. 여백도 무언가를 말하고 있기 때문에 시는 여백 자체도 시이다."라는 등의 말을 하면서 아날로그의 상징인 종이를 테마로 한 권의 시집을 묶겠다는 마음을 7년 전에 품었다고 한다. 그러면서 그는 "'종이가 사라진다, 책은 수명이 다했다'는 풍문이 나돌면서 종이가 죽었다는 말이 나와 마음이 급해졌다"면서 "나에게 종이의 죽음은 시 정신의 죽음처럼 다가왔다"고도 말했다.

신달자가 '종이'로 말하는 담론은 이 시대에 설득력을 지니는 것 같다. "오늘날 컴퓨터와 휴대전화, 전자책에 자리를 내주고 있는 종이에 대한 향수와 안타까움"이 우리 시대의 담론을 형성할 만하기 때문이다.

앞으로 신달자의 이번 시집이 얼마나 독자들에게 반향을 일으킬지는 모르겠으나, 신경숙의 소설이 미국에 진출하여 큰 성공을 거두고 있다는 것이 연일 화제가 되는 판국에 그나마 YTN에서 만난 신달자 시인이 시를 쓰는 내게 다소 위안이 되었다.

시가 우리 시대의 담론이 되기 위해서는 표현하는 형식 못지 않게 그 테마 역시 중요하다. 우리 시대의 이슈를 시가 선점해야 한다. 섬세하고 깊은 포착이라도 후일담만으로는 부족하다. 지금 이 시대의 이슈를 담론화하는 것이 무엇보다 필요한 것 같다.

신달자 시인이 아날로그 시대의 표상인 종이가 환기하는 전통적 가치를 옹호하고 있지만, 역시 우리 시대는 디지털의 거센 파고를 헤쳐 나가야 하는 운명임을 부인치는 못할 것이다.

그건 시적 상상력에 있어서도 선형성과 비선형성이 우리 시대 이슈(본지를 중심으로 펼치는 하이퍼시 운동도 일례가 됨)가 되는 것만 봐도 그렇다.

'노인' 참 편안한 강물이다
입동 앞에서도 나이를 버린
늦가을 은빛 햇살이다

이제 더 늙을 시간도 이유도 없는
저문 강기슭에 나앉아
갑골문자 같은 물의 사유를 읽는다
비틀거리는 물의 의자에서 내려와
난생 처음 삶이 '아픈 꽃이었다'고 말한다
보아라 사람들아
가는귀 흐른 눈 몇 잎 안 남은 백발
그 누구도 검문 못하는 자연의 주민등록증을,
오늘 밤 머리 위에서 쏟아지는
고독의 칼날 같은, 고요의 별빛 같은
저문 생애의 아랫목 한 자락도
한 걸음 물러나서 보면 참 잘 익은 사리다
마침내 '노인'이라는 유기농 영혼이
제 몸에서 완전히 견인되어 나갈 때
그때 비로소 강물의 어머니인
거친 바다 그 운명 같은 깊이에
하얗게 투신하는 섬 하나 보리라

— 이광석, 「노인 입실(入室)」 전문

　　이광석 시인 하면, 떠오르는 것이 영원한 청년 이미지다. 경남 지역의
원로 시인으로 여전히 현역이다. 최근에는 창원, 마산, 진해 3개 도시
가 통합 창원시로 새로 태어나면서 창원 '시가(市歌)'를 제정하는데도, 그
가 노랫말의 기초 작업을 했다. 이렇듯 중요한 경남 지역의 문화적 대소
사에는 항상 이광석이 있다. 경남에서 이광석 하면 문화적 상징 인물로
누구나 인정한다. 1959년 청마 유치환의 추천을 받아 『현대문학』을 통
해 문단에 나온 이래 지난해에는 그의 6번째 시집 『바다 변주곡』으로 제
11회 청마문학상을 수상하기도 했다. 그런 그도 연치로 보면 '노인 입실'
이신가. 마산에 터를 두고 평생 시인으로 지역을 지키며 살아온 그에게

'노인'은 참 편안한 강물인지도 모른다. "입동 앞에서도 나이를 버린/ 늦가을 은빛 햇살"인지도 모른다. 누구나 그렇지만 젊은 시절의 강물은 굽이쳐 흐르는 격동이 아니었겠는가. 영원한 청년 이미지의 이광석 시인이 평생 시업의 결실로 '참 잘 익은 사리' 같은 '노인'이라는 유기농 영혼으로 숙성되어 달관의 경지에서 노경을 응시하고 있는 것이다. 얼마나 열심히, 치열하게 살면 이런 노래를 부를 수 있을까.

> 밥 짓는 연기 하얗게 깔리는 동네 한 귀퉁이
> 저녁에만 문을 여는
> 별 이름 지어주는 작명소 하나
> 꼭 내고 싶네
> 연지분에 비녀도 꽂은 새댁
> 포대기 둘러 눈빛 까만 아기별 업고 와서
> 예쁜 이름 하나 지어달라 하면
>
> 반딧불이 수수께끼 애기똥풀 사금파리 이징가미
> (이후 생략)
>
> 그리고 또 뭐가 있더라……
> 아기별 방긋방긋 이름 하나 받아들고 가면
> 디딜방앗간 거미줄에 걸려 있는 나귀
> 방울소리 맑게맑게 퍼져가는 동네에 살며
>
> — 김석규, 「별과 함께」

시는 백일몽이라고 했던가. 김석규의 백일몽은 밥 짓는 연기 하얗게 깔리는 동네 한 귀퉁이로 향한다. 나도 요즘 늘 꿈꾸는 것이, 거제 지세포 어느 이름 없는 산자락에서 나무를 가꾸며 나무 보일러로 난방을 하고 태양열로 전기를 모아 어둠에 불을 밝히고 젖염소도 몇 마리 키워 젖을 짜 인근 아이들에게 아침마다 신선한 아침의 젖을 배달하고, 벌도 몇 통 치면서 꿀도 생산하면, 그야말로 그곳이 젖과 꿀이 흐르는 유토피아가 아닐까? 다시 김석규의 백일몽을 따라가 보면, 저녁에만 문을 여는 별 이름 지어주는 작명소 하나 내어 연지분에 비녀도 꽂은 새댁 포대기 둘러 눈빛 까만 아기별 업고 와서 예쁜 이름 하나 지어달라 하면 "반딧불이…" 같은 예쁜 이름 지어주는 낙토에서 나귀 방울소리 들으며 살고 싶어진다.

윤동주의 「별 헤는 밤」이 떠오른다. 계절이 지나가는 하늘에는 가을로 가득 차 있고, 아무 걱정도 없이 가을 속의 별들을 다 헬 듯하고, 별 하나에 추억과 별 하나에 사랑과 별 하나에 쓸쓸함과 별 하나에 동경과 별 하나에 시와 별 하나에 어머니, 어머니…… 별 하나에 아름다운 말 한마디씩 불러 보는 윤동주가 떠오른다. 별과 함께 하는 작명소는 분명 저녁에만 문을 열 수밖에 없겠다.

참 아름다운 판타지가 아닌가. 도시, 문명을 거슬러 자연, 인간 속으로 돌아가고 싶은 백일몽이 선명하다.

하얀 눈 운두의 세숫대야에
괸 파란 옥물, 간밤에
몸 담갔다가 솟은 에베레스트는 보석이다
큰 발자국을 내면서 성큼성큼 다가온 설인雪人이
몸을 거부려 세수를 한다
구부린 허리뼈에서
호수의 절규가 쏟아진다
아-, 야-, 어-, 오-, 하고 엄홍길의 소리가 받아낸다
아-, 야-, 어-, 오-, 하고 설인의 천년 묵은 목울대소리가 잇는다
초등학교 음악선생님의 소프라노로
내 목울대 틔울 고드름 먹여주고

설인은 제 몸 부수어 제 몸 감추고
에베레스트로 엘리베이터로 올라간다
인형들이 고층 옥상에서 발성연습을 하다가
눈송이처럼 땅에 떨어진다
엄홍길의 세수한 이마에서 새벽 고드름이 떨어진다
　　　　　　　　　　　　　- 김규화, 「고교호수」 전문

　김규화의 백일몽은 에베레스트의 백미라 불리는 고교호수다. 고교호수는 세계에서 가장 높은 고개인 촐라 패스와 빙하지대인 고줌마를 넘어야 닿을 수 있는 곳이라고 한다. 그래서 고교호수는 세계에서 가장 높은 담수호로 지상에서 가장 아름다운 빙하호수란다. 하얀 눈 운두의 세숫대야에 괸 파란 옥물, 간밤에 몸 담갔다가 솟은 에베레스트는 보석이고, 그 보석 속에 사는 설인은 큰 발자국 내면서 성큼성큼 걸어와 몸을 세수한다. 구부린 허리뼈에서 호수의 절규가 쏟아진다. 그 절규를 엄홍길의 소리라 받아내고, 설인의 천년 묵은 목울대가 잇는다. 느닷없이 하이퍼적 상상력은 초등학교 음악선생님이 소프라노로 화자의 목울대 틔울 고드름을 먹여주고, 설인은 제 몸 부수어 제 몸 감추고 에베레스트로 엘리베이터로 올라간다. 다시 느닷없이 하이퍼적 상상력은 인형들이 고층 옥상에서 발성연습을 하다가 눈송이처럼 땅에 떨어진다. 다시 느닷없이 엄홍길의 세수한 이마에서 새벽 고드름이 떨어지는 것으로 전이된다.

　하이퍼시를 실험하고 있는 이 시는 하이퍼텍스트다. 고교호수를 텍스트로 하고 있지만, 하이퍼링크로 보이지 않지만 무수히 연결된 또 다른 텍스트를 꺼내 보여준다. 주지하다시피 하이퍼텍스트는 비순차적인 검색을 할 수 있도록 제공되는 텍스트다. 텍스트 속의 특정 자료가 다른 자료나 데이터베이스와 연결되어 있어 서로 넘나들며 원하는 정보를 얻을 수 있는 것이다. 하이퍼링크로 연결된 비순차적 텍스트들의 깜짝 등장이 이젠 낯설지 않다. 그만큼 우리는 디지털에 익숙해 있는 것이다.

이광석의 「노인 입실(入室)」은 현재에서 미래로 달관의 상상력을 뻗쳐내고 있고, 김석규의 「별과 함께」는 문명 이전의 전통으로 상상력을 뻗쳐내고 있다. 이들의 상상력은 순차적이고 선형적 상상력이다. 이에 김규화의 「고교호수」는 비순차적이며 비선형적 상상력을 보인다(『시문학』 2011년 6월호).

미로와 피카소의 다름

쬐그만 계집애가
널뛰기 할 때
머리채라든가
치마폭 모양이듯

하늘에 뜬 보름달을
우물 안으로 끌어내려다
도로 길어올리는
두레박 모양이듯

　　　　　　　　　　　－ 김광림, 「미학실험(美學實驗)」 전문

　시집 『허탈 하고플 때』로 올해(제10회) 청마문학상을 수상한 김광림 선
생은 아직도 '미학실험'을 하고 있는 것 같다. 현실에 안주하지 않고 끊
임없이 정진하는 원로시인의 모습이 선연하다.
　미학 혹은 시학이라는 게 손에 잡힐 듯 선명한 게 아니다. 어쩌면 그
건 하나의 이미지로 그치는 것인지도 모른다. 쬐그만 계집애가 널뛰기
할 때의 머리채나 치마 모양으로 눈에 잡힐 듯도 하지만, 하늘에 뜬 보

름달을 우물 안으로 끌어내리려다 도로 길어올리는 두레박 모양 허상 하나조차 제대로 잡지 못하는 것이 아닌가.

예나 지금이나 미학이나 시학이라는 게 잡힐 듯 잡히지 않는 것이고 보니, 다들 나름대로 이러쿵저러쿵들 한다. 그러다보니, 더러는 예술적 아집이라는 게 생길 수도 있다. 도대체, 시란 무엇인가, 이 영원히 풀리지 않는 화두를 붙잡고 오늘도……

본지에 연재하는 김용오의 「시에 관한 에피그램」이 흥미롭다. 촌철살인의 에피그램은 묵은 시적 아집을 깨트리는 것 같아서 좋다. 지난 호의 「시에 관한 에피그램 74」에는 요즘 시단의 줄 세우는 세태를 염두에 두고, 화가 미로와 피카소는 서로 다름에 있지 누가 더 잘하는 데에 있지 않다고 말한다. 이는 물론 새로운 지적은 아니다. 이미 백남준도 지적한 바이다. "우리나라는 올림픽과 예술을 혼동하고 있어요. 군정 때부터 이겨야 한다고 밀어붙였고, 일등을 너무 좋아하는 것 같아요. 미술에서는 다름이 중요하지 누가 더 나은가의 문제가 아닙니다. 미로와 피카소는 서로 다른 것이지 누가 더 잘하는 게 아니지요. 다른 것을 맛보는 것이 예술이지 일등을 매기는 것이 예술이 아닌 겁니다."

너무나 당연한 지적이지만, 이런 지적이 새삼스럽게 가슴에 와 닿는 것은, 대중적으로 널리 알려져 있는 시인만이 시인의 표본인 양하는, 그래서 은사(隱士)로서 시의 내공을 지닌 많은 시인들의 존재는 까마득히 묻혀버리는 우리 시단의 왜곡성에 기인한다. 이런 분들이야 원래, 이름 내는 것조차 아예 관심이 없으니. 그러나저러나 오늘의 왜곡된 시단이 김용오의 통렬한 에피그램으로 베어지기를 바라며.
유승우의 「하늘에 닿은 키」는 맑고 깨끗하고, 정제되어 있고, 양병호의 「밤참이 맞아요? 야참이 맞아요?」는 다소 혼탁하고 말이 많고…… 그러면 전자는 좋은 시고 후자는 그렇지 못한가?

> 겨울 산행에서 보았습니다.
> 나무들의 키가 모두 하늘에 닿아 있습니다.
> 잎 진 가지들은 모두 키가 같았습니다.
> 그들의 키는 자로 잴 수 없습니다.
> 가을까지는 아무리 키가 커도 제 잎에만 닿았습니다.
> 그런데 겨울나무는 모두 하늘을 만집니다.
> 다 내려놓아야 하늘에 닿습니다.
> — 유승우, 「하늘에 닿은 키」 전문

> 배고파서 잠 오지 않던 유년의 이불 밑에서
> 그 가느다랗게 질긴 허기를 잊기 위하여
> 오로지 밤참이 맞는 말인가, 야참이 맞는 말인가만
> 억지로 궁금해 하는 사이
> 시아쥐도 할머니도 아득히 지워져버리고
> 지금은 배가 불러 아무 생각도 없이
> 잠이 든다. 부른 배를 득득 긁으며
> 죽음보다 깊이 잠든다.
> — 양병호, 「밤참이 맞아요? 야참이 맞아요?」 3연(마지막 연)

두 작품의 어법상 차이가 있지만 추구하는 바는 같은, 진실이다. 「하늘에 닿는 키」는 행과 행 사이를 간격을 두고 있는 바, 이는 사유의 공간 확보로 봐도 좋다. 이에 비해 「밤참이 맞아요? 야참이 맞아요?」는 진술로 가득 차 있다. 어떻든 깨달음을 드러내기는 마찬가지다. 시적 진실이라는 건 경천동지할 만한 새로운 테마라기보다는 익히 알고 있었던 것을 다시 한번 감동적으로 일깨우는 것으로 그치는 게 대부분이다. 이 두

편도 마찬가지다. 전자의 비움의 미학이나 후자의 부요한 자본주의 폐해나, 익히 잘 알고 있는 테마지만 다시 가슴 깊이 감동으로 흔들어 놓는 것이 이들 시의 미덕이다. 사유의 공간을 침묵으로 채우든, 요설로 채우든 상관없다. 그것이 공감으로 와 닿는다면.

> 사르락 사르락
> 내리는 봄눈……
>
> 목마른 나무들이 손 벌리고,
> 눈을 받아 먹는다.
>
> 나무가 눈을 먹고,
> 새 잎이 눈뜬다.
>
> — 김시종, 「봄눈」 전문

'눈'을 받아먹고 '눈'을 뜬다는, 언어유희도 재미있다. 목마른 나무들이 손 벌리고 봄눈을 받아먹고 새잎이 눈을 뜨는, 너무 평범해 보이는 듯해도 이것 역시 일상인들은 예사로 건너뛰었던 거다. 그 잊고 지낸 진실을 흔들어 깨우는 것만으로 이 작품은 성공하고 있는 셈이다. 시라는 것이 얼마나 매혹적인지를, 이런 단시를 보면서 종종 느낀다. 짧은 몇 마디로 가슴을 흔들어놓는 그 경이로움이라니. 시의 본질은 역시 압축과 서정이라는 생각이 든다.

그러나 김여정의 연작시 「미랭이 가는 길」 같은 시를 보면, 시가 꼭 압축된 서정만이 아니라 서술적 서정도 얼마든지 가능하다는 생각을 다시 하게 된다.

한편 신규호의 「사이버 나이프」 같은 시를 보면, 시인의 현실 감각이라는 건 나이와 아무 관계가 없다는 생각도 다시 실감하게 된다. 이 글

을 쓰기 며칠 전 서울 갈 기회가 있어 시문학사를 들렀다. 토요일 오후
인데, 노크를 하고 들어가니 문덕수 선생님은 혼자서 선풍기를 틀어놓
고 뭔가를 열심히 쓰고 계신다. 내심, 뜨끔 하였다. 여전히 문덕수 선생
님은 문학청춘이시구나. 최근 황금알에서 『문학청춘』이라는 시종합지를
창간했는데, '문학청춘'은 나이와는 아무 상관없이 모든 문인은 문학청
춘이어야 한다는 취지가 아닐까. 신규호의 작품을 읽으면서도 문학청춘
이라는 말이 떠오르지 않을 수 없는 것이다. 신규호는 젊은 네티즌들 이
상의 젊은 사유로 시를 쓰고 있다.

> 선반 위에 가지런히 놓은 아홉 점 구두
> 구둣빛 작은 창으로 꽃그늘이 자라난다
> 길은 구두 밖으로 버려지고
> 구두는 이제 발을 말하지 못한다
> — 위상진의 「아홉 점 구도로 남은 사내」 뒷부분

위상진의 빈센트를 소재로 한 작품도 눈길을 끈다. 뒷부분만으로도
아름답다. 길, 구두, 발 모두 환유적 관계에 놓여 있지만, 그 관계를 새
롭게 구조화시켜서 미적 충격을 준다. 박재릉의 신작시집도 눈길을 끌
기는 마찬가지다. 가령 「선소리−상엿소리」 같은 작품을 보면, 전통적 세
계관을 바탕으로 한 선소리의 애달픔이 짙게 묻어난다. 이승과 저승의
경계를 넘어가는 설움과 애통이 통렬하게 살아난다. 이에 비해 기독교
적 세계관을 바탕으로 한 유승우의 「진공(眞空)」은 죽음의 세계가 본향
으로 인식되면서 사뭇 다른 뉘앙스다.

아무튼 지난 호는 풍성하다. 어느 작품이 좋다는 따위의 우열의 문제
가 아니라 나름의 차이를 드러내는 고유의 색채를 다들 물씬 풍기고 있
기에 그렇다(월간 『시문학』 2009년 10월호).

현실을 비껴선 존재응시

21세기를 맞이하면서 인류는 새로운 국면에 접어드는 희망과 설렘도 있었지만, 방향감각의 상실과 전망의 부재로 위기의식을 피부로 느꼈던 것이다. 그런데 그 위기의식이 차츰 현실화되고 있는 것이 우리를 우울하게 한다. 21세기 벽두에, 1860년대의 남북전쟁 이후 한 번도 본토가 공격을 받은 적 없다는 세계 최강대국 미국이 빈 라덴이 주도한 것으로 알려진 9·11 테러로 말미암아 약 한 시간 사이에 무고한 시민 5천여 명을 잃어버린 것이다. 이에 부시 정권은 "테러 편에 서든지, 우리 편에 서라"고 전 세계 국가들을 향해 최후 통첩성 발언을 하면서, 지난해 9월 11일 테러 참사 이후 주범으로 지목되는 오사마 빈 라덴과 비호세력인 아프간 집권 탈레반 정부에 테러응징 전쟁을 치렀고, 최근에는 북한에 대해서도 악의 축이라고 규정하는 발언을 함으로써 한반도까지 전쟁의 위기국면에 처하기도 했던 것이다. 이 자리에서 국내의 복잡한 정치, 경제, 사회, 문화, 교육 등에 대해서까지 구구하게 말하고 싶지 않다.

왜, 인류는 어느 시대나 막론하고 과학과 지식의 진보와는 상관없이 전쟁과 불의와 공포와 질병 등으로 시달리는 것인가?

문학은 이런 문제에 대하여 어떻게 대응할 것인가.

지난 계절에는 원로, 중진들의 시적 사유가 두드러졌다. 그것은 실험성, 전위성 따위 겉모습의 참신성이나 현란함도 아니고, 인류사적인 현실문제를 껴안고 고뇌하고, 고통하는 리얼리즘적 사유도 아닌, 존재론적 사유로 일관한 것이다.

이들은 컴퓨터, 인터넷, 정보라는 말들이 운위되는 이 시대에도 여전히 첨단 문명의 이기들로는 삶의 근원적 문제들을 해결하지 못함을 선험적으로 인지하기 때문에 형이상학적 사유의 세계로 시선을 돌린 듯하다.

정완영은 『시문학』(2002년 2월)에서 「백제의 새」를 통하여 '천년의 새'를 노래하고 있다.

> 오늘 아침 단장 이끌고 산길 걷다 바라보니
> 건너편 백제 도요지 백제에서 돌아온 새
> 천년 전 그 날의 봄빛도 곱더이다 전해준다.
>
> — 정완영, 「백제의 새」

화자는 사색의 산책길에서 건너편 도요지 백제에서 돌아온 새를 본다. 익산시 금마면 신용리 독정의 미륵산 동편과 용화산과 연결하는 숫고개 언덕받이 부근에는 백제시대의 삼족토기 조각과 얇고 단단한 즐문토기가 나오고 있다고 한다. 이 도요지는 6세기 중엽으로 추정되는 것으로, 일본 아스카의 원류가 백제 지역에서 비롯되었음을 설명할 수 있는 중요한 의미를 지닌다. 백제 도요지에 대한 이같은 이해는 이 작품을 읽는데, 도움이 된다. 아무튼, 시 속의 백제 도요지의 새는 천년도 더 지난 새다. 도대체, 천년도 넘게 사는 새란 무슨 말인가. 천년을 넘게 사는 새가 어디 있기는 하는가. 그러나 화자는 "백제 도요지 백제에서 돌아온 새"가 "천년 전 그 날의 봄빛도 곱더이다 전해준다"라고 천연덕스럽게 노래한다.

　백제시대에는 오늘의 문명시대와는 달리 자동차도 없었고, 비행기도 없었고, 컴퓨터도 없었다. 하지만, 천년 전 백제의 봄빛이나 오늘의 봄빛이나 곱기는 마찬가지가 아니겠는가. 백제의 새나 오늘의 새가 뭐 다른 새인가. 그 새가 그 새가 아닌가.

　작금에 정보화시대, 인터넷시대, 사이버시대라는 수다한 담론들로 들끓고 있고, 수다한 철학적 논리가 있지만, 시인은 예나 지금이나 새는 새이고 사람은 사람일 뿐이고, 사람 사는 이치는 거기서 거기라고 말하고 싶은 것이다. 이 작품은 새와 시인의 선문답이다. 해 아래 새로운 것은 없나니, 이 시대에도 여전히 사람의 근본을 지키며 살아가라는 원로시인의 훈수가 숨어 있다.

　유재영도 『열린시조』(2001년 겨울)에서 「쓸쓸한 화답」을 통하여 존재론적 화두를 던진다.

　　중년의 나이 앞에 툭! 하고 떨어지는

　　신갈나무 열매 하나 가만히 주워본다

　　화두란 바로 이런 것 쓸쓸한 화답 같은,

　　마른 꽃 흔들다가 혼자 가는 바람처럼

　　등 뒤로 들리는 가랑잎 밟는 소리

　　가벼운 이승의 한때, 문득 느낀 허기여

　　　　　　　　　　　　　　　　　- 유재영, 「쓸쓸한 화답」

중년의 나이란 어떤 의미인가. 인생의 절정이 아닐까. 여인이라면 국화꽃처럼 원숙한 아름다움을 소유했을 터이고, 남자라면 자기 세계에서 기반을 잡은 중후한 멋을 지니지 않겠는가. 물론, 시셋말로 고개 숙인 남성이라는 말로 나타나듯이 소위 갱년기 장애가 나타나는 위기의 시대이기도 하다. 인생의 절정기이면서 위기의식을 느끼는 양가적 심리상태가 확연히 드러나는 것이 중년의 나이다. 이 나이 앞에 "툭! 하고 떨어지는 신갈나무 열매 하나"가 생의 화두가 아니고 무엇이겠는가.

성공과 실패, 영광과 좌절을 다 맛본 중년이 묻는, 도대체 인생이란 무엇인가라는 물음이 아니고 무엇이겠는가. 그 화두는 '쓸쓸한 화답' 같은 것이다. 그 쓸쓸함은 어디에서 오는가. 신갈나무 열매 하나 툭 떨어지는 것에서 존재의 조락을 읽지 않았겠는가. 그것은 다시 마른 꽃 흔들다가 혼자 가는 바람처럼 쓸쓸함으로 진행된 것 아닌가. 그 쓸쓸함은 등 뒤로 들리는 가랑잎 밟는 소리로 투영된다. 등 뒤에서 들리는 가랑잎 밟는 소리는 존재가 부서지는 소리이기도 하다. 조락한 존재, 밟히는 존재, 그것은 언젠가 눈앞에 닥칠 화자 자신의 존재의 사멸을 상기하는 것이기에 더욱 쓸쓸하지 않겠는가. 문득, 가벼운 이승의 한때 느낀 허기라는 것으로 표상되는 중년의 쓸쓸함이 가슴에 와 닿는다.

정완영의 「백제의 새」나 유재영의 「쓸쓸한 화답」은 모두 존재론적 인식을 보인다. 그것은 요약해서, 과학의 진보가 아무리 고도화 된다고 해도 인간존재 자체의 변환을 가져올 수가 없다는 것이다. 여전히, 인간은 고독하고, 외롭고, 쓸쓸하고 종국에는 사멸할 존재임을 보인다.

이정환도 『다층』(2001년 겨울)에서 존재에 대한 응시를 보인다.

이른 아침 과육(果肉)
저리 볼 붉은 것은

어둠이 밤새껏

닦고 매만진 때문이다

이슬 밴
저 어둠들의
젖은 손길 때문이다

내 안에 이리 환히
불 밝혀 들어온 당신

그 곁에 서서 사뭇
우러러 본 때문이다

어둠을
다둑일 줄 아는
그 눈빛 때문이다

— 이정환, 「과수밭에서」

현대인은 너무 조급하다. 정보화시대라서 더 그렇다. 존재를 응시할 여유를 갖지 못한다. 그러나 화자는 이른 아침 과수밭에서 붉은 果肉을 본다. 이른 아침에 등불처럼 매달린 붉은 과육이, 왜 이렇듯 붉은 것인가를 생각하다가, 어둠이 밤새껏 닦고 매만진 때문이라고 생각한다. '어둠'은 존재를 억압하는 상징으로 흔히 읽혀지지만, 여기서의 '어둠'은 존재를 성숙시키는 것으로 나타난다. 시인의 깊은 통찰력이 드러난다. 어둠에 대한 심오한 통찰을 보이지 않는가. 어둠 없이 어떻게 빛이 빛을 발하는 것인가. 그렇다, 과육이 저리 볼 붉은 것은 어둠이 밤새껏 닦고 매만진 때문이고, 이슬 밴 저 어둠들의 젖은 손길 때문이라고 인식한다. 시인은 어둠이 아무도 모르게 눈물 같은 이슬로 과육을 성숙시키는 모습을 읽어내고 있는 것이다.

그런데, 여기서 "내 안에 불 밝혀 들어온 당신"을 어떻게 읽어야 할까. 이정환이 크리스천인 것을 생각하면, '당신'은 그의 절대자일 수 있을 것이다. 시인의 가슴에 환한 은총으로 불 밝힌 분은 그의 신앙의 대상이 아니겠는가. 화자는 어둠을 넘어 자신의 앞에 존재하는 볼 붉은 과육의 모습을 보면서, 거기다 자신을 투영하여 신의 은총에 감사하는 것이다. 그러나, 굳이 이 시를 신앙적으로 읽을 필요는 없다. "내 안에 이리 환히 불 밝혀 들어온 당신"은 붉은 과육의 의인화라고 보아도 좋다.

시인은 제아무리 작은 사물에서라도 존재의 진리를 읽어내는 철학자의 눈을 가지고 있는 것이다. 이 시가 그것을 보여주지 않는가. 어둠을 다독이며 과육을 스스로 성숙시키는 과일의 존재가 경이로움으로 다가온다.

이지엽은 『문학사상』(2002년 1월)에서 '나무'를 통해 논개의 정신을 보고 있다.

하늘로 날아오르는 나무를 본 적이 있는가

가볍고 단정하게 날아가는 새가 아니라
팽개치고 죽죽 뻗어나간 길이 아니라
꼬이고 뒤틀린 세상사
소용돌이로 휘감아 아랫도리
자근자근 밟아두고
용틀임하듯 하늘로 오르는 나무,
본 적이 있는가
구절양장 우리,
술 때문에 만신창이가 된 가슴들처럼
쓴맛 단맛 신맛 짠맛 다 우려내어
저 환장할 오월 햇살에 걸어두고
육두질 할 그 무슨 사랑 남아

어쩔 수 없다 더는 어쩔 수 없다
하늘 그 푸르고 죄스러운 못 속으로 뛰어드는

― 이지엽, 「나무―논개」

'나무'에다 논개의 정신을 투영시키는 발상이 특이하다. 나무도 '하늘
을 날아오는 나무'라는 이미지이다. "가볍고 단정하게 날아가는 새가 아
니라 팽개치고 죽죽 뻗어나간 길이 아니라 꼬이고 뒤틀린 세상사 소용
돌이로 휘감아 아랫도리 자근자근 밟아두고 용틀임하듯 하늘로 오르는
나무"로 형상화하고 있다. 이 작품의 발상은 시작노트 "장수군청 앞에
는 당시 현감인 최경회가 논개를 위해 심었다는 의암송(義巖松)이라는 소
나무 한 그루가 심어져 있는데(천연기념물 제397호) 이 나무의 아랫도리가
영락없이 두 마리의 구렁이인 게야. 이 두 마리가 서로 칭칭 몸을 꼬아
대면서 나무꼭대기로 치달아 올라가고 있는 형국이라니!"에서 밝혀 놓
았다.

주지하다시피, 논개는 임진왜란 때의 의기(義妓)이다. 전북 장수(長水)
출생으로 진주병사(晋州兵使)인 최경회(崔慶會)의 사랑을 받았다고 한다.
1592년 임진왜란이 일어나 5월 4일에 이미 서울을 빼앗기고 진주성만
이 남았을 때 왜병 6만을 맞아 싸우던 수많은 군관민이 전사 또는 자결
하고 마침내 성이 함락되자 왜장들은 승리를 자축하여 진주 촉석루(矗
石樓)에서 주연을 벌였다. 이 때 기생으로서 이 자리에 있던 논개는 열
손가락 마디마디에 반지를 끼고 술에 취한 왜장 게야무라 후미스케를
껴안고 벽류(碧流) 속에 있는 바위에 올라 남강(南江)에 떨어져 함께 죽
었다. 그래서, 훗날 이 바위를 의암(義岩)이라 불렀다는 것이다.

이 작품은 논개의 일화를 중심으로 한 몇 개의 문화적 코드가 나타나
기 때문에 그 자체로 중층성을 드러내고 있다. 작품 속에는 '의기 논개
와 최경회의 사랑', '논개와 왜장의 죽음', '최경회의 비통함' 따위의 의미

소들이 내장되어 있는 것이다.

논개의 몸이 투신하는 하강의 이미지가 이 작품에서는 나무의 상승 이미지로 드러남으로써 패러독스까지 유발한다. 또한 칭칭 감아 오르는 두 마리의 구렁이의 위악적 에로티시즘에 투영된 시적 의미도 패러독스하다. 그리고 "하늘 그 푸르고 죄스러운 못 속으로 뛰어드는"이라는 마지막 행은 이 시의 중심 이미지로 앞의 모든 의미소들을 수렴하여 절정을 이룸으로써 시적 긴장을 더욱 강화시키는데 기여한다. 따라서, 이 작품은 역사적 사실을 소재로 채택하여 그 다양한 의미소들이 하나의 구조로 수렴되는 단단한 미적 토대를 구축하고 있는 것이다.

지난 계절에는 신예들의 행보가 저조한 편이다. 2002년 조선일보 신춘문예 시조부문 당선작 「겨울판화」가 표절문제로 당선취소 당하는 사태까지 있어서 더욱 그런 느낌이 든다. 신인은 패기로 기성문단에 새로운 피를 수혈해야 하는데, 그만한 역량 있는 신인작가가 눈에 띄지 않는 것이다.

그나마, 2002년 중앙신인문학상 당선자인 김보영에게 기대를 걸어보게 된다. 김보영은 스무 살 나이에 "제 또래에 시조를 쓴다고 하면 주위에서 박물관 유물 같은 걸 왜 쓰냐고들 하지요. 하지만 그런 사람들 중 태반은 글이 뭔지 잘 모르는 사람들이라고 생각해요. 글을 쓰는 사람에게 시조는 기본과 같은 겁니다. 특히 틀을 바꾸지 않고도 혁명을 일으킬 수 있는 장르가 바로 시조지요."라는 당찬 당선소감을 밝혔다.

1.
손과 손을 둥글게 맞잡은 물방울이
수채화 속 휘어진 세상을 담아든다
구포역, 낡은 탁자 위 덩그러니 놓여진 꿈.

2.
어릴 적 뛰놀던 길, 그 컵을 들여다본다
헤엄치는 물고기의 일렁이던 비늘이
희미한 汽笛되는가, 그림자가 되는가.

3.
노을 속 동백꽃 빨갛게 타오르다,
보송한 솜털 박힌 이파리 하나 톡 떨군다.
새하얀 목덜미 두르고 겨울이 오고 있다.

- 김보영, 「컵」

심사위원들은, 이 작품에 대하여 "버려진 하나의 평범한 사물을 통해 과거와 현재로 이어지는 물고기 비늘과도 같은 섬세한 에스프리와 잔잔한 감동이 있는 수작"이라고 평하고 있다. 그렇다. 이 작품은 언어의 아름다움을 보여주지만, 그 아름다움 속에 그에 버금가는 당찬 정신이 내재해 있어 믿음이 간다. 그러나 이 시대의 절박한 현실문제가 구체적 형상으로 담겨 있지는 못하다.

지난 계절의 문제작은 원로, 중진들의 작품들을 대상으로 주로 살펴보았다. 그러나 이들은 하나같이 현실-冒頭에 제시한 절박한 오늘의 문제를 모두 비껴서 있다. 현실에 온 몸을 투신하며 갈등하고 고통하지 않는 것이다. 그들은 갈등을 해소하고 달관하듯 관조하고 있지 않은가. 좋은 의미로 형이상학적 화두를 잡고 존재를 깊이 응시하는 모습을 보인 것이다. 그러나, 시조가 이 시대의 현실, 이 시대의 모순, 이 시대의 불안 따위를 껴안지 않고 비껴서 있기만 한다면, 그것은 시절가조 본연의 시적 의무를 다한 것이라 할 수 없을 것이다. 오늘의 시조가 너무 현실을 비껴서 있기만 한 것은 아닌지, 우려된다(『시조시학』 2002년 봄호).

아담의 후예, 그 쓸쓸한 포즈

계간 『시산맥』 2011년 여름호를 펼치다가 양애경의 「흰다리새우」를 읽었다.

어미 소와 노란 솜털 보소소한 송아지
어미 돼지와 하얀 새끼 돼지가
함부로……구덩이에……떨어지고……파묻혀……
스며나온 핏물이 도랑에 넘쳐흐르는 겨울

구제역 방역제에 하얗게 덮인 차 달려
홈플러스에서 태국산 흰다리새우 천 원에 다섯 마리
삼천 원어치 사서
집에 가서 단독주택 옥상에 익힌 고추장 풀어
새우찌게 끓여먹는다

팔십 줄 엄마랑
오십 줄 딸이랑
열한 살 된 말티스 잡종 한 마리
셋이서 다섯 마리씩

이가 안 좋으니, 꼬부라진 새우
주방가위로 톡, 톡, 톡 잘라서
국물 후룩후룩
살 조심조심 씹어 넘기며

이렇게 또 하루 무사히 넘기는 저녁 시간
어둠 속의 죄 없는 짐승들과
숨죽여 우는 농부들
마음에 묻으며.

　　　　　　　　　　　　　　　　　　– 양애경, 「흰다리새우」

　이 작품은 생의 모순 앞에 모순된 화자 자신의 포즈를 투영시키고
있다. 소, 돼지, 양, 염소, 사슴 등 발굽이 둘로 갈라진 동물(우제류)에 감
염되는 구제역이라는 질병은 천형이다. 얼마 전 이 땅에서 "우리 소는
곧 새끼를 낳는디, 낼 잡아 가믄 안 되나유?", "말 못 하는 짐승이지만,
산 놈을 구덩이 파서 집어넣는 것은 정말 못할 짓입니다."라는 탄식을
뒤로 하고 발굽이 둘로 갈라졌다는 이유(원죄)만으로 살처분되는 운명을
겪지 않았던가. 자신의 자유의지와는 상관없이 발굽이 갈라졌기 때문에
"함부로……구덩이에……떨어지고……파묻혀……/ 스며나온 핏물이 도
랑에 넘쳐흐르는 겨울"이 아니었던가.

　구제역이 창궐한 겨울, 심적으로야 화자 역시 발굽 갈라진 짐승과 뭐
다를 게 있겠던가. 구제역 방역제에 하얗게 덮인 차를 달려 홈플러스에
서 태국산 흰다리새우를 사서 팔십 줄 엄마, 오십 줄 화자, 열한 살 말티
스 잡종개가 흰다리새우를 먹는다. 여기서 말티스 잡종개도 꼭 같은 자
격으로 새우 다섯 마리를 먹는다. 경계가 없다는 것이다. 이렇게 또 하
루 무사히 넘기는, 어둠 속의 죄 없는 짐승들과 숨죽여 우는 농부들 마

음에 묻는 저녁 시간이다.

　화자처럼 조금만 각성하는 눈으로 세상을 응시하면 "이렇게 또 하루 무사히 넘기는 저녁 시간"이라고 인식하지 않을 수 없다. 우리 시대는 곧 지구의 종말이라도 올 것 같은 느낌이다. 이에 편승하여 미국 종교단체 패밀리라디오의 설립자 해롤드 캠핑 같은 이가 지구 종말을 유포했던 것이 아닌가.

　발굽이 갈라졌다는 것 외에는 아무 잘못이 없는 데도 매몰 처분 받는 우제류 동물처럼 아담의 후예라는 이유로 인간은 불안, 고독 등과 같은 천형에 처해지는 것인가. 본지 지난 호 작품들 중 아담의 후예로서 쓸쓸한 포즈를 보이는 몇 작품을 주목하여 읽었다.

　　초록별이 낳아 가르는 새끼들 가운데 그 첫딸의 이름은 식물입니다 첫딸은 역시 살림밑천입니다 어미 가슴에 뿌리박고 애비의 빛을 받아 초록의 몸으로 자랍니다 그러면 첫아들인 초식동물이 그것을 먹고 자라고, 둘째 아들인 육식동물은 초식동물의 고기를 먹고 살며, 셋째 아들인 인간은 식물의 잎과 열매, 그리고 초식동물의 고기를 먹고 삽니다 가족이란 생명을 나눈 살붙이인데, 첫딸 식물과 첫아들 초식동물은 제 몸을 내주고, 육식동물과 인간은 그것을 뜯어먹기만 합니다 인간이란 막내는 가장 못된 망나니입니다
　　　　　　　　　　　　　　　　　　　　　– 유승우, 「어둠의 새끼들 · 3」 전문

　피로 흐르는 원죄, 그 죄성으로 '가장 못된 망나니'가 바로 인간이다. 지구라는 초록별이 낳아 기르는 새끼들 중에 유독 막내인 인간은 왜 그런가. 첫딸 식물은 초록의 몸으로 자라 첫아들인 초식동물에게 그 몸을 내어주고 둘째 아들인 육식동물은 초식동물의 고기를 먹고 셋째 아들인 인간은 식물의 잎과 열매, 그리고 초식동물의 고기를 먹고 산다. 유독 인간만이 먹기만 하고 제 몸 한 점 나눠줄 줄 모른다. 인간은 자기만 알며 자기만의 이익을 위해서 초록별의 뭇 생명들을 뜯어먹고 생태환경을

파괴한다. 오직 인간만이 초록별의 파괴자다.

지난 6월 5일 환경의 날에 주교회의 정의평화위원회위원장 이용훈 주교 이름으로 발표된 「2011년 환경의 날 담화문」을 읽었다. 아래는 그 일부다.

우리나라를 포함하여 전 지구적인 환경 위기의 원인은 바로 우리 인간에게 있습니다. 세상에 만연해 있는 경제 만능주의, 생명경시 풍조, 소유와 향락, 무절제한 자연 개발이 그것입니다. 인간이 모든 것을 만들 수 있고, 해결할 수 있다는 오만함에서 비롯된 죄(罪)의 상황입니다. 이는 또 다른 바벨탑의 모습입니다. 하느님께서 지극히 사랑하시는 다른 피조물을 돌보아야 한다는 책임을 망각한 것에서 생겨난 문제인 것입니다.

선지자들은 위와 같이 인간이 각성해야 할 것을 일깨우고 있으나, 경제 만능주의, 자아중심주의, 향략주의에 맛을 들인 아담의 후예들은 삶의 패러다임을 바꿀 줄 모른다. 그래서 신은 인간을 정신적 천형 속에 방기해두는 것인가.

시청 앞 프라자호텔 커피숍
광장 쪽 창가에서

(둘도 없는 친구 宋과 나는)
「디젤 엔진」에 피는 들국화와 같이
조향 선생님을 뵙고 있었다

―서울서 한 십 년은 돼야…… 된다 카데

(그 십 년이 휘익 가고,
가고, 또 가고……)

― 이석근, 「그 무렵」 전문

"「디젤 엔진」에 피는 들국화"는 시인 조향의 「바다의 층계」에서 인용한 시구다. 조향은 "시에 외래어를 대담하게 도입, 과거의 산문적 설명적 요소를 철저히 배격하고 상상력을 통한 이미지를 발굴하여 그것들의 비약과 충돌을 시도하는 작법으로 초현실주의 계열의 시풍을 개척한 시인"이라는 평가를 받고 있다. 조향은 일찍이 동아대 국문과 교수와 문과 대학장을 역임했으나 말년은 무척 쓸쓸했다고 한다. 그 자신이 차기 동아대 총장을 노린다는 모함으로 대학을 떠나야 했고, 서울로 온 이후 그의 초현실주의 시학에 동조하는 모임이 있던 강릉 해변에서 심장마비로 생을 마감했다고 전한다. 그의 전위적인 시만큼이나 삶의 공간에서도 파격적이어서 부산은 물론이고 서울 등지의 문인들에게도 기피인물로 간주되었다. 아마 서울로 자리를 옮겨 조향의 전위적 시론에 동조하던 모임의 멤버 중 하나가 화자가 아니었을까. 고독과 소외에 몸서리를 떨던 조향, 한 십 년 지나면 정착이 될 줄 알았을까. 그 십 년이 휘익 가고 가고, 또 가고.

새라고 부르리라. 멀고 깜깜한 삶의 구만리장천을 오랫동안 혼자서 훨훨 날아가다가 어느 한 순간 너무 힘이 들고 온 몸이 떨리듯 서러워서 파도 없는 잔잔한 바다 위로 가만히 내려앉아(사실은 잠시 쉬었다가 가려고 한 것이) 그만 깜빡 하고 깊이 잠이 든 채 아직도 깨어나지 못하는 한 마리 아빠 새라고 부르리라.

외로움에 숭숭 구멍이 뚫려 있는
늙은 바위새라 부르리라.
  – 김용오, 「무인도」 전문

무인도, 외로움에 숭숭 구멍이 뚫려 있는 늙은 바위새가 아빠새라고 인식한다. 아무도 살지 않는 외로운 바위섬이 늙은 아빠새의 실존이란 말인가.

새로 표상되는 자유를 구가하던 화자는 스스로 외로움에 숭숭 구멍이 뚫려 있는 늙은 바위, 무인도로 인식되고 있다.

다들 왜 이렇게 쓸쓸한 포즈인가. 시인은 아담의 후예로서 쓸쓸한 실존적 포즈를 극명하게 양식화하는 사람인지 모른다. 양애경의 화자는 스며나온 핏물이 도랑에 넘쳐흐르는 어느 겨울 팔십 줄 엄마랑 열한 살 된 말티스 잡종 한 마리랑 꼬부라진 새우를 먹고 있고, 유승우의 화자는 자기를 포함하여 인간이란 망나니라고 자탄하고, 이석근의 화자는 고독했던 스승 조향을 추억하며 생의 덧없음을 곱씹고, 김용오의 화자는 외로움에 숭숭 구멍이 뚫린 늙은 바위새라고 역시 자탄한다(『시문학』 2011년 7월호).

신 카스트 시대와 '무월리'

좀 더 밝은 눈으로 세상을, 시를 읽고 싶다. 오늘의 시단도 어느 잡지 출신이냐, 에 따라서 그의 작품의 값이 매겨지는 것 같다. 제아무리 시를 잘 써도 그가 세칭 3류잡지 출신이라면 그의 작품은 아예 눈여겨보지도 않는다.

그런 점에서 최근 계간 『시인시작』이 편집 체제를 일신하면서 어느 잡지 출신인지를 밝히지 않고 등단 연도만 명기하고 있다. 참 신선한 편집이 아닌가 한다.

좋은 시지만, 출신 성분에 의해 저평가 받는 일만은 없어야 할 것이다. 가뜩이나 신 카스트 사회가 도래했다고 하는 이즈음, 예술마저도 출신성분에 의해서 작품가치가 평가된다면 너무나 슬픈 일이다. 개인의 능력보다는 어느 집안 출신이냐, 에 따라 운명이 결정된다고 하는 신 카스트 사회.

'개천에서 용 나는 시대'가 막을 내리고 있다. 20대 태반이 백수인 '이태백' 세대에게 '자수성가'는 공감하기 어렵다. 부모의 자산과 소득이 떠받쳐 주지 않으면 하류층에서 상류층으로 상승은 불가능하다. 신분 상승이 사실상 막히면서 한국은 점차 신 카스트사회로 접어들고 있다.

어느 기획특집 기사다. 결코 과장된 말이 아니다.

나는 그림 그리는 사람입니다. 재산이라곤 붓과 파레트밖에 없습니다. 당신이 만일 승낙하셔서 나와 결혼해 주신다면 물질적으로는 고생이 되겠으나 정신적으로는 당신을 누구보다도 행복하게 해 드릴 자신이 있습니다. 나는 훌륭한 화가가 되고 당신은 훌륭한 화가의 아내가 되어주시지 않겠습니까? 귀여운 당신을 내 아내로 맞이한다면 그보다 더한 행복은 없겠습니다. 내가 이제까지 꿈꾸어 오던 내 아내에 대한 여성상은 당신과 같이 소박하고 순진하고 고전미를 지닌 여성이었는데 당신을 꼭 나의 배필로 하느님께서 정해주신 것으로 믿고 싶습니다.

이 연애편지는 1939년 겨울 춘천에서 고향 양구로 돌아온 박수근이 그의 아내가 된 김복순 여사에게 보낸 것이라고 한다. 이 연애편지는 처녀의 아버지에게 발각되고 우여곡절 끝에 박수근은 낙담하여 식음을 전폐하고 앓아누웠는데, 놀란 박수근의 부친이 그 처녀의 집을 찾아가서 담판을 지어 김복순 여사의 부친에게서 승낙을 얻어내어 그녀를 아내로 맞아들이게 되었다는 것이다.

박수근에게 김복순 여사는 "처음이며 마지막인 유일한 모델이었고, 사랑이었고 생애의 모든 것"이었다고 하니, 그의 사랑도 그의 그림만큼이나 감동적이다.

그러나 정작 박수근은 훌륭한 화가가 되었지만 너무나 찢어지게 가난하여, 그는 그림을 헐값에라도 팔았고, 돈이 없어 백내장 수술을 미루다가 한쪽 눈을 실명한 후 간경화가 악화되어 죽었다. 그러던 그의 그림이 지금 한 점에 수십억 원을 호가한다니... 하긴 고흐는 생전에 그림 두 점만 팔았는데, 그것도 그의 동생이 사갔다고 한다.

박수근이나 고흐처럼 순결하게 예술 하기가 더욱 힘든 오늘의 신 카스트 시대.

> 빡빡 얽은 얼굴의 손 꽉 잡고
> 이 시장(市場)에서 엄마가 제일 예뻐
> 아가야 너의 오줌똥 향내 사라꽃이네
>
> — 문덕수, 「대화」(『시와 경계』 2009년 겨울)

어제 본지 편집주간인 성선경 시인을 만나 차를 마시면서, 모처럼 즐거운 대화를 나눴는데, 성 주간이 하는 말, "나는 시 읽는데 스트레스가 없다. 왜냐하면 내가 읽고 싶은 시만 읽기 때문이다. 평론가나 연구자는 읽기 싫은 시도 읽어 해석하고 평가해야 하지만, 나는 시인이어서 그럴 필요가 없다." 그렇다. 자신이 좋아하는 음식 먹고, 읽고 싶은 책만 읽고 하면 좋은 일이다. 정말 짧은 인생, 하기 싫은 일 억지로 하며 살기엔 너무 생이 아깝다.

그런데 눈만 좀 밝게 뜨면 세상은 참 매혹적이다. 우리에게는 너무나 많은 선택과 배제를 할 수 있는 자유가 주어져 있다.

신 카스트 시대라곤 하지만, 출신성분이나 세평과는 상관없이 내가 좋다고 생각되는 시 읽기의 즐거움을 무한히 누릴 수가 있다. 소위 좋은 시라고 구획해 놓은 제도권의 규정에 따라 읽을 이유는 전혀 없는 것이다. 그러나 우리는 실상, 말만 그렇지 신 카스트 시대가 구획해 놓은 틀 속에 함몰되어 진정한 자유를 누리지는 못한다.

신 카스트 시대, 문덕수의 '대화'는 시사하는 바가 크다. 빡빡 얽은 얼굴의 엄마를 제일 예쁘게 보는 '마음', 아가의 오줌똥이 꽃향내라고 화답하는 엄마의 '마음'— 두 마음이 맞잡은 손!

한강변에 줄줄이 늘어서서 아파트들
　한강물에 옹알거리며 드러누워 아파트들
　그들은 뿌리가 하나
　속 깊이 감추고 L자로 붙어서 산다
　흥분한 물새 한 마리가
　누워 사는 아파트들을 발로 차 올라
　허공을 허물어뜨린다
　배 한 척이 아파트 유리창을 짓이기며 지나간다

　한강변에 옹벽으로 늘어서서 아파트들
　누워 사는 반쪽의 몸을 끝까지 지켜보고 있다.
　　　　　　　　　　　　 － 김규화, 「한강변」(『디층』 2009년 겨울)

　　인사가 배제된 세계에도 계급투쟁은 존재하는 것인가. 한강변에 줄줄
이 늘어선 아파트들과 한강물에 드러누워 있는 영상, 그들은 한 뿌리로
써 L자로 붙어 산다. 평화로운 풍경에 시기심이 발동했는지, 흥분한 물
새 한 마리가 누워 사는 아파트들 발로 차 올려 허물어뜨린다. 게다가
배 한 척마저 아파트 유리창을 짓이기며 지나간다. 무슨 심술들인가. 한
강변에 옹벽으로 늘어선 아파트들, 누워 사는 반쪽 몸을 끝까지 지켜보
고 있다.
　　이 시는 육체와 정신의 관계를 투영한다고도 볼 수 있다. 정신의 실존
적 불안과 떨림이 실상은 육체(현실)와 아무 상관없는 것인지도 모른다.

　　연둣빛 담쟁이넝쿨이 돌담을 덮고 있는 마을을 지나왔다.
　　단감나무들이 초록빛 잎새들을 키우고 있는 과수원 길을 걸어왔다.
　　마을 저쪽 키 큰 미루나무들 사이 까치 두어 마리 나뭇가지를 입에 물고
　날아오르고 있었다
　　민들레꽃들이 샛노랗게 길을 덮고 있는 봄날 저녁이었다

감꽃들이 피었다 지는 사이 너스레를 떨고 있는 감또개들을 다독이며 노을이 지고 있었다

낮 동안 소낙비라도 한줄금 내렸는가

나조볕들이 송신증으로 샛노랗게 마을을 물들이고 있었다

무월리 무월리 무월리……해거름을 뒤로한 채 달이 뜨고, 바람이 불었다

깜박 땅거미가 지자 달빛이 엉덩이를 흔들며 춤추기 시작했다

춤을 추며 온 마을을 어루만지기 시작했다 달빛은 이렇게 한세상 주물러 터뜨렸다.

                 — 이은봉, 「무월리」(『서정과 현실』 2009년 하반기)

인터넷에서 검색을 해보니, 무월리의 정체가 드러난다. "달이 떠오르면 그 마을 산자락이 달의 얼굴을 어루만지는 형세가 된다는군요. 그래서 그 마을 이름이 달을 어루만지는 마을, 무월리입니다." 이 시에서 무월리는 일종의 상징 공간이다. 실제 무월리를 넘어 이상공간, 도시의 현대인들이 언젠가는 귀거래하고 싶은 파라다이스다.

실제 무월리에는 송일근이라는 사람이 살고 있다고 하는데, 자칭 농부지만, 다른 사람들은 그를 도예가라고도, 토우작가라고도 부른다고 한다. 그는 흙과 더불어 정말 자연친화적으로, 현대인들이 보기에 부러운 삶을 산다는 것이다.

무월리는 마을이 달을 어루만지고 달이 마을을 어루만지는 자연과 인간의 완벽한 동일성을 획득하는, 서정적 비전이 이루어지는 곳이다.

이곳 무월리에 도달하기 위해서는 송일근 씨처럼 많은 것을 버려야 할 것 같다.

문덕수의 「대화」는 이은봉의 「무월리」에서는 설득력이 있을 것 같다. 무월리는 오늘의 카스트 시대의 화법이 통하지 않는, 달이 인간을 어루만지고, 인간이 달을 어루만지고, 해서 인간이 인간을 어루만지는 낙원

을 회복한 공간이기 때문이다. 김규화의 「한강변」에서가 환기하듯이, 신 카스트 사회가 환기하는 도시자연은 인사가 배제된 곳에서도 계급적 폭력성이 존재하고 있다. 인사가 배제된 공간에서도 계급의 폭력성이 내재되어 있다면, 신 카스트 시대로 일컫는 우리 시대는 최석균의 「음모」처럼 개인의 실존은 늘 불안하다. 그래서 언제나 그리운 건 '무월리'다. 그러나 우리는 신 카스트 시대의 위로 솟구치는 욕망을 버리지 못해 무월리를 누리지는 못한다, 결단코.

뒤가 가렵고
뭐가 스멀거리는 날
자리 밑을 쓸다가
몇 낱의 음모를 발견했다
머리카락이 아니고 음모였다
예사로이 넘겼다간
내가 남긴 음모에 내가
당할 수도 있는 증거였다

자리 밑에는 슬그머니
누군가의 음모가 엉켜 있다
쓸고 닦고 유심히 보면
그냥 지나칠 뻔한 누군가의
꼬불꼬불한 음모가 수없이 있다
불면 날아가 버릴 그 음모에
누군가가 날아갔을지도 모를
수많은 날들이 있다
　　　　　　　　　－최석균, 「음모」(『서정과 현실』 2009년 하반기)

　　　　　　　　　　　　　　（『서정과 현실』 2010년 상반기호)

IV

생명, 사랑, 기도
— 김남조론

1. 비명 상처의 자의식과 시의 생명

김남조는 1998년 제14시집 『희망연습』(시와시학사)을 출간하고서 "비로소 시에 대한 두려움이 가신 듯 합니다."(2001년 『월간조선』 11월호 인터뷰)라고 밝힌 바 있는데, 완숙경에 도달한 김남조 시인이 이제까지 자신의 시세계를 결산하는 의미 깊은 自選 시집 『김남조 시 99선』(선, 2002)을 근자에 출간했다.

이 선집은 김남조 자신이 손수 99편을 골라 묶은 시집이기 때문에 그의 시적 지향점을 선명하게 보인다. 이 선집은 한국의 대표적인 여성시인으로 많은 독자를 확보하고 있는 김남조의 시세계를 스스로 뚜렷하게 드러낸 점에서 의의를 지닌다.

김남조는 1951년 서울대 사대를 졸업한 이후 고교 교사를 거쳐 숙명여대 교수로 오랫동안 봉직했으며, 서울대 교수인 저명한 조각가 김세중과 결혼함으로써, 예술의 名家를 이루었다. 그만큼 화려한 예술가적 삶을 살아온 셈이다.

그러나 김남조 시는 화려한 외양과는 달리 가족사적 비극과 민족사적 비극이 맞물린 비명과 상처의 내면의식으로부터 시작된다.

　　나의 이십 대는 전란과 궁핍으로 채색된 밑그림 위에 삶의 잡다한 구조물들이 위태로이 얹히는 연대였다. 미숙한 젊음이 삶이라는 큰 과제를 풀어가려는 거기에 시대적 수난과 장애가 내리누르고, 더하여 내면의 은밀한 연쇄 충격들이 막무가내로 비명과 상처를 돋아 오르게 하였다.

　　빈방에서 색종이를 갖가지 모양으로 오리며 혼자 놀았던 유년기를 거쳐 식민지 교육의 부조리와 비애 속에서 나는 병약한 아이로 자랐다. 초등학교를 마치면서 온 가족이 일본으로 가게 되었고, 이때부터 이방인의 자의식에서 헤어나질 못했다. 종이의 질도 거친 잡기장에 어수선한 독백을 잇달아 써넣곤 하던 여고 시절엔 폐결핵을 앓게 되어 그로부터 십수 년 간을 남들이 이른바 지병이라 일컫는 이 병과 동거하는 사이가 되었다. 2차 세계대전 말기의 암담함과 궁핍 속, 그것도 남의 나라에서 '나'라는 부담에 또한 '우리'라는 비참함에 짓눌리며 망연자실한 심정을 체험하곤 했다.

　　이 글은 『시와 정신』(2002년 가을호) 창간호에서 「전란이 일깨워준 삶의 존귀함」이라는 제목으로 밝힌 김남조의 '젊은 날의 초상'의 일부다. 무릇 이 글을 읽으면, 예술은 예술가의 고통을 거름으로 피어나는 꽃임을 실감하게 된다. 겉으로 보기에 화려하고 평탄하게만 보이던 김남조의 내면은 이렇듯 고통으로 점철되었던 것이다.

　　생명은 추운 몸으로 온다
　　벌거벗고 언 땅에 꽂혀 자라는
　　초록의 겨울 보리,
　　생명의 어머니도 먼 곳에서
　　추운 몸으로 왔다

　　진실도

부서지고 불에 타면서 온다
버려지고 피 흘리면서 온다

겨울 나무들을 보라
추위의 면도날로 제 몸을 다듬는다
잎은 떨어져 먼 날의 섭리에 불려 가고
줄기는 이렇듯이
충전 부싯돌임을 보라

금 가고 일그러진 걸
사랑할 줄 모르는 이는 친구가 아니다
상한 살을 헤집고
입맞출 줄 모르는 이는 친구가 아니다

생명은 추운 몸으로 온다
열두 대문 다 지나온 추위로
하얗게 드러눕는
함박눈 눈송이로 온다

— 「생명」

　‘생명’은 김남조 시의 핵이라 할 수 있다. 김남조는 젊은 시절 폐결핵
을 앓고 아버지와 형제 셋을 잃고 어머니와 단둘이 외롭고 가난한 생계
를 이어갔던 艱難辛苦와 전쟁의 체험 등에서 생명에 대한 남다른 인식
을 가졌던 것이다. 1953년 출간한 첫 시집 제목이 ‘목숨’인 것은 우연이
아니다. 전쟁의 와중에 목숨이 정말 목숨일 수 없는 처참한 상황은 김남
조 시 형성에 중요한 토대가 되었다.
　인용시는 “생명은 추운 몸으로 온다”고 시작한다. 생명은 고통의 몸
을 입고 온다는 의미다. 그 이미지는 벌거벗고 언 땅에 꽂혀 자라는 초
록의 겨울 보리로 형상화된다. 이 시에서 생명과 등가를 이루는 것으로

'진실'을 제시하는데, 이것도 부서지고 불에 타면서, 버려지고 피 흘리면서 온다고 노래한다. 또한 생명은 겨울 보리와 함께 하얗게 드러눕는 '함박눈 눈송이'라는 이미지로 형상화되고 있다. '함박눈 눈송이'는 추운 몸이 아니면 그 존재 자체를 잃어버리게 된다. 추운 몸일 때 눈송이가 존재태를 드러내는 것처럼 생명은 추위가 환기하는 혹독한 고통 속에서 배태하는 것이다.

김남조는 생명의 시련, 고통을 긍정적으로 인식한다. 그래서 금 가고 일그러진 걸, 사랑할 줄 모르는 이, 상한 살을 헤집고 입 맞출 줄 모르는 이는 친구가 아니라고 노래한다.

김남조 시는 비명과 상처의 자의식이 빚은 생명이다. 비명과 상처의 자의식이 없이는 존재할 수 없는 것이 그의 시고 생명이다. 벌거벗고 언 땅에 꽂혀 자라는 초록의 겨울 보리처럼 김남조 시가 경이롭게 여겨지는 것은 후경에 깔린 겨울 이미저리 때문이다.

2. 겨울 이미저리와 전경화된 생명

김남조 시의 '생명'은 늘 겨울 이미저리와 함께 한다. 이 시집에 수록된 「겨울과 봄의 노래」, 「겨울 바다」, 「겨울 꽃」, 「겨울 그리스도」, 「겨울 애상」, 「겨울에게」, 「다시 겨울에게」, 「눈」, 「설일(雪日)」, 「겨울 나무」처럼 겨울 이미저리는 김남조 시의 생명의 산실이다.

나를 가르친 건
언제나 시간
끄덕이며 끄덕이며 겨울 바다에 섰었네

— 「겨울 바다」 일부

김남조 시의 '겨울' 이미저리는 그의 대표작의 하나인 「겨울 바다」에서 잘 나타난다. 화자를 가르치는 건 언제나 시간이었는데, 그 시간은 고통, 아픔의 지속성을 암시하고, 겨울은 깨달음의 시간으로 나타난다. 화자는 봄, 여름, 가을을 지나 겨울 바다에서 끄덕이며 서 있다. 고통과 아픔의 지속성 속에서 깨우친 것은 생의 희망이다. 겨울의 소멸 이미지 속에 배태된 봄의 이미지다. 그의 시에서는 겨울이 봄의 산실이듯이 언제나 고통이나 절망은 희망의 변증법으로 나타난다. 인용시도 '겨울 바다'가 환기하는 암울한 절망감과 허무의식을 극복하고 희망의 삶을 위해서 기도를 끝낸 다음 더욱 뜨거운 기도의 문이 열리는 영혼을 간절히 갈구한다.

> 지난 겨울 눈 덮인 벌판에서
> 아기를 해산하신
> 겨울의 노래
> 그 아기 실하게 자라난
> 새봄의 노래로다
>
> — 「겨울과 봄의 노래」 일부

김남조 시는 겨울에서 출발한다. 앞에서 살펴본 것처럼 그의 시는 병고와 가족사적 불행과 전란 속에서 출발했다. 다시 말해 그의 시는 삶의 겨울에서 시작한 것이다. 김남조 시는 그의 삶의 겨울이 빚은 봄의 시다. 인용시도 겨울을 주된 이미지로 채용하고 있지만, 절망이나 고통으로 귀결되지 않고 새봄의 노래로 귀결된다. 겨울 이미지가 그의 시의 모태로써 시라는 생명의 '아기'를 실하게 자라게 하고 있지 않은가.

> 눈길을 안고 온 꽃
> 눈을 털고 내밀어주는 꽃

반은 얼음이면서
이거 뜨거워라 생명이여
언 살 갈피갈피 불씨 감추고
아프고 아리게
꽃빛 눈부시느니

-「겨울 꽃」 일부

이 시에서도 '꽃'은 겨울을 배경으로 하고 전경화된다. 꽃은 생명
이다. 꽃빛이 눈부신 것은 겨울이라는 혹독한 고통이 자리하고 있기 때
문이다. 이 시는 2수로 되어 있는데, 인용부분은 1수다. 2수에서는 겨울
꽃을 보면서 "나 다시 사람이 되었어"라고 노래한다. 줄기 잘리고 잎은
얼어 서걱이면서도 얼굴 가득 웃고 있는 겨울 꽃 앞에서 오랫동안 동이
났던 눈물 샘솟아 이제 나 사람이 되었다고 노래하는 것이다.

겨울을 배경으로 전경화된 생명의 존재는 환희가 아닐 수 없다. 김남
조의 겨울은 고통을 환기하지만 사뭇 경건하기까지 하다. 마치 생명을
잉태하는 산모의 출혈처럼 경이로운 것이다. 겨울의 이미지는 가장 존
귀한 것과 늘 함께한다. 「겨울 그리스도」에서는 겨울이 바로 그리스도의
수난을 환기하는 것이다. 이 시에서는 그리스도가 눈 덮인 산야를 거닐
으시는 것과 강줄기가 얼어 유리와 수정의 빙판, 곧 바늘 꽂히는 寒氣의
위를 맨발로 걸으시는 모습을 노래한다. 그리고는

울고 싶어라
머리칼도 곤두서는
울연한 추위에
물과 바다의 가장 깊은 곳으로부터
보혈을 섞어 빚은
새봄의 혈액을

한없이 한없이 자아 올리시는
설일(雪日)의 주님

—「겨울 그리스도」 일부

이라고 노래한다. 겨울은 그리스도의 수난을 환기하면서 구원의 새봄
의 혈액을 예비하는 의미를 부여한다. 김남조의 겨울은 생명과 구원을
배태한 것이다. 그래서

들어오너라
겨울,
나는 문고리를 벗겨둔다

—「겨울에게」 일부

라고 노래할 수 있는 것이다.

3. 절대사랑의 노래

김남조 시는 겨울을 후경으로 하고 생명이 전경화되며, 나아가 다시
생명을 후경으로 전경화되는 것은 절대사랑이다. 무릇 생명의 가장 본
질적 속성은 사랑이 아니겠는가. 김남조 시에 나타나는 절대적 사랑은
생명의 호흡에 다름 아니다.

사랑한 일만 빼고
나머지 모든 일이 내 잘못이라고
진작에 고백했으니
이대로 판결해 다오

—「참회」 일부

그래서 김남조 시는 사랑의 절대성을 노래한다. 생명의 참 의미는 사랑이라고 보는 것이다. 사랑한 일 외는 모든 일이 자신의 잘못이라고 인식한다. 김남조 시의 사랑은 기존의 사랑시와는 다르다. 통속성이나 감상성이 범접할 수 없는 매우 품격 높은 사랑을 노래하고 있는 것이다. 사랑의 속성조차 예사롭지 않게 형상화한다.

1
사랑은 말하지 않는 말,
아침해 단잠을 깨우듯
눈부셔 못 견딘
사랑 하나
입술 없는 영혼 안에 집을 지어
대문 중문 다 지나는
맨 뒷방 병풍 너머
숨어 사네

옛 동양의 조각달과
금빛 수실 두르는 별들처럼
생각만이 깊고
말하지 않는 말,
사랑 하나

2
사랑을 말한 탓에
천지간 불붙어 버리고
그 벌이 시키는 대로
세상 양 끝에 나뉘었었네
한평생 다 저물어

하직 삼아 만났더니
아아 천만 번 쏟아 붓고도
진홍인 노을

사랑은
말해버린 잘못조차
아름답구나

—「사랑의 말」

이 시에도 사랑의 절대성이 드러난다. 사랑은 말하지 않은 말이라고 규정한다. 입술 없는 영혼 안에 집을 지어 대문 중문 다 지나는 맨 뒷방 병풍 너머 숨어사는 것으로 형상화하고 있다. 사랑은 말해서는 안 되는 말인 셈이다. 그러나 사랑을 말한 탓에 천지가 불붙어 버리고 그 벌이 시키는 대로 세상 양 끝에 나뉘는 형벌 속에서 한 평생 다 저물어 하직 삼아 만난다. 그래도 그것은 진홍빛 노을의 아름다운 이미지로 나타나고, 사랑은 말해버린 잘못조차 아름답다라고 역설적으로 노래된다. 이런 점에서도 사랑의 절대성은 두드러지는 것이다.

그대만큼 사랑스러운 사람을 본 일이 없다
그대만큼 나를 외롭게 한 이가 없었다
이 생각을 하면 내가 꼭 울게 된다

그대만큼 나를 정직하게 해준 이가 없었다
내 안을 비추는 그대는 제일로 영롱한 거울
그대의 깊이를 다 지나가면 글썽이는 눈매의 내가 있다 나의 시작이다

그대에게 매일 편지를 쓴다
한 구절 쓰면 한 구절 와서 읽는 그대

그래서 이 편지는 한 번도 부치지 않는다

- 「편지」

이 시도 사랑의 절대성을 노래하기는 마찬가지다. 사랑의 대상도 절대적이다. "그대만큼 사랑스러운 사람을 본 일이 없다"고 단정하지 않는가. 사랑의 절대적 대상 앞에 화자는 외로움의 극을 떠올린다. 이 사랑의 대상은 누구인가. 그대만큼 나를 정직하게 해준 이가 없고, 그대는 또한 내 안을 비추는 영롱한 거울이다. 그대에게 매일 편지를 쓰면 한 구절 쓸 때마다 한 구절 읽는 그대이다. 그렇다면 그대는 절대적 존재라고 볼 수 있다.

여기서 김남조가 즐겨 노래하는 '막달라 마리아'를 떠올려 볼만하다. 김남조는 「세 갈래로 쓰는 나의 자전 에세이」(『시와 시학』 1997년 가을호)에서 "그녀는 죄와 통회의 성녀이며 애환의 두 극점이 그녀에게 함께 있었다. 그의 영혼의 내포는 거대하며 그 거대함의 용량 전부로써 번뇌하고 사랑하고 헌신하면서 높이높이 동반하여 인류사의 최고인 분의 全靈을 남김없이 포옹해 드리게 되었다고 나는 그리 믿어온다."라고 밝혔다. 김남조가 말하는 이 '막달라 마리아'는 바로 그의 퍼소나다.

돌도 사위고 말
이천 년 줄곧 타는
불화로의 가슴 그 여자
언제 어디서나
주를 따라 맨발로 달려가는
머릿단 길고 검은
유태 여자

- 「막달라 마리아 3」 일부

사랑하는 분이
눈앞에서 못 박혀 죽으신 후
당신 몸은 못 박는 소리와
그 메아리들의 소리 사당입니다

― 「막달라 마리아 4」 일부

「막달라 마리아 3」은 화자가 기도 드릴 때면 주의 몸 그림자 안에 일렁이는 빛살무늬로 돋아나는 한 여인을 본다고 시작한다. 한 여인은 물론 막달라 마리아다. 신약성경 4복음서에 등장하는 막달라 마리아는 여인 중 예수의 가장 큰 사랑을 입었고, 그래서 그녀 또한 주님을 가장 사랑한 여인으로 알려져 있다. 막달라 마리아는 주님의 특별한 은혜로 일곱 귀신과 병을 내쫓음 받았다. 그래서 그녀는 주님을 섬기며 골고다의 십자가 곁과 무덤까지도 따라갔고, 예수를 장사한 후 사흘째 되는 새벽에 무덤을 찾아가 제일 먼저 부활하신 예수를 만났던 여인인데, 이 막달라 마리아는 창부와 동일시하기도 한다.

김남조는 막달라 마리아에 대해 특별한 관심을 보이는 것이다. 「막달라 마리아 3」의 화자는 全靈이 불에 탄 상처자국인 불화로의 가슴으로 주를 따라 맨발로 가는 머릿단 길고 검은 유태 여자인 막달라 마리아 앞에서는 기죽어 엎뎌 있다. 화자는 막달라 마리아에게 최고의 헌사를 보낸 셈이다. 「막달라 마리아 4」에서도 사랑하는 분이 눈앞에서 못 박혀 죽으신 후 당신 몸은 못 박는 소리와 그 메아리들의 소리 사당이라고 막달라 마리아를 형상화하고 있다. 막달라 마리아의 주님에 대한 헌신과 사랑과 감사를 김남조는 흠모하고 존경하는 노래를 부른 것이다. 김남조는 사랑의 절대성을 막달라 마리아의 표상으로 보여준 것이다. 다시 말해 김남조는 막달라 마리아를 통해 주님에 대한 사랑을 형상화한 것이다.

언젠가 물어 보리

기쁘거나 슬프거나
성한 날 병든 날에
꿈에도 생시에도
영혼의 철삿줄 윙윙 울리는
그대 생각,
천 번 만 번 이상하여라
다른 이는 모르는 이 메아리
사시사철 내 한평생
골수에 전화 오는
그대 음성,

언젠가 물어 보리
죽기 전에 단 한 번 물어 보리
그대 혹시
나와 같았는지를

-「상사」

김남조의 시에 나타나는 사랑은 종교적 색채를 띠든 띠지 않든 절대
적이다. 종교적 색채가 배제된 이 시의 사랑도 기쁘거나 슬프거나 성한
날 병든 날, 꿈에도 생시에도 영혼의 철삿줄 윙윙 울리는 소리로 한결같
이 깊디깊기만 한 절대성을 드러내지 않는가.

4. 기도의 아우라

김남조는 생명과 사랑의 시인이다. 그런데 생명과 사랑은 기도에 의
해서 지탱된다. 앞에서 소개한 대표시의 하나인 「겨울 바다」에도 '겨울

바다'가 환기하는 암울한 절망감과 허무 의식을 극복하는 것은 기도의 문을 여는 영혼으로 나타나지 않았는가.

김남조에게 기도는 보다 특별한 의미를 지닌다. 앞서 인용한 「전란이 일깨워준 삶의 존귀함」의 '젊은 날의 초상'에서 김남조는 어머니의 기도문에 대해 밝히고 있다. 그의 어머니는 자신의 글의 처음 독자이자 대표적인 애독자였고, 결혼 후에도 한집에서 살면서 극진한 사랑으로 손자들을 보살폈으며, 후일 세상을 떠날 때 한 젊은 신부에게 유언으로 기도를 당부하였는데, 그것을 다음과 같이 소개하고 있다.

> 장례식 후 안 일이지만 어머니는 짧게 다듬은 기도 구절을 아예 만들어서 내주셨으며 수중에 있던 돈의 전액을 미사 예물로 바치셨다. 천주교회의 한 사제와 죽은 이와의 서약은 영원히 신성할 수밖에 없고 오늘에 이르도록 어김없이 지켜져 오고 있으며 공포와도 같은 숙연함을 언제나 일깨워준다. 이토록 끈적거리는 점성의 어머니의 피를 나의 심신에 칠범벅이로 입혀 칠하고 나는 살아간다.

김남조 선집은 사뭇 경건한 어조를 띠고 있다. 그것은 생명과 사랑을 감싸는 기도의 아우라(Aura) 때문이 아닌가 한다. 김남조 시가 날로 속화되어 가는 후기 자본주의 포만의 시대, 욕망의 시대에 속 깊은 영혼의 언어로 읽혀지는 것은 기도라는 아우라가 시집 전반의 분위기를 주도하고 있기 때문이다. 김남조의 기도는 어머님에게서부터 시작한다고 보아도 좋다. 마지막 유언으로 젊은 신부에게 딸을 위해 기도를 부탁한 어머니의 점성의 피가 김남조에게 기도로 흐르는 것이다.

하루의 짜여진 일들
차례로 악수해 보내고
밤 이슥히 먼 데서 돌아오는

내 영혼과
나만의 기도 시간

「주님」 단지 이 한 마디에
천지도 아득한 눈물

날마다의 끝 순서에
이 눈물 예비하옵느니
남은 세월 모든 날도
나는 이렇게만 살아지이다
깊은 밤 끝 순서에
눈물 한 주름을
주님께 바치며 살아지이다

- 「밤 기도」

하루 일과를 마치고 신께 뜨거운 감사의 기도를 올린다. '주님'이라
고 부를 때 천지가 아득한 눈물이 된다고 노래한다. 날마다의 끝, 남은
세월의 모든 날도 이렇게 살아지이다고 노래하는 것에서, 기도는 김남
조가 추구한 생명과 사랑에 대한 기원이고 또한 감사의 표현임을 드러
낸다.

김남조 自選 시집 『김남조 시 99』를 통해 다시 확인된 그의 시세계는
비명과 상처의 자의식을 표상하는 겨울 이미저리를 후경으로 생명이 전
경화되고 다시 생명이 후경화되면서 절대사랑이 전경화된다. 물론, 이
절대사랑은 생명의 호흡으로 생명과 분리될 수 없는 것이다.

생명과 사랑은 김남조 시의 보석이라 할 수 있다. 김남조 시의 보석을
더욱 영롱하게 하는 것은 기도라는 아우라가 기능하기 때문이다(월간 『시
문학』 2003년 2월호).

생명중심적 평등사상의 형상화
— 문덕수 시집, 『꽃잎 세기』, 시문학사, 2002

문덕수 시인의 새 시집 『꽃잎 세기』가 나왔다. 문덕수의 16번째 시집이다.

권영민이 『한국현대문학사 1945-1990』(민음사, 1993)에서 "문덕수의 시적 감각은 철저하게 조형적이다. 그는 시라는 문학의 형식이 본질적으로 향유하고 있는 시간성과 음악성의 의미를 공간성과 조형성으로 바꾸어 놓는 작업을 시도하고 있다. 이러한 시도가 바로 이 시인의 실험정신이라고 할 수 있다면, 그것은 일종의 모더니즘의 변주에 해당된다고 하겠다"고 지적한 바대로, 문덕수는 내면적, 심리적 이미지의 자율성을 중시한, 李箱 이후 내면의식을 가장 밀도 있게 추구한 모더니스트로 알려져 있다. 그러나 문덕수는 70년대 이후, 내면의식에 머물러 있지 않고, 현실과 내면의식의 융합에 의한 새로운 시의 지평을 끊임없이 확장해나갔다.

새 시집 '머리'에서는 자신의 시적 궤적을 밝혀두고 있어 흥미를 끈다. 초기에는 바깥 세계(한국전쟁)에 대한 절망이 주요한 원인으로 작용하여 내면의식(무의식)에 생명의 근원이 있는 줄 알고 열심히 탐구했다. 그 후(70년대부터, 자기실현이) 밖에서도 가능할 것이라는 생각으로 시선을 밖으로 돌리면서 부딪친 것은 문명이라는 근대적 상황이었다. '도시', '빌딩', '차량' 등 근대 이성의 산물은 인간을 포위하고 압박하고 소외시키는 부정적 측면으로 다가와 그것에 대한 비판과 고발의 대응을 하게 되었다. 그러던 것이 근자(90년대 이후)에 와서는 無의 스타트라인인 DMZ토포스성(topos性)을 바탕으로 한 'DMZ문학'의 가능성 탐색으로 이행하고 있다. 'DMZ문학'은 분단 통일이나 계급모순, 민족모순 같은 단선논리가 아니라, 역사로부터 바깥으로 더 한참 나가고 내려가서 자연의 동식물로까지 넓혀, 깊이 사유하는 것이다. 그래서 남/북, 미일/중러, 모더니즘, 에콜로지가 모두 DMZ 철조망에 걸리고 철조망이 갖는 새로운 의미군의 다양한 불을 켜는 것이다.

이처럼 90년대 이후의 문덕수는 DMZ토포스성(topos性)을 바탕으로 한 'DMZ문학'을 주창한 것이다. 이 시집에 첨부된 권말 詩論「언어와 사물의 만남」은 그의 'DMZ문학'을 이해하는데 도움을 준다.

이 시론은 시 쓰기에 있어서 시인이 추구하는 것은 진실, 진리의 세계이고, 그것은 일단 있는 그대로의 사물의 참된 실제를 추구하는 데서 출발하는 것이라고 본다. 그러면서, 하나님이 사물을 창조하고 아직 아담이 그 사물에 대한 이름을 지어주기 이전의 그 공백 기간, 즉 언어 이전의 사물, 또는 언어라는 의상을 완전히 벗어버린 적나라한 사물의 세계야말로 바로 제로(zero) 지점과 같은 원점이라고 인식한다. 이 같은 사물의 참된 실재, 그 자유로운 원점의 체험이 없이, 코기토 에르고 숨(Cogito, ergo sum)을 추종한다든지, "나는 낭만주의자다, 근대주의자다, 모더니스트다"라고 하는 것은 스타트 라인까지 가지 않고 중간 지점에서 경주에 참가하는 반칙행위나 다름이 없다는 것이다.

문덕수가 말하는 사물의 참된 실재, 그 자유로운 원점의 체험이 그 자신에게 있어서는 초기에는 내면탐구를 시작으로 집요하게 모색되다가 변주를 거쳐 90년대 이후에는 그가 주창한 'DMZ문학'으로 귀결되고 있는 셈이다.

이번 시집은 '공생의 다원성', '상호의존성', '생명권평등주의' 즉 '생명 중심적 평등사상'을 토대로 한 또 다른 자기실현을 구축하는 'DMZ시학' 의 결정판으로, 그가 초기에 보여주었던 내면의식 탐구정신과 버금가는 치열성을 보인다.

> 도시를 덮치는 한라산만한 파도도
> 쬐그만 비늘의 반짝임이다
> 고목 곁에서 10배나 더 높은 험준한 빌딩이 어느새
> 성냥갑이다
> 위성이 궤도를 잡아 도는
> 밤도 아닌 한낮에
> 산 바다 사막 한반도 육대주가 서서히 멀어지면서 윤곽을 지운다
> 어느 틈에
> 야구공만한 地球
>
> ―「우주에서」

오늘날 자주 운위되는 시의 위기론도 따지고 보면, 90년대 이후 시의 경박함이 그 主因이 아닌가 한다. 시인이 일상인과 크게 다를 바 없고, 시가 일상문과 크게 다를 바 없는 그 가벼움에 문제가 있는 것이 아니겠 는가. 시인은 수를 헤아릴 수 없을 만큼 많지만 한 시대정신을 이끌어갈 만한 시인은 손가락으로 꼽을 정도라도 되겠는가. 시인의 양적 팽창이 급격하게 이루어지는 이 시대에 절실한 것이, 문화적 교양을 바탕으로 한 치열한 탐구정신이 아닌가 한다.

문덕수의 새 시집은 그동안 문덕수가 끊임없이 연마한 문화적 교양을 토대로 한 탐구정신의 결실이라고 보아도 좋다. 나는 어느 글에서 근자 의 문덕수의 시에 대해 '견자의 시각'이라는 말을 한 적이 있는데, 그건

그의 詩眼이 사물의 본질을 꿰뚫고 있기 때문이다. 이번 시집은 앞에서 지적한 언어 이전의 사물, 또는 언어라는 의상을 완전히 벗어버린 적나라한 사물의 제로(zero) 지점을 통과하여 사물의 참된 실재에 근접하고 있는 것이다.

문덕수는 거시적 시각과 미시적 시각을 두루 공유하면서 사물을 응시한다. 「우주에서」는 거시적 시각을 보여준다. 한라산만한 파도를 눈앞에서 보면, 그것은 도시도 순간적으로 덮쳐버릴 수 있는 괴물과도 같지만 우주적 시각에서 보면, 쬐그만 비늘의 반짝임에 불과하다. 우주적 관점에 서면 지구 자체도 야구공만한 것에 불과하지 않는가.

연못에 떨어지는 빗방울이 동그랗게 수면을 파면서 수만 개의 자잘한 물기둥으로 다시 솟는다 그 물기둥의 목이 石筍처럼 똑똑 잘리면서 눈깔사탕만한 투명한 구슬방울이 된다 어떤 건 포물선형으로 휘늘어진 풀잎을 뛰어넘고 어떤 건 줄기에 매달려 미끄러지고 그냥 수직으로 玉碎한다 빗줄기 틈새로 놀란 개구리, 곤충 한 마리 빗줄기 치는 잎사귀 밑에 거꾸로 붙어서 소나기를 피한다 빨간 딱정벌레가 풀잎 위로 기어가다가 휘어져 튕기는 바람에 굴러 떨어진다 개미 대여섯 마리 歸巢 도중에 신호체계가 무너졌는지 길을 잃고 방황한다 소나기 뒤에 연못에는 평화처럼 맑은 허무가 내려앉는다
— 「빗방울」

이 작품에서는 미시적 시각을 보인다. 연못에 떨어지는 빗방울이 동그랗게 수면을 파면서 수만 개의 자잘한 물기둥으로 다시 솟는 모습을 현미경적 묘사로 그 미세한 생명의 파동을 선명하게 그린다. 개구리, 곤충, 딱정벌레, 개미 등의 생태를 생명권평등주의 시각에서 그려내고 있지 않는가.

이번 시집에서 문덕수는 도시, 빌딩, 차량 등이 표상하는 근대 이성에 대한 비판과 고발적 대응에서 눈을 돌려 '공생의 다원성', '상호의존성',

'생명권평등주의 사상'으로 '까치', '꽃잎', '떡갈나무', '플라타너스', '개나리', '낙엽', '끈끈이주걱', '매미', '꽃씨', '바위' 등의 사물세계를 집중적으로 노래하고 있다.

> 꽃은 죽음으로 피어 있다
>
> 바람이 와서 가만가만 흔들어 본다
> 나비 한 마리 와서 앉아 본다
> 行星의 한 간이역이다
>
> 지구는 제 궤도로 돌고
> 스스로 죽고 있는 꽃, 곁에서
> 꽃보다는 바위라고
>
> 바위는 제 말을 죽이고 있다
>
> —「꽃과 바위」

　1961년 『현대문학』 3월호에, 무의식의 심리상태에서 연상작용에 의해 떠오르는 이미지들을 결합하여 내면세계를 그려낸 초현실주의적 기법의 「꽃과 언어」라는 시를 발표하고서 40여년이 지난 후 새 시집에서 「꽃과 바위」라는 시를 발표하고 있다.

　「꽃과 언어」에서는 무의식의 내면탐구에서 존재의 본질을 드러내려 했다면, 「꽃과 바위」는 존재의 '공생적 다원성', '상호의존성', '생명권평등주의'에서 그 본질을 드러내려 한 것이다. 꽃과 바람과 나비, 그 곁의 바위의 생명적 네트워크에서 존재의 비밀을 탐색하고 있다. 꽃은 바람이나 나비의 간이역이다. 바위 또한 꽃이 소멸되면 자신의 존재도 소멸되는 것과 같다. 바위라고 인식하는 주체인 꽃이 사라지면, 바위라는 의

미도 지워질 터이다. 이렇듯, 이질적인 존재들의 공생적, 상호의존적 생명네트워크의 질서 속에서 존재의 의미가 드러나지 않는가.

「꽃과 언어」의 '언어'에서 「꽃과 바위」의 '바위'로의 이행은 그동안 문덕수의 시적 궤적을 상징적으로 보여주는 듯하다. 현실에 머무르거나 안주하지 않고 끊임없이 새로운 시의 지평을 모색하는 문덕수의 실험정신이 새 시집에서도 선명하게 드러난다.

이번 시집은 '생명중심적 평등사상'을 토대로 한 'DMZ시학'을 구축하고 있다. 'DMZ'는 분단이 빚은 비극적 상징이지만, 이 공간에서는 다른 지역에서 다 파괴된 생태환경이 고스란히 복원되어 생명중심적 평등네트워크가 살아 숨 쉰다. 이 'DMZ'에 문덕수는 주목한 것이다. 그러나 그의 'DMZ시학'은 단순히 DMZ토포스성(topos性)에 한정되는 것은 아니다. DMZ라는 지리적 공간 의미보다는 그 정신이 더 중요하다고 본다. 이번 시집에서 DMZ를 소재로 한 시편은 거의 없지만 DMZ시학의 결정판이라고 규정되는 것은 이 시집에 흐르는 DMZ정신, 곧 생명중심적 평등사상이 시적 형상성을 획득했기 때문이다.

서평이라는 짧은 지면의 한계로 이 시집에 나타난 생명중심적 평등사상을 구체적으로 살펴보지 못하고 하나의 명제로만 제시한 점은 아쉬움으로 남는다. 이 시집을 토대로 문덕수의 생명중심적 평등사상의 DMZ시학이 다양한 담론형태로 펼쳐지기를 바란다(『다층』2002년 여름호).

승속을 초탈한 불이(不二)의 세계
─ 시승(詩僧) 조오현론

1.

　월간 『현대시』(2003. 3)의 '조오현 커버스토리', 계간 『열린시학』(2004. 겨울)의 '시인연구 조오현' 등과 같이 몇몇 문예지에서 시승(詩僧)인 무산 조오현 스님의 시세계를 집중조명하여 눈길을 끌고 있다. 그것은 근자에 조오현 시집 『절간 이야기』(고요아침, 2003), 신경림 시인과 오현 스님의 『열흘간의 만남』(아름다운 인연, 2004) 등이 출간되면서 더욱 시승 조오현에 대한 관심이 증폭된 일면도 없지 않다.

　자본주의 체제가 고도로 발달하면서 지나친 욕심이 빚어낸 여러 가지 부작용들과 직면하고 있는 이즈음 승속을 초탈한 무욕의 세계를 보이는 시승 조오현 시인의 시가 화제가 되고 있는 것은 우연이라 할 수는 없다.

　조오현이 주목받는 것은 욕망의 무한 질주로 치닫는 현대 자본주의적 삶의 방식에 대해 그의 시가 안티테제로 기능하기 때문인지도 모른다. 근자의 시단에도 선시가 유행 담론으로 등장하고 있기는 하지만, 일반 시인들의 선시와 시승 조오현의 선시와는 근본적인 차이가 있다. 일반 시인들의 선시가 수행적 깨달음에서 빚은 시승의 선시 세계에 미치기는 어려울 것이다.

　　저야 뭐 대단한 시를 쓰는 사람은 아니라서 어떤 때 어떻게 쓴다고 말하기가 좀 그렇습니다. 평생 시승(詩僧) 칭호로 살아오면서 고작 시조 100수, 시 30여 편이 될까 말까 하니 시승이라 할 수도 없지요. 또한 스스로 자신이 시인이라고 생각해 본 일도 없습니다. 다만 저는 무슨 말을 하고 싶을 때 그것을 시로 씁니다. 어떤 서러움이나 기쁨이나 하여튼 그런 감정이 일어나면 그것을 문자로 붙들어 놓은 것이 시가 됩니다.

　인용문은 『열흘간의 만남』에서 신경림 시인이 "스님은 어떤 시를 쓰십니까. 스님은 수행자니까 그냥 수행만 하면 될 텐데 굳이 시를 쓰는 이유가 무엇인지 궁금하고요."라는 질문에 답한 것이다.

　1968년 『시조문학』에 천료된 이후 시조 100수, 시 30여 편이라면 과작이라고 할 수 있지만, 그러나 시승의 시는 전문적인 시인이 시적 영감을 받아쓰는 것보다는 "무슨 말을 하고 싶을 때" 쓰는 오도송이나 게송 같은 선시이기 때문에 일반 시인들의 시작(詩作)과 단순 비교할 성질은 아니다.

　　전통적인 선시는 깨달음을 노래한 오도송, 죽음을 앞두고 자기 인생을 압축해서 얘기하는 열반송 같은 것이 대표적입니다. 또 제자들에게 훈계나 잠언을 내릴 때도 게송을 써서 보여 주기도 합니다. 이런 선사들의 게송을 보면 뛰어난 선적 깨달음과 문학적 서정성이 들어 있는 것이 많습니다.

　인용문은 역시 『열흘간의 만남』에서 조오현이 선시에 대해서 지적한 것이다. 그렇다면 조오현 스님이 수도의 길에서 만난 깨달음을 130여 편의 선시로 표현했다고 본다면 결코 과작이라 말할 수 없게 된다. 수행자의 깨달음이라는 것은 거의 득도의 경지를 말하는 것이니, 일상인은 물론 차치하고 수행자라도 그 깨달음이 어디, 빈번하게 일어날 수 있는 것이 아니지 않은가. 때문에 시승에게 130여 편의 깨달음의 시편은 적지 않은 양이 되는 것이다.

한편, 시승인 조오현의 시는 일반 선사들이 남긴 선시와도 또 다른 측면이 있다는 것을 염두에 두지 않으면 안 된다. 그것은 시승의 시이기 때문에 일반 선사들의 선시보다는 조오현의 시가 시의 자리에 더 가까이 자리하고 있다는 점이다.

> 한나절은 숲 속에서 새 울음소리를 듣고
> 한나절은 바닷가에서 해조음 소리를 듣습니다
> 언제쯤 내 울음소리를 내가 듣게 되겠습니까
>
> 며칠 전 해인사에 계시는 사숙님이 오셔서 "요즘 뭘 해?" 하시기에 위의 시조를 지어보여 드렸더니 "미친 놈! 나는 병(病)이 다 없어진 줄 알고 왔더니 병이 더 깊었군. 언제까지나 도(道)는 안 닦고 장구(章句) 따라 다닐 참인가? 또 헛걸음했군!"
>
> — 「절간 이야기29」

조오현이 스님이기 이전에 시인임을 보여주는 대목이다. 인용시는 수도승으로서 아직까지 참 도에 이르지 못한 안타까움에 대한 선문적 성격이 없지 않지만, 액면 그대로 읽으면 중노릇은 하지 않고 시조나 읊조리는 한심한 시승을 사숙이 책하고 있는 형국이다.

> 저는 문학을 전업으로 하기보다는 불교와 겸업으로 하는 사람이라서 가끔은 혼돈을 느낄 때도 있습니다. 돌이켜보면 상하사불급(上下事不及)이라, 겸업 아닌 겸업으로 시인으로서도 실패했고 수행승으로도 실패했습니다만

군이 불교와 문학, 훌륭한 수행승과 훌륭한 시인 두 가지 중에 하나를 선택하라고 한다면 저는 시인보다는 스님을 택할 것 같습니다. 말은 겸업이지만 어디까지나 저의 본업은 수행자란 뜻이지요.

인용문은 『열흘간의 만남』에서 스님과 시인의 겸업에 대해 겸손하게 입장을 밝힌 글이다. 하지만, 실상 조오현이 수행승으로도 시인으로서도 함께 일가를 이룬 듯하다. 그것은 스님과 시인의 길이 별반 다르지 않기 때문이다. 흔히, 시가 선과 만나면 선시(禪詩)가 된다고 하지 않는가. 『창랑시화(滄浪詩話)』에서, 선도(禪道)는 묘오(妙悟)에 달려 있고, 시도(詩道) 또한 묘오에 달려 있다고 하여 시와 선이 모두 묘오, 즉 말로는 설명할 수 없는 깨달음에 있음을 밝힌 바 있다.

2.

먼저 조오현 시는 운문과 산문을 넘나드는 자유로움이 그 특징으로 드러난다. 조오현은 본래 시조시인이면서도 「절간 이야기」 같은 산문시를 자유자재로 구사하고 있지 않은가.

무금선원에 앉아
내가 나를 바라보니

기는 벌레 한 마리
몸을 폈다 오르렸다가

온갖 것 다 갉아먹으며
배설하고

알을 슬기도 한다.

— 「내가 나를 바라보니」

이는 시조 형식이다. 이 작품은 자아를 투시하며 집중화하고 있으니, 압축된 시조 형식이 적절한 것이다. 자아를 집중 응시할 때는 고도의 응축이 요구되는 바다. 이런 경우 시조 형식은 매우 유효한 양식이 된다.

어떤 젊은 사냥꾼이 때마침 먹이를 찾아 물가에 나온 수달피 한 마리를 잡아 껍질을 벗겨 기세등등 집으로 돌아 왔는데요 그 다음날 내버린 수달피의 뼈가 어디로 걸어간 핏자국이 보여 그 핏자국을 조심조심 따라가니 어느 동굴 속으로 들어 갔는데요 그 어둑어둑한 동굴 속에서 전날 껍질을 벗기고 살을 발라낸 수달피의 한 무더기 앙상한 뼈가 아직도 살아 다섯 마리나 되는 자기 새끼들을 한꺼번에 감싸 안고 있었는데요. 아직 눈도 뜨지 않은 새끼놈들은 에미의 참상을 못 보고 젓을 달라고 칭얼거리고 있었는데요 사냥꾼이 사람이 아무리 지독하대도 그 에미와 그 새끼들을 보고는 살 수도 죽을 수도 없어서 그 새끼들이 자립할 때까지 에미 수달피가 되었다는데요 그 기간이 3년이었지만 3겁(怯)이나 된 것 같았다는데요 결국 세상 길 마음 길 다 끊어졌는데요 세상 길 마음 길이 다 끊어진 사람이 갈 곳은 절간밖에 없었는데요 절간에서도 몸에서 비린내가 난다고 받아주지 않았는데요 숯불을 담은 화로를 머리에 이고 뜰에 서 있었는데요 정수리가 터지고 우레소리가 진동했는데요 그때사 무외(無外)라는 주지가 주문으로 터진 데를 아물게 하고 살도록 허락을 했는데요 이름을 혜통(惠通)이라고 지어 주었다 해요. 물론 신라 문무왕 때 있었던 일이지요.

— 「절간 이야기 26」

이 작품은 혜통 스님의 일화를 테마로 한 스토리 시다. 이 경우는 시조 같은(시조같은) 엄격한 정형성과는 너무나 대조적인 형식이 된다. 이 시는 자유시보다도 훨씬 풀어진 진술 위주로 되어 있다.

앞에서 예시한 고도의 집중화된 운문 형식과 스토리 위주의 산문 형식과의 간극은 매우 크다. 이 같은 형식적 특징은 조오현의 시 정신의 자유로움을 대변하는 것이다.

조오현 시는 한 마디로 승속을 초탈하는 것이다. 그의 시가 보여주는 운문과 산문의 넘나듦이 단지, 형식상의 문제만이 아니라 승속을 넘나드는 사유의 넓이 및 깊이와 관계있는 것이다.

> 사랑도 사랑 나름이지
> 정녕 사랑을 한다면
>
> 연연한 여울목에
> 돌다리 하나는 놓아야
>
> 그 물론 만나는 거리도
> 이승 저승쯤은 되어야
>
> －「일색변 5」

이 작품만 해도 속인으로서는 헤아리기 어려운 사랑의 넓이와 깊이를 드러내고 있다. 정녕 사랑이라고 한다면 연연한 여울목에 돌다리 하나는 놓는 것은 물론이고 그 만나는 거리도 이승과 저승쯤은 되어야 한다고 하니, 어찌 속인의 사랑이 이를 법이나 한 것인가.

조오현 시에는 속인의 사유와는 색다른 삶의 의미와 가치가 펼쳐져 있다. 이는 물론, 그가 시승(詩僧)이기에 그러하다.

시승 조오현은 그가 지니는 폭넓은 사유와 깨달음의 깊이를 절간 이야기의 산문 형식이나 시조의 운문 형식으로 드러내는 것이다. 그의 시 세계는 일반 시인들과는 달리, 산사에서의 깨달음의 세계를 자유자재로 구사하고 있기 때문에 더욱 주목을 끄는 것이다.

우리절 종두(鐘頭)는 매일같이 새벽 3시만 되면 천 근이나 되는 대종을 울리는데 한 번은 "새벽 찬바람이 건강에 해롭다 하니 다른 소임을 맡는 것이 어떻겠느냐?" 물어보니 "안됩니다. 노덕(老德) 스님 열반종(涅槃宗)도 저가 칠 것입니다. 20여 년 전 조실(祖室) 스님 종성도 그 종소리 흐름이 얼마나 맑고 크고 길었는지……. 그 종성 듣고 울지 않는 사람이 없었습니다. 한데 그날 이후 이날까지 그 소리 한 번도 못 들었습니다. 그날보다 더 조심을 해도 그 소리가 나오지 않는 것을 보니 종도 뭘 아는가 모르지만 노덕 스님 열반에 드시면 그 소리 나올 것 같습니다." 하고는, "좌우지간 그 소리 한번 더 듣고 그만 둬도 그만 둘 것입니다." 하고 그 누구도 맡기 싫어하는 종두 계속하겠다는 것이었습니다.

- 「절간 이야기 20」

　　그 누구에게나 비천하게 보이는 종두(鐘頭)도 나름대로의 삶의 철학이 있다는 것을 보여주고 있다. 매일같이 새벽 3시만 되면 천 근이나 되는 대종을 울리는 종두는, 노덕(老德)이 "새벽 찬바람이 건강에 해롭다 하니 다른 소임을 맡는 것이 어떻겠느냐?" 물어보니 "안됩니다. 노덕(老德) 스님 열반종(涅槃宗)도 저가 칠 것입니다"라면서 20여 년 전 조실(朝室) 스님 열반종을 칠 때의 맑고 긴 종소리 흐름을 다시금 듣고 싶다는 소망을 피력하는 것이다. 따라서 종두가 절에서 종 치는 소임의 궁극은 열반종의 맑고 긴 종소리의 흐름이 환기하는 법열의 세계에 닿아 있다.

　　이렇듯 절간 이야기에는 종을 치고 심부름하는 일개 종두조차 범상치 않은 세계를 지니고 있는 것이다.

　　절이라고 하면 산은 높고 골도 깊고 물도 맑아 그 부근에 가면 기우뚱한 고탑 석불 그을린 석등 버려진 듯한 부도 탑신 주춧돌 홈대 장독 무거운 축대 돌담 돌다리 설해목 같은 것이 보이고 그래서 조금은 서늘하고 고풍스럽고 밤이면 폭포수 떨어지는 소리와 함께 날짐승 산짐승들 울음소리로 하여 적막을 더해줘야 하는데 그렇지 못하고 어떤 도류(道流)들이 살다가 내버리고 간 그래서 담장은 진작 다 허물어지고 마당에는 풀이 무성한 파옥 한 채가 있었는데 언제 어디서 왔는지 한 노승(양실良實;1758-1831)이 그 파옥에 와서 살고 있었는데 마을 사람들은 그 노승을 위해 노승이 외출한 사이 담장을 쌓고 풀을 뽑고 집을 깨끗하게 보수를 해 놓았는데 외출에서 돌아온 그 노승 왈 "풀을 다 뽑아버렸으니 이제는 풀벌레소리도 못 듣게 되었군."

시큰둥한 표정이었는데 집을 보수를 해 놓으니 집 주인이 부자인 줄 알고 도둑이 들었는데 노승은 도둑에게 줄 물건이 없어 입고 있던 옷을 홀랑 다 벗어 주고 알몸으로 마당가에 나와 둥근 달을 쳐다보고 밝아졌습니다.

"저 아름다운 달까지 줄 수 있었더라면 얼마나 좋았을까."

-「절간 이야기 32」

절간 이야기에서 종두(鐘頭)마저도 범상치 않거든 하물며 노승의 이야기야 오죽하겠는가.

어떤 도류들이 살다가 내버리고 간, 그래서 담장이 진작 다 허물어지고 마당에는 풀이 무성한 파옥 한 채가 있었는데, 그곳에 한 노승이 살았다. 마을 사람들은 그 노승을 위해 노승이 외출을 한 사이 담장을 쌓고 풀을 뽑고 집을 깨끗하게 보수를 해 놓았는데 외출에서 돌아온 그 노승은 "풀을 다 뽑아버렸으니 이제는 풀벌레소리도 못 듣게 되었군."이라고 시큰둥한 표정이었다. 집을 보수해 놓으니 집주인이 부자인 줄 알고 도둑이 들자 노승은 도둑에게 줄 물건이 없자 입고 있던 옷을 홀랑 벗어 주고 자신은 알몸으로 마당가에 나와 둥근 달을 쳐다보고 "저 아름다운 달까지 줄 수 있었더라면 얼마나 좋았을까."라고 읊조리는 것이다. 이 같은 인식은 세속적인 생각과 얼마나 천양지차가 나는 것인가.

그렇다면 절간 이야기의 '종두'나 '노승'의 일화는 세속 담론과는 반대 담론임이 분명하다. 그런데 이 같은 안티 담론이 직설적이지 않은 것이 시의 품격을 위해서 다행스러운 일이다. 조오현은 시승으로서 시적 화법을 꿰뚫고 있는 셈이다. 종두나 노승의 일화 같은 시인의 의도를 암시하는 상관물로써 우회적으로 진리의 세계를 계시하고 있지 않은가.

3.

시승 조오현 시는 이미, 불이문의 세계로 들어간 것일까.

> 산 너머 놀 너머
> 일월마저 겨운 저녁
>
> 머물던 하나 소망
> 그나마도 다 사위고
>
> 긴 여운 남기는 바람
> 열어 놓은 내 가슴.
>
> — 「불이문(不二門)」

불이는 둘이 아닌 경지, 곧 나와 네가 둘이 아니요, 생사가 둘이 아니며, 생사와 열반, 번뇌와 보리, 세간과 출세간, 선과 악, 색과 공 등 모든 상대적인 것이 둘이 아닌 것을 천명하는 것이기 때문에, 불이문이 곧 해탈문이 된다고 알려져 있다. 다시 말해, 불이의 진리로써 모든 번뇌를 벗어버리고 해탈을 이루어 부처가 된다고 하여 불이문을 해탈문이라고 부른다고 한다.

이런 경지에서는 언어마저 넘어선다고 본다. 「유마경」에서는 일체 법에는 언설도 없고 보일 것도 없고 알 것도 없다면서 모든 법문을 여읜 것이 불이 법문이라고 가르친다.

시승 조오현의 시 세계가 승속 초탈의 세계를 보인다고 일컬을 수 있는 것은 그가 이미, 불이문의 세계로 가슴을 열어 놓고 있기 때문이 아닌가.

「불이문(不二門)」은 승과 속의 구분이 없어지고, 인간과 자연의 구별 또한 없어지는 경지로 그의 시심이 뻗어 있음을 보이는 것이다.

하늘빛 들이비치는 고향당 누마루에
대오리에 엮어 만든 발을 드리우니
오늘이 하루에 그냥 어른어른거린다.

비스듬히 걸린 벽화, 신선도 한 폭
늙은 사공 노도(櫓棹)를 놓고 어주(漁舟)와 같이 흐르고
나는 또 어느 사이에 낙조가 되었다.

－「고향당(古香堂) 하루」

하늘은 저만큼 높고
바다는 이만큼 깊고

하루해 잠기는 수평
꽃구름이 물드는데

닫힐 듯 열리는 천문(天門)
아, 동녘 달이 또 돋는다.

－「일월(日月)」

불이문으로 가슴을 열어 놓으면 신선 같이 되는 것인가. 「고향당(古香堂) 하루」에서 화자의 하루는 신선놀음 같다. 비스듬히 걸린 신선도 한 폭, 늙은 사공은 노도를 놓고 어주(魚舟)와 같이 흐르고 화자 또한 어느

사이에 낙조가 되었으니, 그렇지 않은가. 「일월(日月)」또한 불이의 세계로 향하는 화자의 마음을 표현한다. 「고향당(古香堂) 하루」에서 어느새 낙조가 된 경지라면 「일월(日月)」에서처럼 천문(天門)인들 열리지 않겠는가.

이 같은 경지에서는 다음과 같이 일갈할 수도 있으리라.

    삶의 즐거움 모르는 놈이
    죽음의 즐거움을 알겠느냐

    어차피 한 마리
    기는 벌레가 아니너냐

    이 다음 숲에서 사는
    새의 먹이로 가야겠다.

                        ─「적멸을 위하여」

광대무변한 우주 공간에서 볼 때 인간은 어차피 한 마리 기는 벌레가 아니던가. 그럼에도 불구하고 인간은 자기가 속한 조그만 공간에서 세력다툼하고 누가 누구를 지배하고 영예를 차지하고 하는 등의 온갖 작태를 보이는 것이 화자가 보기에는 한심스러운 일이 아닐 수 없을 것이다. 오죽하였으면 아 다음 숲에서 사는 새의 먹이로 가야겠다고 하겠는가. 이 작품이 겉으로 보기에는 화자 자신을 자책하는 듯한 어조를 띠고 있지만, 실상은 뭇 중생을 향한 일갈인 셈이다. 이는 곧 속세에 대한 지나친 욕심을 버리고 적멸의 길로 마음을 열어라는 법문이라 해도 좋다. 이 작품이 실상 중생을 향한 일갈이지만 자책하는 듯한 어조를 취함으로써 우회적인 선시적 반열로 작품성을 끌어올린 것 역시, 시승다운 면모라 할 것이다.

한편, 이와 같은 당당한 어조로 대성일갈할 수 있기까지 조오현 스님이 겪은 고행을 간과할 수는 없을 것이다. 1932년 경남 밀양에서 출생하여 1939년 절간 소머슴으로 입산하여 오늘에 이르기까지의 여정은 그렇게 만만하지가 않다.

'아, 세상 사람들은 삼계대도사요 법왕인 거룩한 부처님보다 문둥이를 더 무서워하는구나. 젠장할 세상, 나도 문둥이나 되어야겠다.' 이렇게 다짐을 하고 문둥이를 따라갔습니다. 그는 곧 허물어질 것 같은 다리 밑에 거적때기로 움막을 만들어 놓고 마누라와 살고 있었는데, 남자는 이미 온몸이 다 문드러지고 여자의 몸에는 울긋불긋 복사꽃이 피기 시작하는 중이었습니다.

이 인용문 역시, 『열흘간의 만남』에서 조오현 스님이 말한 것이다. 한동안 문둥이와 한 식구가 되어서 생활하기도 했을 만큼 그의 삶은 생의 나락까지 떨어져서 신산을 맛보았던 것이다. 조오현은 출가했다고 해서 삶의 현장에서 동떨어져서 수행을 위한 수행을 한 것이 아니었다. 삶의 현장에서 중생들의 아픔을 몸소 겪은 것이다.

결국 조오현은 고행과 수행을 통해 깨우친 것을 더 널리 중생들에게 전하고자 시승이 된 것이 아니겠는가.

어제, 그저께 영축산 다비장에서
오랜 도반을 한 줌 재로 흩뿌리고
누군가 훌쩍거리는 그 울음도 날려 보냈다.

거기, 길가에 버려진 듯 누운 부도
돌에도 숨결이 있어 검버섯이 돋아났나
한참을 들여다 보다가 그대로 내려왔다.

언젠가 내 가고 나면 무엇이 남을 건가
어느 숲 눈먼 뻐꾸기 슬픔이라도 자아낼까
곰곰이 뒤돌아 보니 내가 뿌린 재 한 줌 뿐이네.
                                                    -「재 한 줌」

　이미 불이의 세계로 마음을 열어놓고 집착에서 벗어난 무욕의 삶을
향유하는 그 복락을 중생들도 누리기를 바라는 것이 시승 조오현의 욕
심이라면 욕심이 아니겠는가. 그래서 「적멸을 위해서」에서처럼 일갈을
하기도 하고, 또한 「재 한 줌」에서처럼 집착의 덧없음을 일깨워주기도
하는 것이리라(「시조월드」 2005년 상반기호).

정일근의 시인됨과 자연 받아쓰기

> 하늘이 이 세상을 내일 적에 그가 가장 귀해하고 사랑하는 것들은 모두
> 가난하고 외롭고 높고 쓸쓸하니 그리고 언제나 넘치는 사랑과 슬픔 속에 살
> 도록 만드신 것이다
>
> — 백석, 「흰 바람벽이 있어」에서

며칠 전 정일근 시인이 배한봉 시인과 함께 경남대 초청강연 차 필자
가 근무하는 학교를 예정 없이 방문하였는데, 그 때 본 정시인의 얼굴은
너무 맑고 투명하게 보였다.

올해 나온 시집 『가족』의 표지사진과 1987년에 나온 그의 첫 시집
『바다가 보이는 교실』의 표지사진을 비교해보면, 그가 시를 바라보는 관
점만큼이나 얼굴표정도 달라져 있다는 것을 알게 된다. 첫 시집의 표정
은 다소 심각하고 그늘이 드리워 있으나 올해 시집의 표정은 밝고 예지
가 가득하고 투명하다.

정일근은 태초부터 보이지 않는 섭리의 큰손이 시인으로 점지한 것은
아닐까.

정일근은 "나를 시인으로 만든 것은 '슬픔'이었다"고 이미 말한 바

있다. 초등학교 4학년 4월 시인의 아버지는 오토바이에 어머니를 태워 마산에 있는 친척집에 다녀오는 길이었는데 그 때, 택시가 덮쳐서 그 길로 세상을 하직하고 시인은 '아비 없는 자식'이 되었다. 아버지가 떠난 자리에 곧바로 가난이 찾아왔다. '빚 갚으러 오는 사람보다 빚 받으러 오는 사람이 많아' 아버지의 재산은 '빚잔치'로 순식간에 사라졌다고 한다. 가난만 남기고 떠난 자리에 남은 어머니는 연탄부뚜막에 시인과 여동생을 재우며 밤늦게까지 술을 팔았고, 시인은 친구들이 TV를 보는 시간 안주를 날랐다는 것이다.

하늘이 정일근을 가장 귀해하고 사랑하기 때문에 초등학교 4학년 때 아버지를 데려가고 가난과 외로움과 쓸쓸함을 선물로 주면서, 그를 일찍이 시인됨의 환경 속으로 거하게 한 것이다.

1984년 『실천문학』(5권) 신인작품과 1985년 『한국일보』 신춘문예로 시인으로 등단하였다. 그 무렵 정시인은 '시는 발언'이라고 생각했다.

시는 나의 발언이다. 내가 보고, 듣고, 느끼고, 생각한 모든 것을 시라는 형식을 통해 발언하는 것이다. 내가 살고 있는 이 시대에 대해 정직하게, 성실하게 발언하는 것이다. 나의 발언의 대부분이 슬픔과 절망, 좌절이 주조를 이루고 있지만 나는 이 발언을 멈추지 않을 것이다.

이 글은 첫 시집 '後記'에서 밝힌 것이다. 시는 자신이 보고 듣고 느끼고 생각한 모든 것을 드러내는 통로였던 것이다. 시라는 소통회로로 특히, 80년대라는 암울한 시대정황에 대해서 정직하게, 성실하게 드러내고자 하는 의도를 보인 것이다. 그의 개인사와 아울러 시대사가 겹치면서 자연스럽게 슬픔과 절망, 좌절의 발언이 우세할 수밖에 없었으나, 시인은 이 발언을 멈추지 않을 것이라고 다짐한다.

갈까부다, 해동청 보라매가 되어
청청 하늘 아래 큰 날개 휘어이 휘어이 저으며
멸악 낭림 장백을 단숨에 넘어
그리운 그 나라로
산맥들이 휘날리도록 바람아 불어라
잠든 봉수대들도 일어나 봉불을 놓고
두둥 둥둥둥둥 북소리 높이 울리며
그리운 그 나라 가자
산들아, 흰 옷으로 갈아 입고 그리운 그 나라 가자
섬들아, 해동갑하여 가자스라
신라도 백제도 고구려도 없는 땅
옥사마다 문이 열리어
위 증즐가 태평성대가 당도하는 땅
새벽이면 늘 푸른 강물 소리
내 아낙의 흰 빨래 소리 눈부신 나라로

– 「그리운 나라」

첫 시집 『바다가 보이는 교실』에 수록된 작품이다. 이 작품은 '시는 나의 발언이다'라는 정일근의 초창기 시론을 이해하는 단초를 제공한다. 이 시의 발언은 '그리운 나라 그 나라로 가자'다. 그리운 그 나라는 신라도 백제도 고구려도 없는 땅이고 옥사마다 문이 열리어 위 증즐가 태평성대가 당도하는 땅이다. 그렇다면 '그리운 그 나라'는 80년대라는 부조리한 현실을 넘어서는 당위적 현실임에 분명하다. 해동청 보라매가 되어 청청 하늘 아래 큰 날개 휘어이 휘어이 저으며 멸악 낭림 장백을 단숨에 넘어 그리운 그 나라로 산맥들이 휘날리도록 바람아 불어라고 외칠 만큼 시인의 당위적 현실에 도달하고자 하는 염원, 의지는 강하다.

정일근은 있는 그대로의 현실과 있어야 할 현실, 즉 당위적 현실의 차이를 그의 개인사에서, 시대사에서 누구보다 날카롭게 인식했기 때문에 그 간극을 극복하기 위해서는 시의 효용성에 주목하면서 '시가 발언'임을 자연스럽게 받아들였을 것이다. 첫 시집 『바다가 보이는 교실』(1987)과 두 번째 시집 『유배지에서 보내는 정약용의 편지』(1991)에서는 주로 분단문제, 교육문제, 사회문제 등 시대현실과 관련된 발언이 우세한 것은 주지하는 바다. 이미 이승원이 2004년도 제18회 소월시문학상작품집의 정일근 작품론 「생명의 원형성과 시의 절대성」에서 적절하게 지적했듯이, 앞의 두 시집이 발언을 우위에다 두었기 때문에 시적 표현의 세부에 대한 고려가 어느 정도 유보된 감이 있었다면, 세 번째 시집에서는 발언 이상으로 표현을 중시하는 정일근 시의 변화가 감지된다. 그는 세 번째 시집 『그리운 곳으로 돌아보라』(1994) '自序'에서 "숨죽이며 시도 무기가 될 수 있다고 노래하던 시절이 있었다"고 지적하고 있지 않은가. '시가 발언'이라고 확신하던 데서 후퇴한 느낌을 갖게 하는 뉘앙스를 풍긴다. 세 번째 시집 이후 정일근은 시가 발언이라는 메시지 전달에서 표현의 문제로 서서히 이행하면서 그의 시적 관심도 변화하기 시작하는 것이다. 또한 네 번째 시집 『처용의 도시』(1955), 『경주남산』(1998) 등을 거치면서 부조리한 현실문제보다 근원적인 세계, 영원에의 갈망을 보이기 시작한다.

그러다 정일근은 생의 결정적인 순간을 맞이한다.

시인이 되고도 나는 달려갔다. 달리는 현대성의 시간을 따라 오토바이처럼 달렸다. 그 때는 몰랐다. 달려가야 하는 것이 삶이고 시(詩)인 줄만 알았다. 그러나 생(生)의 가속도에는 결승점이나 도착지가 없다는 것을 1998년, 내가 마흔이 되기 전까지는 몰랐다.

내게 불혹(不惑)은 특별했다. 그때서야 달리는 것만이 삶이 아니라는 것을 알았다. 깨달음은 급정거를 할 때 온다. 요란한 굉음과 함께 급정거를 했을 때 나는 많은 것을 잃어버렸다. 마흔에 나는 유리처럼 와장창 박살이 나고 말았다.

     – 정일근 시론「시와 사람이 한 몸인, 자연 속의 詩人이 되기 위해서」에서

불혹을 지나면서 스트레스가 머릿속에 시커먼 탁구공만 한 혹을 만들었고, 급기야 머리를 여는 수술을 받은 죽음의 벼랑에서 극적으로 돌아오는 체험을 하였다. 그것은 시인의 말처럼 잠시 잠깐의 일이었다.

수술실로 들어가면서 전신마취에서 깨어났을 때 제 머리 속 노래들이 모두 달아나버리면 어떻게 할까 걱정했는데, 아직 남아 있는 내 생에 대해, 아직 끝나지 않는 노래에 대해 감사합니다. 이제는 조금 시를 알 것 같습니다만, 부끄러움도 감출 수 없는 제 마음이기에 곱게 다려서 여러분에게 보냅니다.

정일근은 생의 아찔했던 고비(뇌수술) 이후 3년간의 회복기를 거치면서 깨달음을 노래한 시집『누구도 마침표를 찍지 못한다』(2001)를 출간한 바 있는데, 위의 인용 글은 그「자서」의 일부이다.

머리를 연 체험 이후 정일근 시관의 큰 변화가 감지됨은 주지하는 바이다. '시가 발언'이라고 믿었던 초창기의 시관이 두 번째 시집 이후 10년이라는 시적 여정과 수술과 회복기라는 사유기를 거치면서 이제는 시와 한 몸이라는 새로운 시론으로 자리잡게 된 것이다.

> 더 이상 예언자들을 믿지 않는 신(神)은
> 자신의 말씀 사람의 귀에 들려주지 않는다
> 그들의 예언은 오독(汚讀) 되었으며
> 오독(誤讀)의 예언은 방언을 만들었을 뿐이다
> 이제 신은 자연에만 자신의 말씀을 남긴다
> 사람이 만든 도시에 나가 설교하지 않으며
> 자신이 만든 시골에 남아 전원생활을 즐긴다

감나무 새잎들이 햇살로 세수하고 나와
눈부신 신의 말씀을 전하는 아침부터
무논에 개구리 와자그르 울어
신이 묵상에 잠기는 저녁까지
나는 이제 막 글을 배운 초등학교 1학년처럼
연필 끝에 침을 발라 열심히 받아쓰고 있다
울주군 웅촌면 은현리에 남기는 신의 말씀을

　　　　　　　　　　　　　　　－「자연(自然) 받아쓰기」

　소월시문학상을 받고 지난해 말에 출간한 『마당으로 출근하는 시인』
에 수록된 작품이다. 시와 한 몸인, 자연 속의 시인됨이 무엇인지를 시
로 밝히고 있다.

　신은 정일근의 젊은 아버지를 초등학교 4학년 때 데려가는 충격요법
으로 초등학교 5학년 때 "시인이 돼야겠다"라는 의식을 불러일으키면서
아비 없는 자식으로서의 슬픔과 가난으로 어릴 때부터 있는 그대로의
현실과 있어야 할 현실, 즉 당위적 현실의 차이를 선명하게 인식하도록
훈련한 후, 80년대라는 엄혹한 시대에서는 당위적 현실 지향을 위한 '시
가 발언'이어야 한다고 생각하도록 하고 나서, 시대적 변화의 추이와 함
께 시의 발언 못지않게 시적 표현의 문제와 근원적인 세계, 영원에의 갈
망 등으로 시적 관심의 변모를 보이게 하다가, 결정적 순간에 와서는 시
인의 머리를 여는 수술을 받게 하였다. 신은 정신적, 육체적 훈련과 개
조를 통해서 이제는 정일근을 존재의 그릇, 혹은 통로로 만든 것이 아닌
가. 정일근의 말처럼 신은 더 이상 예언자들을 믿지 못하고 그의 존재를
드러낼 정일근이라는 한 시인을 선택한 것이다.

　하이데거는 사유의 본질로써의 존재란 본질적이며 근원적인, 비밀에
가득찬 형이상학적 힘이며 일종의 은폐된 신으로 보았다. 은폐된 신은
결국 사물들의 보이지 않는 근거다. 따라서 존재의 계시는 존재자를 통

해서만 가능한 것이다. 그렇다면 하이데거의 관점으로 말하면, 정일근은 자신을 드러내지 않고 존재(신)를 드러내는 것이다. 이미, 신이 자신을 드러낼 수 있는 정밀한 장치를 신의 의도에 따라 정일근에게 하나하나 시술한 셈이다. 불혹을 지나면서 외과적으로 머리를 열고 신의 전파를 방해하는 모든 세속적인 생각들을 다 제거하지 않았던가.

이제 정일근은 '시가 나의 발언'이라고 생각하지 않고 '존재를 계시하는 시인의 몸'이라고 생각한다. 시와 정일근은 한 몸이 되어 존재의 비밀을 투영하는 것이다. 이를 두고 정일근은 자연 받아쓰기라고 명명하고 있다(2004년 화요문학회가 만난 이달의 시인).

상처의 공명과 기독교적 영원의식
— 나희덕의 시를 말한다

1.

    필자가 지은 『시창작 강의』(삼영사, 2002)라는 책에서 확장된 직유의
예로 나희덕 시인의 「천정호에서」라는 시를 인용한 적이 있다.

        얼어붙은 호수는 아무것도 비추지 않는다
        불빛도 산 그림자도 잃어버렸다
        제 단단함의 서슬만이 빛나고 있을 뿐
        아무것도 아무것도 품지 않는다
        헛되이 던진 돌멩이들,
        세 떼 대신 메아리만 쩡쩡 날아오른다

        네 이름을 부르는 일이 그러했다

    나희덕 시인은 "시는 구체적이고 현실적이어야 한다고 생각한다"고
밝힌 바 있는데, 그렇다면 위 시에서 '네 이름을 부르는 일', 그것이 무
엇인지, 궁금하다. 이 자리에서 한번 여쭤보고 싶다. 나희덕은 1966년

충남 논산 출생으로 명문대학을 졸업하고 1989년 중앙일보 신춘문예로 등단했으며, 아직 젊은 나이에 다수의 굵직한 문학상을 수상했고 게다가 현재는 조선대학교 문예창작과 교수로 재직 중에 있으니, 그녀의 삶이 너무 일찍 화려한 것이 아닌가. 그런 그녀가 누구의 이름을 부르면서 '얼음장 같다'고 노래했던 것인가? 과연, 그녀에게 마음의 문을 열지 않는 존재가 무엇이었을까?

2.

그러나 화려하게만 보이는 나희덕의 이면에는 유년시절부터 20대 겪었던 상처들이 무수했음을, 『여성동아』 2004년 8월호 인터뷰에서 세세하게 밝히고 있다. 청년 시절부터 순수 신앙공동체를 꿈꾸고, 함석헌 선생의 글에 매료되었던 신앙심 돈독한 아버지는 회사에서 결재서류, 서식 등을 의뢰 받아 밤새도록 철필을 긁어 글씨를 쓰던 필경사였고, 어머니는 친지가 운영하는 보육원의 총무 일을 보았다. 그로 인해 나희덕은 충남 논산 연무대의 '에덴원'이라는 보육원에서 태어나 이곳에서 열 살 때까지 살았고, 서울 면목동으로 이사한 후에는 어머니의 직장인 보육원 '애향원'에서 스무 살 처녀가 될 때까지 있었다고 한다. 그래서 그녀는 부모 없는 아이들과 똑같이 밥 먹고 옷 입으며 지내면서 너무 일찍 철이 들어버렸다. 대학 시절에도 아르바이트를 다섯 개씩 해가며 대학 등록금을 벌어야 했고, 가족까지 부양해야 할 만큼 개인적 고통이 깊고도 질겼다.

나희덕이 초등학교 입학하기 전부터 남과 다른 생활에서 오는 차이로 정신적 혼란을 겪었으며, 답답하다고 느낄 때는 보육원을 무작정 나서서 혼자 걷기도 했고, 20대에는 괴로움을 이기지 못해 수도원, 기도원

생활을 잠시 하기도 했다는 사실은, 그녀가 겉보기와는 달리 일찍이 내면의 상처에 길들여져 있었음을 드러내는 것이다.

그래서 나희덕은 무릇, 상처에 쉽게 공명할 수 있었던 것이다. 이 점은 '시인의 말'에서 구체화시킨 바 있다. 그녀는 어느 문학행사에서 아름답고 화사한 한 여자를 먼발치에서 보았을 뿐 인사도 제대로 나눈 사이가 아닌데, 밤에 술자리가 길어지면서 술 취한 그녀가 갑자기 울음을 터뜨리며 몸부림치는 것을 보고, 그 순간 그녀의 짙은 화장기 아래 숨어 있는 아픈 영혼을 보아버린 느낌이 들었다고 한다. 그리고는 그녀를 숙소로 부축해 들어와 달래고 난 뒤에는 갑자기 뜨거운 기운이 목을 밀고 올라와, 잠든 그녀의 등 뒤에서 영문도 알 수 없는 울음을 밤새 그치지 못한 경험을 하게 되고, 그녀의 아픈 삶을 알지도 못하면서 자신은 왜, 그녀의 슬픔이 자신과 무관하지 않다는 느낌에 사로잡힌 것인가라는 물음에 직면했고, 그 경험이 "흔히 시인을 곡비(哭婢)에 비유하듯이, 우는 자로서의 운명을 받아들이는 통과의례 같은 것이었다"고 밝히면서 "이제 생각해보니 내 시의 팔 할은 슬픔이나 연민의 공명(共鳴)에서 시작된 게 아닌가 싶다"고 말했다. 이렇듯 상처에서 기인한 슬픔이나 연민에의 공명은 나희덕 시의 요체라 할 만하다.

고추밭을 걷어내다가
그늘에서 늙은 호박 하나를 발견했다
뜻밖의 수확을 들어올렸는데
흙 속에 처박힌 달디단 그녀의 젖을
온갖 벌레들이 오글오글 빨고 있는 게 아닌가
소신공양을 위해
타닥타닥 타고 있는 불꽃 같기도 했다
그 은밀한 의식을 훔쳐보다가
나는 말라가는 고춧대를 덮어주고 돌아왔다

가을갈이를 하려고 밭에 다시 가보니
호박은 온데간데없다
불꽃도 흙 속에 잦아든 지 오래다
자세히 들여다보니
그녀는 젖을 다 비우고
잘 마른 종이장처럼 땅에 엎드려 있는 게 아닌가
스스로의 죽음을 덮고 있는
관 뚜껑을 나는 조심스럽게 들어올렸다

한 움큼 남아 있는 둥근 사리들!

- 「어떤 出土」

  이 시는 '소신공양'이나 '사리' 같은 불교적 이미저리를 드러내는 시어들이 구사되고 있지만 근본적으로 기독교적 이미저리가 주조를 띠고 있다고 볼 수 있다. 그것은 나희덕의 성장배경이 기독교적인 분위기였다는 선입견이 작용하는 것인지도 모르지만, 아무튼 '호박'에서 그리스도적 이미지를 읽어내는 것은 어렵지가 않다.

  시의 지배적 이미저리가 불교적이냐 기독교적이냐가 문제가 아니라 호박의 생태를 통해서 생의 깊은 의미를 투영하고 있다는 점이 이 시의 미덕임은 물론이다. 화자는 고추밭을 걷어내다가 그늘에서 늙은 호박 하나를 발견하고, 뜻밖의 수확이라고 생각하고 들어올리는데, 흙 속에 처박힌 부분에 온갖 벌레들이 오글오글 호박의 몸을 빨고 있는 것이다. 그 모습이 소신공양을 위해 타고 있는 불꽃 같기도 했다. 소신공양이니, 그 얼마나 은밀한 의식인가. 화자는 마른 고춧대를 덮어주고 그냥 돌아왔다. 그리고 계절이 바뀌어 가을갈이를 위해 밭에 나가보니, 호박은 온데간데없고 불꽃도 흙 속에 잦아든지 오래이고, 호박은 몸을 다 비운 채

마른 종잇장처럼 땅에 엎드려 있는 것이다. 스스로의 죽음을 덮고 있는 관 뚜껑을 조심스럽게 들어올리니, 놀랍게도 한 움큼의 둥근 사리, 곧 생명의 씨앗들이 있는 것이다. 호박은 살아서 제 몸을 온갖 벌레들을 위해서 다 주고 죽어서는 수많은 새 생명을 빈 껍데기로 조용히 지키고 있는 것이다. 이 같은 숭고한 희생이 '호박'의 '그리스도적 이미저리'를 환기하는 것이다.

나희덕은 존재에 대한 슬픔에 공명하고 연민의 시선을 드러내고 있는데, 이것은 기독교적인 사상적 배경에 기인한 것이 아닌가. 그런 점에서 「어떤 出土」의 '호박' 이미저리가 나희덕 시의 사상적 뿌리를 환기하는 것이라고 보아도 좋다.

3.

「사라진 손바닥」이나 「마른 물고기」에는 존재의 '슬픔', '연민'이 짙게 드러난다.

> 처음엔 흰 연꽃 열어 보이더니
> 다음엔 빈 손바닥만 푸르게 흔들더니
> 그 다음엔 더운 연밥 한 그릇 들고 서 있더니
> 이제는 마른 손목마저 꺾인 채
> 거꾸로 처박히고 말았네
> 수많은 槍을 가슴에 꽂고 연못은
> 거대한 폐선처럼 가라앉고 있네
> — 「사라진 손바닥」에서

아주 오랜 뒤에 나는 낡은 밥상 위에 놓인 마른 황어들을 보았다.

황어를 본 것은 처음이었지만 나는 너를 한눈에 알아보았다.

황어는 겨울밤 남대천 상류 얼음 속에서 잡은 것이라 한다.

그러나 지느러미는 꺾이고 빛나던 눈도 비늘도 시들어버렸다.

낡은 밥상 위에서 겨울 햇살을 받고 있는 마른 황어들은 말이 없다.

─「마른 물고기처럼」에서

「사라진 손바닥」은 '연꽃'의 생태에 존재의 슬픔을 투영한 것이다. 이 시에는 '연꽃'의 일생이 슬픔이라는 테마로 그려지고 있다. 처음에는 흰 연꽃이 피었다가 다음엔 빈 손바닥, 다음엔 더운 연밥 한 그릇, 다음엔 마른 손목마저 꺾임, 그래서 연못은 수많은 槍을 가슴에 꽂고 거대한 폐선처럼 가라앉고 있다. 화무십일홍(花無十日紅)이라 했던가. 이것이 존재의 슬픔이다. 무릇, 생명이 있는 것은 출생, 성장, 소멸의 과정을 겪기 마련이다. 사람도 마찬가지다. 「마른 물고기처럼」에서는 어둠 속에서 잠시만 함께 있자 하던 너의 행동에 대해, 그것이 사랑일지도 모른다고 생각하기도 했지만 그것은 두려움의 손짓이었다. 그래서 두려움으로 서로의 몸을 비비었다. 그리고 아주 오랜 뒤에 낡은 밥상 위의 마른 황어에게서 너를 보았다. 남대천 상류 속에서 빛나던 지느러미, 눈도 비늘도 시들어버린, 낡은 밥상 위의 황어가 투영하는 것도 역시 '연꽃'의 이미저리와 다를 바 없다.

'연꽃'과 '황어'가 환기하는 존재의 슬픔은 화자에게 한없는 연민의 공명을 불러일으킨다.

그것은 궁극적으로, 인간이라는 존재는 너나 할 것 없이 원죄의식에서 자유롭지 못하기 때문이 아닐까. 아래의 시는 원죄의식을 환기한다.

가을이었다. 뱀이 울고 있었다. 덤불 속에서 뱀이 울고 있었다. 방울소리 같기도 하고 새소리 같기도 한 울음소리. 아닐 거야. 뱀이 어떻게 울겠어. 뒤돌아서면 등 뒤에서 뱀이 울었다. 내가 덤불 속에 있는 것인가. 뱀이 내 속에서 울고 있는 것인가. 가을이었다. 뱀이 울고 있었다. 덤불에 가려 뱀은 보이지 않았다. 덤불은 말라가며 질겨지고 있었다. 그는 어쩌자고 내게 말을 거는 것일까. 산길을 내려오는데 울음소리가 내내 나를 따라왔다. 뱀은 여전히 덤불 속에 있었다. 가을이었다. 아무하고도 말을 주고받을 수 없는 가을이었다. 다음 날에도 산에 올랐다. 뱀이 울고 있었다. 덤불 속을 들여다보면 그쳤다 뒤돌아서면 다시 들리는 울음소리. 덤불이 앙상해질 무렵 뱀은 사라졌다. 낯선 산 아래서 지낸 첫 가을이었다.

－「가을이었다」

낯선 산 아래서 지낸 첫 가을, 화자는 뱀의 울음소리를 들었다. 덤불 속의 뱀이 우는 소리는 방울소리 같기도 하고 새소리 같기도 하다고 생각한다. 뱀이 어떻게 울겠느냐고 생각하면서 화자 자신이 덤불 속에 있는 것인가라고 생각하기도 한다. 아니면 뱀이 자신의 속에서 울고 있는 것인가라고 또 생각하기도 한다. 산길을 내려오는데도 울음소리는 내내 자신을 따라왔다. 아무하고도 말을 주고받을 수 없는 가을에 화자는 뱀의 울음소리를 들은 것이다. 산중의 조용한 혼자만의 한적한 시간에 들리는 뱀의 울음소리가 환기하는 것은 무엇일까? 에덴동산에서의 뱀은 하와를 유혹해서 선악과를 따먹게 한 후, 배로 땅바닥을 기어다니며 종신토록 흙을 먹을 것이라는 저주를 받았다. 그리고 아담과 하와는 에덴동산에서 추방되어 낙원을 잃어버린 것이다. 그렇다면 뱀이 환기하는 것은 원죄의식이라고 볼 수는 없을까.

아담 이후 인간은 원죄의 저주 아래 놓인 존재가 된 셈이다. 따라서 인간은 누구나 신과 단절된 이래 실낙원의 근원적 '슬픔'에서 자유로울 수가 없는 것이다. 궁극적으로는 그 근원적 슬픔이 나희덕에게 공명을 불러일으킨 것이 아닌가.

4.

나희덕의 시편에서 존재의 회복을 꾀하는 이미저리도 주목해야 한다. 앞의 「어떤 出土」에서도 "한 움큼 남아 있는 둥근 사라들!"이 환기하는 생명의 '영원성'이나 「사라진 손바닥」에서 백 년쯤 지나 다시 피어날 '흰 꽃'에 대한 기대 등에서도 그것은 드러난다.

그렇다면 앞에서 보인 지독한 존재의 슬픔이나 연민의 정서가 절망의 나락으로 떨어지지 않도록 굳게 견인하는 것이, 궁극적으로 낙원의 회복에 기댄 기독교적 영원의식에서 기인한다고 보아도 좋다.

> 싱싱한 꽃이나 열매를 보면
> 스스로의 습기에 부패되기 전에
> 그들을 장사지내 주어야 한다는 생각이
> 때이른 풍장의 습관으로 나를 이끌곤 했다.
> ……중략……
> 누군가 내게 꽃을 말린다고 말했지만 그건
> 유목의 피를 잠재우는 일일 뿐이라고,
>
> ― 「풍장의 습관」에서

방에 늘어나는 석류나 탱자 같은 마른 열매를 보면서 아침에 깨달은 것은 향기를 잃은 대신 영생을 얻었다는 것이다. 그래서 싱싱한 꽃이나 열매를 보며 스스로의 습기에 부패되기 전에 그들을 장사지내 주어야 한다는 생각이, 때 이른 풍장의 습관으로 화자 자신을 이끌곤 한다는 것이다. 그리고 화자에게 누군가 꽃을 잘 말린다고 말할 때 그건 유목의 피를 잠재우는 일일 뿐이라고 대답한다. 꽃이나 열매의 습기가 곧 유목의 피와 동위소라면 무릇, 나무나 꽃, 인간에게 흐르는 피는 아담 이후 원죄 유전을 환기하는 것이다. 그렇다면 그 저주의 피를 말려서 단절시키는 것만이 낙원의 회복과 더불어 '영생'에 이르는 길이라고 인식하는 것일까?

　나희덕은 유년기부터 존재의 뿌리를 잃은 보육원 아이들의 상처에 공명하고 수도원이나 기도원을 찾아야 했을 만큼 자신의 슬픔에도 스스로 공명하면서 인간존재의 비극적 근원을 '뱀'이 환기하는 원죄의식에서 규명하고 있는 듯하다. 그래서 너나없이 겪는 뿌리 깊은 슬픔에 공명하여 연민을 불러일으키는 것이 그녀 시의 주조로 보인다. 그런데 이 비극적 정조는 자칫 센티멘털리즘으로 떨어지기 쉬운 일면도 없지 않지만, 존재의 슬픔을 말리고자 하는 '풍장' 같은 이미저리에서 보이듯 비극적 정조를 넘어서는 기독교적 영원의식으로 적절하게 양식화되고 있는 것이다(2004년 화요문학회가 만난 이달의 시인).

현대시조의 품격, 가능성
— 홍성란 시조집

1. 고전양식 콤플렉스를 넘어서

얼마 전 어느 일간신문 칼럼에서 시조시인 김종윤은 "현대시조는 죽어가고 있다. 혹자는 '이미 죽었다'고도 한다. 이런 현실과 달리, 일본의 경우 5·7·5·7·7 운율의 정형시인 '와카'는 국시(國詩)로 '시인 3만 명, 가인(歌人:하이쿠) 30만 명, 배인(俳人:와카) 300만 명'이라는 말이 있을 정도로 단시(短詩)의 인기가 높고, 세계적인 평판도 받고 있다."고 오늘의 시조현실에 대해서 개탄해 마지않았다. 세계화를 부르짖는 지구촌 시대라지만 일본과 달리 우리의 경우는 '전통양식'인 시조에 대해서 무의식적으로 배척하고 폄하하는 경향이 짙다. 그래서인지 많은 시조시인들도 시조가 고전 양식이라는 콤플렉스를 지니고 있는 듯하다.

현대시조가 전통성과 현대성이라는 이질적 속성을 한 몸에 지닌 패러독스한 양식이지만, 이 양식을 어떻게 선용하느냐에 따라 충분히 매혹적인 현대 장르로 발전할 수 있는 것이다. 가야금 명인 황병기를 생각해보아도 좋을 듯하다. 뉴욕 타임즈는 "황병기의 작품은 신비로운 영감에 찬 동양화의 수채화 같다. 극도로 섬세한 주법으로 울리는 아름다운 소리들이 음악에서 청징(淸澄)함이 무엇인가를 보여주었다."라고 극찬하고 도올 김용옥도 "나는 우리시대의 예술인으로서 이 땅에서 가장 존경하는 한 분을 꼽으라면 아마 황병기 선생 한 분을 꼽을지도 모른다."라고 역시 극찬했다. 황병기 선생 인터넷 홈페이지 게시판에도 "고전 클래식을 워낙 좋아하고, 또 국악도 좋아합니다. 황병기 선생님의 캐논변주곡을 들었을 때 참 반가웠습니다. 국악과 클래식을 함께 느낄 수 있어서 말입니다."라는 일반인의 글도 있다. 황병기는 가야금이라는 고전 양식을 현대에서도 유효한 양식으로 계승하는 데 성공한 것이다.

우리 시대 시조단에서도 고전 양식 콤플렉스를 넘어서는 가야금 명인 황병기 같은 존경받고 사랑받는 스타 시조시인들이 절실하다. 조선조의 황진이, 해방 이후 등단한 황진이의 맥을 이은 이영도, 그 맥을 잇는 여성 시조시인의 출현을 기대해 본다.

홍성란은 1989년 중앙시조백일장 장원으로 등단하여 1995년 중앙시조대상 신인상을 수상하였고, 1997년 대산창작기금을 받았으며, 2003년에는 유심문학상(시조 부문)을 수상했다. 시집으로 『황진이 별곡』, 『겨울 약속』이 있으며 성균관대학교 박사과정을 수료하고 현재 한국방송대학과 추계예술대학에 출강하고 있다. 그가 이번에 제3시집 『따뜻한 슬픔』을 출간한 것이다.

2. 단아한 서정단시의 미의식

현대시조의 정체성은 역시 3장 6구 12음보의 평시조에서 두드러지게 나타난다. 이 시집 제1부는 15편의 평시조를 수록하고 있다. 이번 시집의 구성은 홍성란의 전략이 숨어 있는 듯하다. 처음에 단아한 서정단

시인 평시조로써 독자들을 시조의 미학으로 유혹하고, 2부의 연시조, 3 · 4부의 사설시조로써 시조의 다양한 미학에 흠뻑 빠져들게 하려는 의도가 아닐까. 거칠고 혼돈스러워서 무질서하게 보이는 현대 자유시나 산문시에 식상한 독자라면 홍성란 시조가 갖는 단아한 서정단시 미학에 특별한 느낌을 갖게 될 것이다.

　　한때 세상은
　　날 위해 도는 줄 알았지

　　날 위해 돌돌 감아오르는 줄 알았지

　　들길에
　　쪼그려 앉은 분홍치마 계집애
　　　　　　　　　　　　　　　　　 －「애기메꽃」

　이 작품은 평시조가 갖는 정제된 형식에다 언어와 언어가 사슬로 덧씌워지는 리듬의 연결과 의미망의 연쇄로써 리듬과 의미의 완결성을 획득하고 있다. '애기메꽃'의 생태묘사가 초장과 중장에서 중층리듬으로 드러나고 그것이 분홍치마 계집애의 쪼그려 앉은 모습으로 치환되면서 일찍 세상을 알아차려버린 계집애의 좌절감을 표상하는 '애기메꽃' 이미지가 선연하다. 오늘의 현대시가 리듬과 이미지를 잃어버리고 점점 더 난삽 무질서해지는 가운데 홍성란의 평시조는 현 시단에서 전경화되고 있다 하겠다. 그의 리듬을 生리듬이라고 할까. 생명의 호흡이라 할까. 홍성란의 평시조는 하나의 완결된 리듬과 단일한 의미 호흡이 한 짝을 이루어 순간의 미의식으로 귀결된다.
　「한살이」의 초장과 중장의 대칭리듬과 종장의 의미화, 「쌍계사 가는 길」의 초장, 중장, 종장의 "ㅡㅡ네" 종결어미 반복과 종장 첫 음보의 "ㅡㅡ

네"와의 상관성, 그리고 중장의 "처럼" 반복으로 인한 리듬강화 등처럼 홍성란의 평시조는 시조가 갖고 있는 전통적 형태성에만 의존하는 것이 아니라 그 속에서 내밀한 언어와 언어, 리듬과 리듬, 의미와 의미의 유기체적 관계망을 형성함으로써 특유의 단아한 서정미를 드러낸다.

3. 현대시조 양식의 가능성

평시조는 서정단시의 단아한 미의식에도 불구하고 일정한 한계를 지닌다. 즉, 현대의 복잡다단한 사상이나 정서를 담아내기에는 시적 공간이 협소하다. 홍성란은 그 한계를 타개하기 위해서 연시조와 사설시조로 눈을 돌린다.

> 마음에 달린 병(病)
> 착한 몸이 대신 앓아
> 뒤척이는 새벽 나는 많이 괴로웠구나
> 마흔 셋
> 알아내지 못한 내 기호는 무엇일까
>
> 생(生)의 7할은
> 험한 데 택하여 에돌아가는 몸
> 눈물이 따라가며 괜찮아, 괜찮아 하지만
> 마음은
> 긴 편지를 쓰고 전하지 못한다
>
> — 「긴 편지」

이 작품은 2수로 된 연시조로써 몸과 마음의 커뮤니케이션이다. 마음에 달린 병을 착한 몸이 대신 앓는다. 그러나 마음은 몸에게 긴 편지를 전하지 못한다. 제1수가 몸이 주체라면 제2수는 마음이 주체다. 주체가 달라지면 언어 또한 그러하다. 몸의 언어와 마음의 언어가 다르지 않은 가. 이 작품의 개성은 2수로 된 연시조 양식으로 드러난다. 만약 평시조 양식이었다면 몸과 마음의 커뮤니케이션을 효과적으로 형상화하지 못 했을 것이다.

시조가 경직되게 보이지만 이렇듯 융통성을 발휘할 수 있는 양식 이다. 특히, 사설시조는 갈등, 긴장, 탄력, 설움, 한, 풍자, 격정 등의 온 갖 정서나 사상의 홍수도 다 수용하는 큰 그릇이다.

사람이 어쩌면 이렇게 슬퍼할 줄 안단 말이냐

팔 벌려 환히 웃던 내 마지막 아버지, 다시 올 수 없는 먼길 떠나시고 울 음은 죄이라 울음은 죄이라서, 베인 살 파고드는 소금강(江) 흐른다 입동 무 렵 저녁강(江), 벙어리 울음강(江) 붉게 흘려 보낸다 살아 생전 효도하라 누 가 먼저 말했느냐, 누가 말해버렸느냐 옛사람 그 말 할 줄 몰랐다면 뼛속까 지 저리진 않으리 사진 속 아버지 끌어낼 수 있다면, 마흔넷 아버지 마음 외 톨이 배고픈 아이는 헤아릴 수 있으리

석류 빛 큰키나무 속으로 춥다 춥다 하며 가는 실루엣, 너 무슨 새라 했느 냐

— 「벙어리 울음강(江)」

사설시조는 초 중 종 3장과 각 장은 4마디로 이루어진다는 시조 형 식의 틀을 지키면서, 사설이 길게 늘어나는 장에서는 말을 2음보격 연 속체로 엮어 짜나가는 양식(김학성)이다. 평시조나 연시조가 다 담을 수 없는 설움이나 한을 한껏 풀어놓을 수 있는 것이다. 위의 작품은 초장에

서 "사람이 어쩌면 이렇게 슬퍼할 줄 안단 말이냐"고 화두를 던진 후에 중장에서 그 슬픔의 구체적 사연을 세세하게 펼친다. 팔 벌려 환히 웃던 생전의 아버지를 회상하며 "소금강(江) 흐른다" "벙어리 울음강(江) 붉게" 처럼 정서를 이미지화하기도 하고 "살아 생전 효도하라 누가 먼저 말했느냐, 누가 말해버렸느냐"라고 탄식으로 한을 토설하기도 하는 등, 다양한 어조와 진술방식으로 한바탕 정서의 회오리를 일으키다가 종장에서 정서를 양식화하며 비유적 이미지로 시상을 갈무리하고 있지 않은가.

홍성란은 사설시조가 설움, 슬픔, 한 같은 격정적 정서를 효과적으로 처리할 수 있는 유효한 양식임을 보인다. 이는 갈등과 긴장의 카타르시스를 미적으로 처리할 수 있다는 의미다. 어디 그 뿐인가. 「조세잡가(租稅雜歌)」처럼 오늘의 세태를 통렬하게 풍자하거나 비판할 수도 있는 것이다.

홍성란은 시조 양식 콤플렉스를 넘어서 너무나 자유롭다. 그는 그의 시적 의도에 따라 다양하게 양식을 선택하는 것이다. 평시조로써 완결된 리듬과 단일한 의미의 한 짝을 이루는 순간의 서정미를 드러내는가 하면, 연시조나 사설시조로써 다양한 시적 정서를 효과적으로 수용한다. 홍성란은 이번 시집으로 현대시조가 21세기에도 품격, 가능성을 지닌 열린 양식임을 입증하고 있다(계간 『문학나무』 2003년 가을호).

불통의 詩를 넘어

초판인쇄일 | 2013년 12월 16일
초판발행일 | 2013년 12월 31일

지은이 | 이상옥
펴낸곳 | 도서출판 황금알
펴낸이 | 金永馥

주간 | 김영탁
실장 | 조경숙
편집 | 칼라박스
인쇄제작 | 칼라박스
주 소 | 110-510 서울시 종로구 동숭동 201-14 청기와빌라2차 104호
물류센타(직송 · 반품) | 100-272 서울시 중구 필동2가 124-6 1F
전 화 | 02) 2275-9171
팩 스 | 02) 2275-9172
이메일 | tibet21@hanmail.net
홈페이지 | http://goldegg21.com
출판등록 | 2003년 03월 26일 (제300-2003-230호)

값 17,000원

ISBN 978-89-97318-60-5-03810